水仙已乘鲤鱼去

张悦然 ——

著

人民文学出版社

图书在版编目（CIP）数据

水仙已乘鲤鱼去/张悦然著. —北京：人民文学出版社，2016
ISBN 978-7-02-011837-3

Ⅰ.①水… Ⅱ.①张… Ⅲ.①长篇小说—中国—当代 Ⅳ.①I247.5

中国版本图书馆CIP数据核字(2016)第153318号

责任编辑　樊晓哲
责任校对　韩志慧
责任印制　徐　冉

出版发行　人民文学出版社
社　　址　北京市朝内大街166号
邮政编码　100705
网　　址　http://www.rw-cn.com

印　　刷　三河市宏盛印务有限公司
经　　销　全国新华书店等

字　　数　213千字
开　　本　880毫米×1230毫米　1/32
印　　张　10
印　　数　1—20000
版　　次　2018年9月北京第1版
印　　次　2018年9月第1次印刷

书　　号　978-7-02-011837-3
定　　价　48.00元

如有印装质量问题，请与本社图书销售中心调换。电话：010-65233595

我常常陷于无爱的恐慌中。

0

这是我给你的备忘录,孩子。

愿你记得来过,记得我们一起度过的短短岁月。

愿你记得痛过,记得分别时我的不舍和无奈。

愿你记得听过,记得一个从我到你,爱的轨迹划下的故事。

一月六日,今天早上我们吃了烤吐司和杏子酱,这是我们最后的早餐,我的宝贝。

有一天,我终于老了,那时你已长大,与我如今的模样相仿。而他们都走了——他们是一些曾对我重要的人,包括你的父亲。坐沉着的船离开,去向水底或者冷寂仙境。没有谁能来得及看足谁的成长,没有谁当真能够陪谁翻山越险,抵达人生的极乐。他们不过都是我人生长长短短的段落,有一天,我也会成为你的段落,我的孩子。

但你不要为此过多地伤悲,我年轻的时候也曾如此,脑海中充斥着离别、永诀、错过这样的一些词。每每想到与爱的人分开,就会心痛和不甘,还是因为对世间的情意有着太多贪恋。我想你该成熟得

很快,也会像我一样,有一天懂得恬淡地把不能抓到的放走。你记得我对你说过的有关放生鲤鱼的梦吗:

我常常梦到古城丽江的小河,水在哗哗哗哗地淌着,就像我这从未停息的奔腾的梦。我又梦到和你的父亲去河边放生鲤鱼。天色已晚,穿着纳西族艳丽衣服的妙龄女子守在盛满鲤鱼的木桶旁边,手捧着花朵形状的蜡烛。我们掏出钱给她,她便用木头小桶舀上两只鲤鱼。她举着蜡烛把我们送到水边。你的父亲是个高大的男子,他习惯性地站在我的左边。

我们俯下身子,相视一笑,闭目许愿。然后把那红艳艳的鲤鱼放进水中。它们顷刻间便游走了,借着微明的烛火,看到鲤鱼摇曳的尾巴渐渐消失不见。你一定会问我许了什么愿——我想你该是个充满好奇心的小孩,坦白说,我已经记不清了。大抵不外是恋爱中小儿女热衷的那类许愿,有关永远,有关不离不弃,相濡以沫。我的宝贝,你可知道,当我的手濯在水中,鲤鱼就要挣脱、游走的时候,我是多么不舍。因为等待愿望实现的时间是这样漫长,等来的时候,大抵也不是彼时的心境。因此许愿的这一刻,其实才最为可贵,就像春天里绽放的第一朵小花,那乍然涌上来的香气,闭上眼睛就可以想象成身在满树繁花的庄园。时间就该静止在那一刻。

孩子,你在秋天到来,像是一朵在天空中飞累了,忽然决定降落的蒲公英,无知无觉地落在我的身体里。你是个特别安静懂事的孩子,你知道那时候我的生活一片忙乱,所以你让自己不多给我添一点麻烦,你手脚动得很轻微,也只在我睡觉的时候。所以,我第一次看到你,是在梦里。自从你到来,我反复做着在丽江河畔放生鲤鱼的梦,艳丽,缥缈,宛如春好的月夜不灭的花灯。那时我还未得知你已到来,只有先行的梦给着某种飘忽不定的暗示。

解梦的书上说,梦见鲤鱼是吉兆,不久,你便来了。你是寂寞的水底开出的一朵娇艳的珊瑚礁。我猜测你是个女孩儿。喜欢给我制造小浪漫和艳丽的梦境。并且,你在我身体里给我一个长久对峙的力,像是一场拔河。这样的感觉非常奇妙,但我肯定,那是女子和女子之间的。你有时娇纵,有时宽容。我要叫你 Narcissus,我的宝贝,因你应该像希腊神话中美少年纳瑟斯一样好看,有如水仙花瓣般洁白的脸颊,并且总是浸在水中那样的清冽冰静。在我的梦里,鲤鱼游走了,你便来了,因此,你应当是生在水边的。并且我希望你懂得爱自己,赞美自己,在独处中找到乐趣。因你要知道,没有人能够一直伴你,当他们突然消失,你也不要紧张。你该学习自恋的纳瑟斯,他迷恋自己的影子,终日与影子纠缠玩耍,不知疲倦。

我多么想带你去看看那个在温和日光里昏昏欲睡的古城,多么想给你买彩条旗帜一样花花绿绿的衣服,坐在茶几前面陪你玩积木和拼图。你开始会说话,声音清冽如泉水,你一定擅长讲故事,坐在秋千上,周围会坐一圈虔诚的小听众。但我不确定你是否如我一样喜欢悲剧故事,不动声色地看着小伙伴掉下难过的眼泪,心中沾沾自喜。等到你再长大一些,偶然的一天你在书柜里发现了一本妈妈写的书,你会不会充满喜悦地叫着"妈妈","妈妈"向我跑过来。我看到你如试飞的小鸟,翅羽在日光下振颤。

可是事实上我已经决定阻止你的到来。就是今天,下午三点之后,从我的身体里剥离。我们就这样道别,再无相聚。所以以上种种,不过是我的幻想罢了。孩子,你的妈妈是个女作家,以杜撰故事为生。她写过那么多的故事,从旧城墙上的女鬼到鹧鸪村的乱伦少年,从殉情的葵花到转世的黑猫,然而她的故事却没有一个是真的。她把别人的故事当自己的,她把自己的故事当别人的,因此她写别人故事的时候潸然泪下,然而过自己的生活时却麻木、迟缓。

孩子,原谅我放弃了你。是的,你那么好,你是小鸟、晨光、粉红色、珊瑚礁。你是我放生的鲤鱼,许下的心愿。但你的美好并不能令我鼓起足够的勇气迎接你。在纯洁的新生命面前,我不能说谎,不能许下虚妄的承诺。所以我只能坦白说,孩子,我大概不能给你欢愉的童年,坚强的意志,充足的热情。因为我已经决定去漂泊,什么也不带着。唯有写作是我永远的情人,我迷恋着也真也幻移花接木的故事,等到写不动了,我就找个小城住下,也像我写过的老妪那样,坐在城墙脚下,说着云雾缭绕的故事。我看上去那样衣衫褴褛和落魄,门牙掉了,漏风,有些字怎么也咬不清。可是他们都不能嘲笑我,因为我变成了蝴蝶。谁也抓不住我。

我掠过人间那一层又一层起起落落的故事,用女巫那针芒般的眼神看穿了那些迷惘者的心思,发出不连贯的长尾音笑声。

为了不让你在寡爱多憎、欲念泛滥的童年挣扎,为了不让你继承我的哀怨和乖戾,为了让我做一个没有牵挂的说故事的人,为了让我飞掠这烦扰的尘世,归于隐灭,我只能放弃你。好在只有不到三个月,也许你根本不会对我存有记忆,如果有,恐怕也是对一只习惯性痉挛的腹腔的少许怀念吧。它对于你而言,是一只不断渗透进烟气和酒味的睡袋。

Narcissus,妈妈从来没有送你礼物。你还总是收到一些沉淀的尼古丁和酒精,它们就是我作为一个失败母亲的罪证。人世之轻,我真的不知有什么是最可贵的,可以在临别的时候赠予你。思来想去,也许只有一段记忆——我决定把我的故事说给你听。你把它带走。这样,它便再也不会被开启,像是一个漂流在轮回时光中的瓶子,不会进去尘埃,不会被风雨打坏。如果你不喜欢它,把它丢在奈何桥边的树下,那么它也许会成为排起长队等待转世的无聊人用来解闷的旧画书;如果你还算喜欢它,把它偷偷藏在舌头下面,没有喝下孟婆汤,那么也许在另外的时空光景里,你也会变成一个说故事的人,说着我的故事。路人对着我的故事指手画脚,宛若在看一件前朝的古董。

1

那里很亮,虽是冬天却不觉冷。璟在大家的目光里走到台上。她穿着一件黑色网状的披肩式毛衣,倦倦地垂到地上,头发是美丽的小卷,高高地吹起来,露出光洁的额头。眼角是明媚的水紫色,轻轻擦亮的嘴唇,像刚刚洗过水滴未干的水果。

"这就是我们年轻美丽的女作家璟小姐。"他们这样介绍。而她已经渐渐习惯,耳朵里浸满了那些像花哨的糖纸一样脆生生的恭维。在这个时候她会配合地露出微笑。台下有人发出惊异的赞叹,因她的年轻和光鲜。他们一直注视着她,她是这所有灯下的聚点,在波光粼粼的艳羡声中熠熠生辉。

这是璟的新书发布会。宽阔的大厅里,聚满报社和电视台的记者。她站在前台的正中央接受他们的提问,身后是新书的巨幅宣传海报。她的新书累砌成垛,在她的左右两方。封面一如既往地是她喜欢用的深红色封面,黑色划痕的切割令它像是一只性感的嘴唇。从她站的位置只能看到连成一片的书脊,都是那四个字《苍白声部》。苍白声部,苍白声部,璟这才发现,这四个字念得多了,像是迷惑人心的咒语。不知从什么时候开始,当她看到自己的书累砌在一起时,就会感到一阵心悸。也许它们会骤然坍塌,跌在地上,烂成一堆泥浆。她便从此一无所有。

她知道,这其实是一种被害妄想,她从未有一个时刻,因她所拥有的而感到愉悦。她缺乏安全感到了不可理喻的地步,无论上帝把多重的砝码放在她的手心,一切也不过都如少年时不小心松开手,旋即无情飞走的氢气球。

她也害怕人群。对人群的恐慌植根于童年,无法消去。很久之后,丛微那句似是呓语的话——"我看到很多很多的人贴在我的皮肤上,但我不能去抓,如果去抓,就会溅起血来",当璟再度想起,周身就好像有小虫在啃噬。

如今天这样的场合,她已经见识过许多,看起来神色从容,游刃有余。但倘若心念一转,璟就会忽然感到人群顷刻间变成兽群,朝她冲过来,来撕烂她的耳朵,来戳伤她的眼睛。今天她感到格外不安,也许因为腹中那株秘密扎根的小植物。它无邪地伸展四肢,只顾生长,却不知外面世界的险恶。她总是会担心她受到伤害,那种保护的意识是如此本能,她终于明白,当一天母亲,就会具有母亲的天性,谁也不会例外。她在心中不断询问她,这里灯是不是太亮了,你是否害怕这样多的人……

正当沉浸在与腹中小精灵的交流中时,记者们的提问打断了她:

"在《苍白声部》中,你写了一个和你年龄相仿的女孩的成长历程,她也是一个写作的女孩子,请问这是不是一部自传体小说,故事中的女主人公是不是就是你自己呢?"

"女主角的一部分经历与我相似。"璟淡淡地答。她极其讨厌一切对于从前的窥测。然而在璟的潜意识里,也有着一些倾诉的欲望,但她越成长,越孤独,找不到一个合适的聆听者。所以潜意识里她希望那些事情可以像陈旧的鳞片一样层层剥落,没有了它们的赘负,她将变得轻盈光滑,此间的疼痛也是在所不惜。

"在你这本书里,女主角小的时候像灰姑娘,受了很多苦,你把她的心灵刻画得细致入微,是因为你的童年也有相同的经历吗?"另外一个穿着红色毛衫的女记者站起来再问。

"我是否经历这些不重要。但我相信,灰姑娘变成美丽的公主,是每个自卑女孩的梦,我写这本书,愿她们看到光亮和希望。"她略有生硬地闪开有关自己的问题。她变得越来越敏感,也许对于其他作家来说并不过分的问题,在她看来,都像是不怀好意的窥私镜。

"你出版的书受到那么多读者的喜欢,现在已经是最炙手可热的文坛新秀。有人说,你获得的荣誉已经远远超过了女作家丛微,你自己怎么看?"

"谁也不能代替丛微。"璟斩钉截铁地说。

"那么您对丛微女士的不幸有何感想?"又一人见提到了丛微,顺势试探性地问。

"我不想回答这个问题,对不起。"璟说完,冷冷地走下台,记者招待会提前结束。

……

新闻发布会结束后,璟没有参加午宴。她独自匆匆离去。编辑送她到大门口。他是个三十多岁的男子,抽烟斗,笑起来下巴上有一道小小的沟壑——她之所以注意到这个细节,是因为这和沉和很像。他对璟极是关怀,甚至有些宠溺。所以每次出版新书对她而言都是一件愉快的事情。阅读完初稿,他都会很激动地告诉璟他的感受。然而很多时候,和他谈着小说,璟会突然失神,她想起沉和坐在她的对面和她讨论小说的情景。沉和没有半分妥协,甚至对于某些意见的坚持几近一种命令。她也不肯屈服。两个人就坐在咖啡店这样的公众场合大吵大闹起来,引得周围的人都去看。他们看起来像是一对在闹别扭的小情人,争论的事情仿似都很严肃、重要,然而谁又能知道,他们说的是戏中的事呢?璟至今想起,仍旧会笑起来。他们争论男主角应该坠机死去还是被情杀,他们争论女主角为什么要离开男主角,他们甚至为了一个小男孩的名字争执,倒像是给他们自己的小孩取名字。

眼前的新编辑也没有什么不好,对她的生活和写作都关心备至。此刻他尾随璟向外走,璟对他说,下午还有其他的事,不能留下和大家一同吃饭。他于是送她至门口,也不会多问。他对她的私生活一无所知。

没有人知道她的生活。这正是璟所希望的。

璟终于逃离了喧吵的礼堂,穿着黑色的侦探大衣走在北京十二月的风雪里。围巾不断掉下来,又被她重新绕到脖子上。路过寂寥的广场,她看到一旁的小尖顶木屋里,鸽子们在里面咕咕地低声叫。雪封了它们的窗,但新鲜的冷空气是最刺激和兴奋的,所有的鸽子头都聚到窗边,宛若吸大麻者似的,一边抽搐,一边猛吸。璟停下脚步,看着它们。她猜想探头出来的是那只刚刚独立的小鸽子,而它旁边那个紧紧和它依靠着,又对它的举动都小心地注视着的,应当是它的母亲。自从腹中有了孩子,璟从什么平淡的事物中都能看出一些母性来。她甚至在就要去欧洲大学讲学之前,对这个北方城市产生了强烈的依恋,这个城市的线条变得柔和,绵细的冬雨、弥久不散的大雾都像是母亲的手在抚摸。

她一路从礼堂走来,极是小心。这雪化了又下,下了又化,地面深深浅浅,常有人走的地方就会很滑。她走得很慢,迫切地需要一排树木,使她能够扶着前行。璟从未因为走路这样紧张,她多么害怕摔跤,多么害怕伤害了腹中的它。这很好笑,璟想,她为什么要如此害怕,反正再过几个小时,她终是要动手术,把它彻底拿走的。那时它就会断绝呼吸断绝养料的吸纳,从此与她断绝。她在送它去受刑的路上,却做出如此关心它、在意它的模样,璟觉得自己可耻。

她忽然一阵心酸,胸口又觉得很闷。在一棵树前停下来,俯身呕吐。她已经开始习惯呕吐,此刻她甚至留恋这呕吐。她将失去这样的行为特征。她久久地把头埋在竖起的领子里,靠在树上。有人路过,走过来拍拍她,问她是否需要帮助。她摇摇头,肯定地说自己没事。路人便走远了。璟想,这种陌生的关怀也是唯有孕妇才享有的权利,她有一闪而过的满足感,旋即感到一阵酸楚。

璟靠在树边,看了一下手表,离下午和医生约定的时间还早,她却又不想去吃饭。璟环视四周,朝一个外卖窗口走过去。她伸手递上几块硬币,换了一杯冷的酸奶——她和所有孕妇一样喜酸。璟双手捧着冰冷的瓷瓶坐在路边的长椅上。她忽然那么强烈地想要和它说话。她仿佛看到它在晦暗的子宫里仰着一张如夜明珠般发亮的小脸。

2

人的一生可能搬很多次家,可是璟相信每个人都有他所归属的地方。并且璟知道,桃李街3号是她的归属地。那儿并不是她出生的地方,也不是她居住最久的地方,只是因为她离开那里便会不断地梦到那里。璟常觉得从前的某些记忆,像是落下的病根,到了某些晚上就像风湿病发作,悠悠散散地就从骨头里飘了出来。

女孩璟第一次到桃李街3号的时候,只是觉得它像童话里的城堡——她从小对于童话里一些意象十分迷恋,诸如城堡、神灯、咒语等等,可是她却忘记了,城堡同时也是恐怖故事发生尤为繁盛的地方,它哀伤而电闪雷鸣。她正走向一个诡异的迷宫。

璟一直都记得和妈妈搬去桃李街3号的那一天。下了很大的雨,天空是带着嫌怨的女人的脸,似有阻挠她们搬家之意。

璟的妈妈曼,穿着咖啡色扇摆式的收腰裙式风衣,只夹着很小的拼色皮子的挎包,走在前面。而璟却拖着很大的木箱,里面塞满了从前奶奶买给她的玩具,给她做的衣服和绣的枕头。曼不许璟拿这些,说,去了那边就什么都有了。可是璟看着那些缺胳膊缺腿的娃娃,露着棉花的冬衣,却哪一样也舍不得丢弃。曼回头瞥了璟一眼,骂她没有出息。曼从前的衣服一件也没有拿走,临搬家前的那小段时间里,她只是认真地坐在梳妆台前面化了个无懈可击的妆,喷了些小圆瓶里的香水——她这次喷了许多。她从前告诫璟不许动她的小圆瓶,那个的价值够她们吃一个月的饭,可是今天她几乎把一整瓶香水都洒在了身上。

璟因为拖着箱子,没有办法打伞。她淋在大雨中,透过被雨水模糊的视线,她看到曼撑着一把白色花边的小洋伞,脚底的高跟鞋被踩得咯咯响。她如一只走进自由的大森林的孔雀一般地展示着优雅。那个时刻,任谁都会忘记,曼已经是个十二岁孩子的母亲。

她们一前一后这样在雨中走着。璟知道很多人向她投来怜悯的目光,他们一定疑心她是这美丽少妇的小仆人,大约是惹到主人生气了,作为惩罚,便要淋在大雨中。不过璟不介意这些,奶奶临死前对她说,要尽量顺着这女人,在成年和足够强大之前,至少她可以给璟一块栖身之地。后来璟长大之后才发现,她的奶奶和妈妈虽然彼此仇恨和诅咒,但她们性格中有很多相似的地方。作为女子的深深的算计和久久的记怨都在她们身上得到很好的体现。也必将在她这里得到延续。

当璟的衣服湿透的时候,终于走到了桃李街3号。

桃李街是她们不常来的地方,这边大都是有独立花园的小楼。道路两边一律是青色的大铁门,进进出出的是涂满阳光的豪华轿车,车里坐的是抱着长耳朵卷毛狗的美艳贵妇。璟知道妈妈痛恨她们,却极是喜欢她们身上的行头。偶尔经过这里看到那样的女子,曼都会用一种复杂的表情看着她们,表情里面充满了嫌恶和厌倦,仿佛再也不想多看一眼。可是她的眼睛却半刻也不肯离开她们——她是多么喜欢她们身上的衣服和配饰啊。那个时候璟却不知,曼有朝一日会成为她们当中的一员,此前她所做过的细致的观察终究没有白费。曼可以那么轻易地成为一个举止优雅的贵妇人,完全得益于她曾付出去的那些恶狠狠的目光。

桃李街3号的大门虚掩着。曼也不去按门边的铃,径直就向里面走,俨然一副女主人的模样。穿过蔷薇花丛和葡萄架,她们走到了那幢二层小楼的前面。小楼是奶油色,像一头食欲不振、精神萎靡的小白象,安静地坐在这个静谧花园的最深处。璟现在才知道,原来桃李街里面的房子是这么好看。先前只在外面的道路经过,看到黑色雕花铁椤的大门,看到大束蔷薇花丛里面探出头来,连它们都好像沾上了高贵的气质,被浸染得这样忧郁和深沉。

曼按响了白色楼房大门口的门铃。门打开了。璟随曼走了进去。曼对门里面那个正注视着她们的男人说:

"我搬来了。"

到了秋天的时候,曼就和那个叫作陆逸寒的男人结了婚,成了桃李街3号的女主人。陆逸寒比曼小三岁,是艺术品拍卖公司的老板兼收藏家,开着一间富丽堂皇的画廊。他的家中收藏着很多名贵的字画以及古玩,像个丰盛的博物馆。陆逸寒自己也喜欢作画,有一间非常宽敞明亮的画室。他的画也在他的画廊展出,却从不交易。曼很是羡慕陆逸寒的清闲,每日不必上班,开心时便去自己的画廊走一遭,会几个朋友,却能够有源源不断的钱。并且他所交往的圈子中不乏文化界的名流,频繁的酒会更是让曼大开眼界。

曼和陆逸寒认识时日并不算短。因陆逸寒有朋友在歌舞团,自己也常去看歌剧。曼知道陆逸寒多年前便死了妻子,除了身边有个不到十岁的小男孩,再无其他亲人。曼心底自是喜欢他这样一个俊朗又阔绰的男子。而陆逸寒为人谨慎正派,曼是有夫之妇,他虽是喜欢曼,也从不作非分之想。待到死了丈夫,曼便觉得陆逸寒当是最佳的依靠。她便开始主动靠近他,并且让他知道自己命运有多坎坷,如今失去歌舞团工作,又须养活一个十来岁的孩子,是多么不易。曼经历男人无数,对男人的心思了如指掌。她果然引得陆逸寒的怜爱。

骤然间,璟也变成了住在桃李街的孩子。她家有汽车和大狗,楼前的大花园点上灯火便可以举办盛大的舞会。并且总有园丁隔周来花园里清除杂草,修剪树木,也按照她的要求种上了草莓和夹竹桃。璟从前日夜阅读奉为真谛的童话竟然当真发生在了她的身上,灰姑娘变成了小公主。他们常问她,你还有什么不快乐的呢?

3

曼是个过气的芭蕾舞演员。她曾是全省最大的歌舞团里的当家花旦。曼就是在那个时候嫁给了璟的爸爸。爸爸是歌舞团里的编导,他们曾经一唱一和非常和谐,郎才女貌被传为佳话。可是歌舞团后来每况愈下,最后终于解散了。曼和璟的爸爸都失去了工作。有段时间他们都待在家里,从日出到日落,面对着面,争执埋怨便从无休止。他们痛斥对方没用、懒惰,赖在家里不肯出去工作。两个人就像在不紧不慢地拉锯,终日都处在不能平衡、一触即发的状态下。那样的日子终于被他们过腻了。他们都走出了家门。曼开始在每个夜晚去舞厅跳舞,她从下午的时候开始打扮,她的衣服虽然多,可是大多已过时,所以这很容易让她变得心情沮丧,大发脾气。曼在镜子面前一件一件换衣服,每次都不能满意,只是等到快要来不及的时候,才勉强选出一件花哨的裙子,然后用非常快的速度把头发盘好,在脸上搽粉和胭脂。口红细致地涂上两遍,最后急匆匆地登上她的人造革的劣质高跟鞋从大门里冲出去。璟的奶奶必定会在曼走远之后,颠着小脚跟到门边去骂她。她是这样地痛恨她,可是她又是这样地害怕她。她害怕曼会彻底离开这个家,保持家庭完整的观念始终根深蒂固地留在老人的头脑里。

当曼出去跳舞的时候,璟的爸爸就会招来几个人在家中热火朝天地打麻将。

璟的奶奶和小小的璟待在里间那不到十平方米的小房间里,外间便是麻将桌,璟的爸爸和他的"战友们"。璟的奶奶到了吃饭的时间就准时走出去给这一大屋子的人做饭。她会把璟和自己吃的饭端进来,放在一张很低很低的小桌子上,她和璟各坐在一端吃。璟的奶奶是个胖子,她每次在这张小桌子旁边坐下都非常吃力。她得先把一只手撑在地上,然后身子慢慢偏下去,直到碰到地,才腾地一下,整个压在地上,两只腿向桌子外打开。

有一次她坐得太急,两只脚打开的时候碰到了桌子,竟然把桌子踢翻了。滚烫的绿豆稀饭把她的脚烫伤了。璟永远记得奶奶那一刻的表情。她那满脸的皱纹像晕开的湖面一样,向四周推开波纹。奶奶嗷嗷地叫着,伸出皮肉松懈的手臂去够她烫伤的脚。那是一双命运多舛的脚,年轻的时候被布裹得窒息,一日不得停歇地走路和奔波,年老了也没有疼爱的孩子给它一盆温暖的热水作为抚慰,现在在滚烫的稀饭下面像无处藏身的兔子,终于感到了要走到尽头的悲怆。

是的,璟记得那天,满桌子的饭菜洒在了地上,奶奶的脚肿得那么大。她坐在地上哭,像个被丢弃的小孩子,错愕地抬起头寻找自己的亲人。璟从桌子的另一端很快地爬过去,奶奶的手终于够到了璟,她一把抱住了她。璟因为恐慌而颤抖,却忘记了哭泣。奶奶紧紧抱住她,双手那么死命地抓着她。可怜的老人,眼泪和鼻涕一起淌下来,黏在女孩的脸上,衣服上。她呜呜地哭,嘴里说着含混不清的话。过了很久璟才把那几句不断重复的话听清楚,奶奶说,她走了谁照顾她的小孙女儿呢。那是一种多么无助的恐慌啊。那时候奶奶知道,她就要走到生命的尽头,然而对于自己再也无能为力的事情,却是如此地放不下。璟今生今世永远都会记得奶奶那一刻的样子。璟抓着奶奶的手,安慰她说,我会快快长大,自己赚钱,给你买鸭绒被子和缎面刺绣的对襟棉袄。奶奶哭得那么凶,璟忽然很慌张。她不知道怎样才能把奶奶哄得好起来,怎么才能令她相信,自己一定能兑现这承诺。

她只是想给这可怜的老人一些可以温暖和保护的东西。奶奶应该很需要在寒冬的夜晚紧紧护住身体的鸭绒被,她很需要一双舒服的带着棉花里子的布鞋来保护她总是受伤的脚。璟想着她要变成一个富翁,把这些一一送给奶奶。她们可以一起离开这个糟糕的家,再也不需要生活在这个日子过得唯唯诺诺的屋檐下。可是那是多么遥远的理想,就像飞机要经历太久的升空过程,奶奶终于也没有看到这飞机在天空中的飞行。

璟十岁那年,奶奶死于心脏病。她死的时候脚上的烫伤还没有好。那烫伤似乎是一个楔子,伤疤一直没有好,越烂越大,她的身上充满了腐肉的味道。她渐渐几乎不能站立和行走,可是即便是顺着墙壁勉强地挪动,她也要去做饭给她的儿子和他那些砌长城的战友。那日她靠在炉灶旁边剥蒜。锅里放了油,油一点一点变热,沸腾起来,可是她没有再把蒜丢下去。她心脏病忽然发作,倒在了炉子旁边。那个时候璟还在学校上课,她的爸爸就在旁边的房间里打麻将,全然不知。油锅里浓烟滚滚,轰的一声燃起大火,很快就引燃了奶奶身上的衣服,可是奶奶那像松软的雪堆一样臃肿的身体毫无反应,无知无觉。她永远是可以承担和忍耐痛苦的女子,即便是到了最后一刻。

等到璟的爸爸闻到烟味跑进来,厨房里已经是满屋浓烟,火苗乱窜。众人一番忙乱,扑灭火焰后,璟的爸爸看见他妈妈躺在炉子旁边,那被烟熏火燎的脸上平和安然,毫无痛苦状,像是一块浸满油渍和污秽的抹布。

那天璟和平日一样,放学后独自悠悠荡荡,慢慢走路回家。她路过卖麻辣烫和棉花糖的小摊,她当然看到了刚刚出锅、热气腾腾、缀着红色辣椒末的麻辣烫,她也看到了像朵美好的云彩一般从她的眼前飘浮而过的棉花糖。可是她没有钱,一分也没有。璟只好安慰自己说,我才不稀罕吃那些,我要赶快回家去,我奶奶已经做好了好吃的晚餐等着我,或许还有我最喜欢吃的蘑菇和带鱼。她也看到了卖童装的小店门口摆着很多衣服,因为临近儿童节在优惠展销。那里已经围满了妈妈们,她们拎起一件一件的荷叶边小裙子,大翻领小碎花的衬衫仔细地审视,有时还回身拿到她们身后跟随的小女孩身上比一比。璟低头看了一下自己,她穿了一件很硬的深蓝色的确良布衬衣,衬衣袖子和身子都很长,一举手一投足仿佛是个戏院里唱大戏的小跟班。灰色的裤子非常肥,布料已经洗得没有了颜色,透着风,走起路来像两只逛来逛去的面口袋。

　　璟推开家门,扑面而来的是呛人的焦糊气味,奶奶躺在外面大屋子的床上,整个身子都被白色床单覆盖了。璟靠在门边,听见风声和那仿佛属于奶奶的特有的脚步声。突突,突突突,一点一点远了。璟不明白,为什么她的奶奶不可以再等一等,等璟长大,等璟给她买那些温暖的鸭绒被子和缎面刺绣的对襟棉袄。是奶奶看厌了璟这冗长而乏味的成长吗?

　　奶奶的死看起来对璟的家并没有多大的影响。只是她的爸爸不再在家里打麻将了,因为不会再有人给他们做饭,但更重要的是,在刚死了人的房子里打麻将,是一件很晦气的事。所以璟放学回家,房子永远是空的。有的时候她会产生一种幻觉,听到厨房发出嗞嗞的声音,仿佛是奶奶在做饭。璟连书包都没有放下就跑到厨房。可是那里,分明很久没有点过火了,大米里爬满了虫子,奶奶腌的咸菜已经饿了。而璟必须自己买饭来吃，交替着向爸妈要钱。他们都是很聪明的人，知道烧饼和作业本的价格，所以璟从来也多要不来一角钱。她开始为了省下几毛钱费尽心机。她捡别人用过的作业本，把里面空白的纸页都撕下来，装订起来再用。她也知道哪家店铺的烧饼最便宜并且大。清明节的时候，她用攒的钱买了奶奶喜欢吃的晾干的柿饼去山上看望奶奶。璟并不算一个感情格外丰沛的人，和奶奶也不算十分靠近。但是她给璟的爱，璟总是记得。因为这世上她是第一个给予女孩一份像样的爱的人，她到死都牵挂着璟。女孩总是会记住对自己好的人，一点点的好，些许的恩惠，她都会记得。

那天璟一个人站在山上，直到暮色降临她再也看不到自己的身体。她感到和这山是一体的了，再也不用离开。而奶奶，她正颠着她那溃烂得千疮百孔的小脚，赶过来带走她可怜的小孙女儿。

璟的奶奶死后只过了半年，她的爸爸也死了。璟的爸爸也是心脏病，那次他在麻将桌上连战了二十个小时，就在他缓缓站起来，数着大把赢来的钱准备离开的时候，他永远地倒了下去。他那双兴奋的眼睛甚至没有来得及合上，眼珠凸出，赢的钱还在手中捏着。

是璟把爸爸的眼睛合上的。他的眼睛非常灰暗，像是掉进了太多的尘灰。她说不上伤心，可是看到他的样子还是有点难过。曼带着璟来医院的抢救室，璟的爸爸已经断气，还是临倒下那一刻的模样。曼把男人赢的钱收起来，一张一张叠好，然后去火葬场办理手续。璟独自站在床边，恐惧地看着她的爸爸。她想掉头就走的，可是却像被什么力量推着，竟然走到他面前，把他的眼睛合上了。合上他的眼睛的时候，女孩似乎听见一种关门的声音，她猜想他就此走了，从此和她和妈妈和这个世界隔绝了。璟感到恐慌的是,她的爸爸只给她留下太过稀薄的影像,这将是女孩终生无法逆转的事。她原本天真地以为他给予了她很少的爱,可他至少有足够的时间,在漫长的时间过后,这些细微的爱也会积攒得大起来,成为一份像样的父爱。然而她终也不曾想到,这爱也没有能力再延续,再攒足。它注定永远是猥琐的弱小的父爱。

璟努力地想写下点有关爸爸的事,作为纪念。她必须写,哪怕这爱的火光微茫,可是要证明,它存在过。

璟记得她爸爸给她买过一个面人儿,是个黑脑袋穿着背带裤的米老鼠。那个时候她还小,爸爸还没有脱离他高贵的艺术气质,那个时候的他,较之后来,要可爱多了。璟记得他很喜欢傍晚去附近的人民公园看那里展出和交换的字画。那天他带了璟同去,把她放在自行车前面的横梁上。那天公园里有做面人儿的,她和爸爸凑过去看。爸爸看璟喜欢,就决定给她买一个。结果他们在做选择的时候产生了分歧。璟想要米老鼠,那个时候刚刚盛行米老鼠的动画,它无疑是最受欢迎的卡通形象。然而爸爸非让她要孙悟空。他附在她耳朵上说,这个孙悟空工艺最复杂,要消耗那艺人的时间最多,所以要这个最合算。然而对于七八岁的璟来说,只是觉得亲切可亲最重要,哪里管合算不合算?但是爸爸脾气不好,璟从小不敢顶撞他。他说孙悟空好,这就是命令。于是他付了钱,她拿着孙悟空走在他的旁边。她显得有些闷闷不乐,因为这孙悟空长得有些凶恶,拿在手里、摆在家里都会让她恐惧。璟不吭声,脚步有些迟缓。爸爸走得很快,他掉过头来看着她,问,你怎么啦?璟不说话。他再问:非要那个米老鼠?

璟仍不说话。爸爸很快地走到她身边,拉起她的手,他们又走回那个做面人儿的小摊。她终还是拥有了那个穿着湛蓝色背带工装裤的米老鼠。璟在回去的路上表现得非常活泼,坐在爸爸车子的前梁上,一会儿高举着米老鼠,一会儿又把它拿到眼前凑近了看。她的身子左右摆动,欢快得忘形。大约是因为动作幅度终是太大了些,抑或她高举的米老鼠挡住了爸爸的视线,总之,璟忽然感到身体斜了过来,车子嚓的一声,摔在了地上。她和爸爸都从车子上倒了下来。爸爸沉重的身体压在她的身上。过了一会儿他才摇摇摆摆地爬起来,冲着她吼:你就不能老实一点吗?

对于他的发怒她很恐慌,他有时候也会打璟,很疼。她慌了神,赶忙爬起来站好,低着头,忽然眼泪就掉了出来。并非因为担心一场打骂,并非因为膝盖已经磕破,淌着血,非常疼,而是她忽然看到手里的米老鼠,已经没有了头。胖而拙笨的身体和背带裤处境难堪地被困在木棍上,像是被鱼叉戳住的鱼。带着两个圆饼耳朵、翘着夸张的大鼻子的脑袋已然不在。女孩像是目睹了一场交通意外和一个亲人的死去那样地伤心,流泪不止。这使得她爸爸终于没有爆发,他忍耐地推起车子前行,腿脚一瘸一拐。璟慢慢跟在她爸爸的后面,双手把无头的小可怜揽在怀里。

这大约是璟有关她爸爸的最深楚的回忆。这是唯一一次,他依顺了她,孙悟空换成了米老鼠。然而事情总是波折不断,她的米老鼠夭折在回家的路上。这就像她和爸爸的情谊,死在了半路上,它再也没有机会接受任何修葺。

璟合上了爸爸的眼睛,尘灰再不会掉进他的眼睛,而爸爸的眼睛可以沿着去另外那个世界的道路一点一点重新明亮起来吗?

爸爸的死也没有给璟和曼带来多大影响。曼照旧自己出去玩,璟上学,弄饭喂饱自己。只是现在她只能向妈妈一个人要钱了。那段时间,曼也处于贫穷阴影的笼罩下,尤其是她绝不能忍受走在最繁华的商业大道上或者去像桃李街那样的地方。因为那里有太多的举止优雅的女子穿着她叫不出名字的名牌衣服,她咬着牙,她盯着她们的衣服、她们的男人,她觉得那本是应该属于她的……

曼发誓她一定会拿回这一切。都是她的,都是她的。她发誓。

4

璟和曼的关系一直冷淡。她是包括奶奶和爸爸在内的全家人中,和璟关系最疏离的。从璟懂事起,就知道曼不喜欢她。她如果哭曼就会狂躁,还会打她。于是她在很小的时候就懂得要保持安静。可是这仍旧不能让曼满意。她常常看着璟就心生怨气。她觉得璟丑陋,觉得璟累赘。奶奶说,这是因为生养璟使她付出了巨大的代价。尽管这些代价相较很多女人来说,并不算什么,但是对于曼,却是超过极限的。璟是她没有预料到就来了的孩子。想去打掉这孩子的时候,她已经悄无声息地长得太大,像只顽固的寄生虫,紧紧吸在她的身体里。她终于还是接受了现实,结束了所有的抗争,一心盼着这孩子快些出世。

那大约是曼今生今世最为恐慌的一段时日。她的身体开始发生变化。这对她是一件不能容忍的事,这将意味着她会变胖变丑。她将失去美貌。而天底下,还有什么能比失去美貌更令她恐惧和痛恨的呢？璟的奶奶精心准备一日三餐，为她补养身体。那些平时吃不到的昂贵食物令她食欲大振，可是她吃过之后就会大发脾气，责怪璟的奶奶。在她看来，璟的奶奶这样做是居心叵测的，有意让她胖起来好把她拴在家里。于是她每次吃过东西之后就大发脾气，摔打东西，冲着璟的奶奶大吼大叫。璟的奶奶也不做声，只是想熬到生下孩子就好了。她这样打打摔摔过了几个月，食欲一直有增无减，身体果然圆润起来。丰盈的身体终于泄露了她一直对歌舞团隐瞒的怀孕的秘密。她被从领舞的位置上替换下来。这对曼无疑是巨大的打击。她为了获得领舞的位置曾做过多少努力，这是她还是个小姑娘，第一天来到歌舞团的时候就根植下的梦想，她发誓要实现，她开始一步步努力，包括嫁给璟的爸爸，那也是她为此做的努力之一。可是现在因为怀孕，就这样轻易地被替换下来了。她只能在家中发泄在食物上，她不断暴食暴饮。等到怀孕六个月的时候她已经比从前胖了一大圈，歌舞团的工作完全中止了，处于赋闲的状态。她每天挺着肚子自怨自艾，心情矛盾地吃下美味的食物，然后开始对着璟的奶奶大发脾气，咒骂肚子里的孩子。曼就是从那个时候开始憎恨璟的。

　　璟生在夏末秋初。她的出生对于曼是另一场浩劫。曼是个骨架很小的女人，生璟的时候遇到了麻烦。为了保全母亲和孩子的生命，医生决定剖腹产。那个时候曼尚清醒着，听到剖腹产，差点昏死过去。她大声地叫，挣扎，哭喊着：你们不能在我的肚子上划个口子，你们不能这样，我是个舞蹈演员……她想到以后将再也不能穿着露脐装像天鹅一般昂首站在舞台中央，多么可怕啊！她的情绪太激动了，几乎从床上摔下来。她开始捶打肚子。她多希望肚子里的孩子像腐烂的块根一样烂在她的血液和骨髓里。那是璟出生前的十分钟。这小小的生命在子宫里闭着眼睛蒙蒙地听着即将来到的这个世界的声音,她满怀憧憬,可是迎接她的不是喜悦和激动,而是一场捶打和企图谋杀。她的妈妈要把她揉碎,要把她捏烂。

这情景也许冥冥中已注定了她们之间的仇恨。

医生给发疯的女人打了麻药。她的脸上仍充满怨怒,身体却不能动弹了,渐渐昏过去。可是她将永远恨这正一步步走来的小生命。这恨从璟来到人世前的一刻就开始了。

曼生下璟之后都没有好好看看她。女孩,护士对她说。她懒得睁开眼睛看,唇角带着轻蔑和厌恶,仿佛这婴儿是从她的身体上扒下来的一块废物。曼伸出手指慢慢抚摸自己的肚子。上面裹了纱布,她按下去,是硬实麻木的一块肌肤,仿佛不是自己的。那是永远留下的一道疤,像蜿蜒的巨型蜈蚣,就这样嵌进了她的肌肤里。璟注定和这条丑陋的伤疤紧密地联系在一起。曼看到它就会想起璟,这恨因那伤疤的存在永远存在。

可是不管怎么说,曼终于摆脱了大腹便便的形象。她想着,这场劫难终于结束,她要尽快让自己恢复到最美丽的状态。她艰难地下床,去洗手间。她扑在大镜子面前,仔仔细细地看着自己。浓黑的眼圈,苍白的脸上生满了茶色的斑。眉毛很久没有修过,如此凌乱。她疼惜地抚摸着自己浮肿的脸,它正在失去弹性和光泽,像个在不知不觉间泄气的球,它还在挣扎着动,可是再无往昔的活力。她伤心地大哭,不知道为什么要受这样的苦,要忍受丑陋和疼痛,不知道为什么自己要分出生命中最好的一部分给这样一个没用的东西。她感到她的精华都被这新生的婴孩带走了,而自己是新陈代谢中留下的旧体。

每个人都有自己的底牌和维持生命、生活的底线。对于曼这样的女子来说,美丽是她的底线,尽管她同样具备了聪敏的优点,但是这些都仅仅是在拥有了美丽之后用来锦上添花的玩意儿。所以她自然憎恨璟,纵然她们骨血相连,因这已经威胁了她生命里最要紧的东西。这些道理璟小时候不明白,她只是知道,自己的妈妈与别人的不同,从妈妈身上索取爱是徒劳无功的。璟长大之后,终于可以理解曼一些了。或者说,璟身上同样隐含着来自曼的不安分因子,所以等她长大了,便自然地理解了曼。

她理解她,可仍不肯原谅她。璟常常想到,原谅只适用于一些记忆力太过糟糕的人,对于她这样一个可以随时把每件记忆拿出来,攥住不放,直到攥出最后一滴水的人来说,原谅是个根本不存在的词。

璟当然记得,两岁的时候在大床上睡觉,曼丢开她出去跳舞,她从床上滚下来,头上肿起大包。璟当然记得,四岁生病,曼任凭她高烧,后来在她奶奶的督促下给她喂药,却把脚气水当作止咳糖浆灌进她嘴里,嘴上瞬间长满了烧灼的大泡。璟当然记得,六岁的时候曼带着她去公共浴池洗澡,曼照例在前面昂首挺胸地走着,璟在后面大步甚至跑着追随。曼兀自走进浴池的那个大弹簧门随即向后甩开了门,忘记了璟就在她的身后,门重重地弹了回来,门上的铁把手恰好撞在璟的头上,她头晕之极,险些昏倒,曼却大声吼她,你怎么不看前路……围观的妇女都说,幸亏璟个头还矮,如果再高些,那铁柄就会打在她的太阳穴上,大概就活不成了。璟当然记得,七岁的时候开始读小学,曼和她的爸爸两个人彼此推脱,谁也不肯去开家长会,后来老师上门家访,曼冷淡地跟老师说,这个孩子生下来就带着好多坏毛病,谁教也教不好。老师异常惊讶,曾把璟叫到办公室小心而关切地问,她是不是你的继母……璟也不会忘记,九岁那年,因太喜欢她那瓶装在银色玻璃小瓶里面的湖蓝色香水而悄悄洒了一滴在自己的手腕上,结果曼闻到了,狠命地打她,把她的手臂抽出了红色印痕。这便是她的母亲,她没有给她做过一顿饭,没有给过她一句赞美和嘉许。她在她成长的整个过程里,都在忙于如何使自己重新变得美丽并且巩固她的美丽,她都执着于如何捕捉住男人的心并且衔住它不放……白天她去跳健身操,跳舍宾,晚上则去跳舞,一旦有了一笔钱,就去做按摩和美容。她也会穿着光艳地去和有身份的阔太太们打牌,然而她并不是很钟情于这个活动。因她总是需要人群给予她关注和艳羡的目光,而在那些锦衣华服,高傲自恃的女人面前,她永远处于低下的位置,这使她不能忍受。

然而曼的确是个坚忍的女子。她不懈地努力,带着骨子里面的直冲云霄的傲气和不甘心,在被孕育璟这件事情打败后,终于又站了起来,又成了美丽优雅的女子。璟十岁的那年,曼在巷子口走过,周围的女子都会给予她无比艳羡的目光,她们都认可了她的美。和璟一同回家的小学同学也看到了她,她们惊叹于曼身上那件真丝无袖的大下摆圆裙,她还顶着一顶白色网眼的太阳帽,像一只珍稀的候鸟忽然在这一季决定拜访这片陆地,她昂首挺胸,甚至令孔雀也感到羞报。后来璟淡淡地告诉她们,那女人是自己的妈妈,那群女孩子谁都不肯相信。她们嘲笑她,说她想做有钱人家的女儿想疯了。

不能改变的事实就是,曼是璟的母亲,她生璟的时候为璟流过血,她为了璟,付出了一道一寸半的伤疤的代价。所以注定璟于她是相欠的。这种亏欠是自璟生下来就存在的,是强加给璟的,因此璟必须处于被动的地位。

5

她们搬去桃李街3号的那天,连箱子都没有来得及放下,曼就和那个男人在客厅里很久很久地拥抱和亲吻,全然不顾璟就这么看着。男人温柔地用手臂环住曼,曼很瘦,她向后仰着身子,仿佛身体要从那极其纤细的腰部断裂开。男人们都很会对这样的女人心生怜爱,璟是知道的。璟的眼睛一眨不眨地看着他们。那年璟十二岁,她第一次看到了男女之间那么真实的拥抱和亲吻。他们都很美。曼有波浪的长卷发,散在肩上,随着他们的拥抱,像充满柔情的海浪般一起一伏。她身上的大摆风衣裙让她宛如一只蝴蝶一般飘忽不定,诱惑和牵动着每个注视她的人。陆逸寒身体修长,有一张生着络腮胡子的脸,很白,平头,穿很宽松的白色套头针织衫,上面印着精致的小字母,但颜色都很素淡。灰色条绒裤子,脚上是墨绿色的麻制拖鞋,这是他居家的便服。他眉宇间带一点清冷的忧伤,整个人看起来是那样高贵。他的怀抱和吻都是无比轻柔的,曼全心全意沉浸于此。那是一幅永远留在璟记忆里的画面,有关男女情爱的,有关那温柔得过了头的缠绵的。等到璟和男子也有了拥抱和亲吻,每一次,她的脑海里都会浮出他们亲热的画面,像是完美的雕塑一样,令她在亲吻中感到羞赧,觉得自己做起来是那么笨拙难看。

璟的眼神一刻也不离开那个男人,他和她的父亲不同,他没有酒气市井气，也定然不会对赌博痴迷到无法自拔的地步。他和她见过的所有男人都不同，那些男人，你看他们一眼就能看出，他们要的是什么，他们究竟是要钱，要权势，还是要美色，那些欲望都暴露在了脸上。可是这个男人，让人无法看出他要的是什么。他看起来是那样充裕，毫无欠缺。所以他看上去才是那么的安全，可以信赖。他仿佛天生是来给予的，并且也有丰沛的东西可以给。

男人终于注意到缩在门边一个角落里的女孩。见她在定定地看着他，就对她笑了笑。然后他回过头对曼说：

"是你女儿吗？"

曼瞥了一眼璟，皱了皱眉：

"是啊，她多么邋遢呀，和我一点也不像。你不要见怪。"她的语气略带委屈，希望得到男人的同情。

璟的目光和曼的目光迅速地碰撞了一下。璟在想，自己丢了她的脸，是不是要感到一丝抱歉，她理应牵着一个白雪公主一样冰雪聪明的小女孩，清透得像一颗清晨里刚刚结起的露珠。

男人第一次看到璟，她无助地站在门口。淋湿的衣服贴在皮肤上，不停地发抖，像是一只被剥去了毛皮的小兽。她不怎么干净，也实在谈不上好看，但她并不屑弱，坚毅的唇角仍是上翘的——她拒绝任何人来可怜。她紧紧地牵着她的木头箱子，站在那堆破烂的玩具旁边，像是在保护它们，害怕它们在陌生的环境里受人欺负。她是个天生充满母性的孩子。他甚至从她直视他们亲吻时那种充满欲望的眼神里，知道她有多缺乏爱。陆逸寒充满怜爱地对她笑笑。他松开曼，走到从一楼通到二楼的楼梯旁边，对着楼上喊道：

"小卓,你下来。"

一个大约十岁,穿着天蓝色海军服的瘦小男孩从楼上走下来。他是那么瘦,头发略黄、微卷,软软地贴在他的脸上,白嫩嫩的小手小脚非常细长。他大概是璟看见过的最漂亮的小孩,皮肤仿佛蛋清一样透明,眼睛的颜色很浅,像是璟从电视里看到的古代天竺人。璟又隐隐约约看到他颈上挂了一根银闪闪的链子,上面挂着一个钥匙般细长的项坠。它如此地亮,似是用来施魔法的宝贝,又或者是开启某扇隐秘之门的钥匙,璟看得炫目,来不及做出判断。

男孩跑到陆逸寒的旁边,抱住他的腿,用警醒的眼神看着璟和曼。陆逸寒拍拍小男孩的头:

"小卓,你带这个姐姐去你房间,把你的玩具拿出来给她玩。"

小卓点点头。他走过来,走到璟的面前,看着她。璟也看着他,然后缓缓地去拖起她的木箱。男孩立刻过来帮她拖。陆逸寒笑着摇摇头:

"小卓,你先带姐姐上去,东西爸爸等下给她送上去。"

小卓点点头。然后走在前面给璟带路,他们上了二楼。

二楼有一个狭长的走廊,两边都是一扇一扇的门,应该有很多个房间。小卓把璟带到了他的房间,右边最里面的一间。他的房间和衣服一样,也是海蓝色的墙壁,海蓝色的窗帘,搭配着白色的床和衣柜。地板是黄色均匀材质的木头,他穿着一双柔软的白色绵羊毛的拖鞋走在上面发出嚓嚓的细碎声音。他席地而坐。璟站在他房间的门口,身子在半掩的门之间,迟迟没有走进去。她低头看着自己的鞋子——那是奶奶买给她的塑料凉鞋,新的时候曾是淡淡的雪青色,前面有三根带子。但是现在它已经脏得洗不出来了,是铁灰色,一只上面的带子断了两根,一只上面的带子断了一根,断了的带子就这么尴尬地杵在上面,走起路来晃来晃去。它趟过太多次雨水,好几次走去山上奶奶的坟墓,深陷在泥泞的土地里。璟站在小卓漂亮的房间门口,迟疑着是不是要脱去这脏得令她难堪的鞋子。

璟和小卓面对面隔着一段距离这样安静地站着。他用一种完全理解和可以等待的目光迎视着她。此时他们尚未交换彼此的故事,但有一种不可思议的信赖和理解却已产生。她终于决定还是把鞋子脱掉。于是她俯下身子脱去那双塑料凉鞋。她还没有抬起头,就看到小卓已经站到了她的面前。他的双脚从那双高贵的绵羊毛拖鞋中退出来,然后把它们送到她的脚前面。璟迟疑了一下——她刚刚淋了很大的雨,脚还是湿的。她看看他,他摇摇头,表示不介意,用微笑示意她穿上。于是璟穿上了小卓的拖鞋。她的脚立刻深陷和沉溺于那种软绵绵的温暖中。印象中,她好像没有过像样的拖鞋。夏天的时候,脚上的凉鞋就是她的拖鞋,冬天,奶奶会给她找出她穿旧的小布鞋剪掉后跟当拖鞋。那布鞋对于璟来说已然太小,她的半个脚跟要蹭在冰冷的水泥地上,那水泥地的冷一股股地刺进脚底。

这是璟第一次穿上一双完整、像样的拖鞋,而它又是这样的华贵,她低头注视着白色的毛,它真的像绵羊的脊背一样让人忍不住想伸出手摸一下。

小卓打开左手边的一个柜子,把玩具一件一件拿出来——色彩鲜艳的大块积木,银色机翼的模型飞机,韩国产的小型模型汽车,穿着制服盔甲的铁头士兵,可以装泥沙的塑料小铲小桶,还有会叫的电动鹦鹉。这么多漂亮精致的玩具,璟从来都没有见过。

他斜着头看着她,问:

"你爱玩什么?"

璟摇了摇头,好像是个刚刚抵达地球的外星人,完全不懂得如何操控这些玩具。他眨眨眼睛,看着她宽容地笑了。

6

那是璟在桃李街3号度过的第一个夜晚。深夜都不能入睡。璟想着他们的拥抱,那美好的拥抱,它意味着什么呢?它意味着那个崭新的俊朗的男人从此走进她的生活,并扮演父亲的角色;它意味着那个像小天使一样纯洁的男孩挥动友善的翅膀邀请她一起游戏。她睡在小卓房间隔壁的客房,房间很大,只有一张写字台和一张大床。璟躺在大床上,翻来覆去,怎么也不能入睡。她睁开眼睛环视房间,房间对于她来说,太大了一些,而这张豪华的大床,对于她似乎也过于柔软。这些都让她感到不安。于是她从床上爬起来,摸索着找到门。然后她打开门,打开走廊的灯。

璟知道曼和陆逸寒睡在右边第一间。不知出于什么目的,她渐渐靠近那扇门。也许她的潜意识里知道那里有自己探求的东西。于是一步步走近。她听到了里面有翻腾的声音,有比海潮更加剧烈的喘息声。她没动,面无表情地站在原地,让那些声音像一场声势浩大的雪,慢慢落在她脑中大片的空白里。良久,她终于弯下身子,把脸凑到那个锁孔的位置:白晃晃的胴体在黯淡的柠黄色灯光下熠熠生辉。像生满发光鳞片的鱼一样翻腾跳跃,像絮状连绵的云朵一样深陷缠绕。深红色的床单变成了一张无限柔软而富有弹性的大网，两只兴奋不已的蜘蛛正用情欲的丝紧紧地缠住彼此……

她腾地一下弹离那扇门，倒退几步，让自己远离像鬼匣子一般可怕的锁孔。她愣愣地站在那里，像是被他们的丝缠住了，黏住了，怎么也动弹不得。她用双手环抱住自己，肩膀剧烈地抖动，企图挣脱这黏的丝。她的喉咙里发不出一点声音，也不能逃开。她只是站在那儿不断颤抖，希望把看在眼里的事都飞快地从她的脑中抖出来，甩得远远的。

璟让自己平息，不断在心里和自己小声说话，让自己安静下来。终于渐渐平静，手脚可以动，可以大口呼吸。她最后瞥了一眼那个充满暧昧的黄色灯光和欲望的锁孔，匆匆地跑下楼去，倚着一楼的楼梯坐在地上，嘴里不断大口喘气。她努力让自己丢开那个锁孔里面的世界，它是一道闪电，把生命里尚被遮蔽的晦暗角落劈开了。亮白的光刺痛了她的眼睛。她一直相信，这伤疤已经融化在她的眼神里。

就这么坐着，坐了很久，璟才渐渐平息。可是她感到前所未有的心慌和饥饿。是的，非常饥饿。她在饥饿的时候常常想起奶奶的脸，似乎自从奶奶去世后，她就没有吃过一顿饱饭。奶奶好像在问，璟丫头，你饿不饿，你饿不饿？只有奶奶真心地关心过这个问题，这个问题甚至被她自己忽略。她忘记了问自己的感受，你饿不饿，渴不渴，需不需要哭一下，要不要一个温柔疼惜的拥抱……她是盲的，长久以来只是这样机械地走着，所有的神经都像废旧电线一样只是徒有其表地横亘在那里，而抵达她内心深处的那一端，再也没有一点触动。可是就在这个受到惊吓的夜晚，璟忽然无比温柔地问自己：你饿不饿?她一直和自己的关系疏远,不懂得和自己沟通,它们仿佛只是在一种强烈的使命感下面苟且存活着。这是第一次,她意识到,要对自己好些,因为世界上除了自己,再也没有人会对她好些。爱是微薄的,她要给这姑娘能看到并且紧握的。于是她问自己,你饿不饿?她对着自己努力点点头。我很饿。嗯。她表示听到了自己的声音,轻轻地用手爱抚了一下自己的胃。它仿佛是一片空旷的工地,到了夜间机器还在微亮的灯光下隆隆地空转。它为下一个早上的到来还那么久而感到神伤。

璟决定帮助自己解决饥饿的问题。她从地上爬起来,顺利地找到厨房。麻利地打开了冰箱。这是她所能想象的最拥挤的冰箱。那么多的食物,五颜六色的包装直冲进眼睛。它们像不断膨胀的热气球,带着无与伦比的热情飞进了心里。此刻她是多么地欢迎它们和需要它们啊。她看到了大颗的草莓,饱满的猕猴桃,黄灿灿的凤梨,提子面包,绿豆饼,蛋黄派,肉脯,橙汁以及果味酸奶,还有大板的黑巧克力……她打开冰盒,又看到了巧克力脆皮甜筒和正方形大盒的香草冰淇淋……

过去的那么多年里,从来没有一刻像此刻对于她来说,如此富有成就感。是一种如此充裕的成就感。像是发现了宝藏发现了新大陆。她强烈地感觉到,这么多的食物,它们都是属于自己的,任意供她支配。她感到一种凌驾的快感。

她看着它们,冰箱中不断喷出的冷气罩在脸上,但丝毫不能让她冷却。这一刻的璟是滚烫的。她为这些食物发了烧。当她伸出手做选择的时候,却是迟疑了很久。她想了又想,终于先拿出了一支甜筒冰淇淋。

她迅速剥开它金色的外衣，掀掉上面的纸盖，大口大口地吃起来。冰淇淋几乎还没有来得及融化，就被女孩完全吞进了肚子。她的肚子里所有热气仿佛骤然间被这团冰冷的东西都吸聚了去，身体变得轻飘飘冷飕飕的。她有多久没有吃过冷饮了？奶奶活着的时候还给她偶尔买一袋散装的酸梅粉，拌上几勺糖，放在冰箱里冻结实了，让璟当冰糕吃。那带着发苦的酸味和不均匀甜味的大冰块就是璟吃的冷饮。所以无疑这种甜筒有着她从来没有尝过的甜蜜而美好的滋味。她虽然很快就把它吞了下去，可是就这样一动不动地直直地站在那里细细地回味了很久。牛奶的鲜醇，巧克力的浓滑，都一遍一遍从舌尖绕过。又过了很久，她终于回过神来，问自己还饿吗。女孩问自己的时候，就想起了刚才锁孔里面的一幕，她记起白花花的身体和纠缠如麻的情欲之丝。她拼命摇头，让自己不要再去想那些，专心地来面对食物，享用它们。这次她选择了蛋黄派。这个东西的滋味是她平时想象也困难的。因她只在电视里看到它出现，它用精致华美的塑料小袋子包着，她几乎不能知道它的确切模样和质地……她嚓地一下撕开了大红色的塑料包装袋，里面露出一只像新孵出来的小鸡一样黄嫩嫩的圆形蛋糕。她看着它，缓缓地伸出小手指碰了碰它。它的质地是这样的柔软，有细细的黄色粉末掉下来。它乍看起来酷似很小的时候奶奶拿着鸡蛋和面粉到巷子口加工的鸡蛋糕。可是它却比那鸡蛋糕高贵太多。它不会有锅底糊了而沾上的黑块，不会有嵌在蛋糕里面的碎蛋壳，它是这样的圆润和细腻，中间还夹着浅黄色半透明状的奶油。她紧紧地捏住它，让手指深陷在那软绵绵的糕体中,把它送进了嘴中……

她不能停下来。因为停下来就会不知道怎么办好,脑子里立刻会被大片的白色侵吞,会被蛛丝缠绕。她只有不断地问自己,你饿不饿?你还饿不饿?饿。于是她继续拿起食物,拼命地塞进嘴里。她吃了三个猕猴桃,这也是她第一次品尝的水果,它是这样的碧绿可人。她又吃了所有的草莓。她记得她曾经在作文课上写过最喜欢吃草莓,因它特殊的香味和鲜红欲滴的模样。可事实上她只吃过两次草莓,而且也从没有吃过这样多。她又喝了酸奶,酸奶是青苹果口味和柠檬口味的。它像拌着白糖的白雪一般清凉凉地糊住了女孩的嘴。她又吃了提子面包,葡萄干藏在里面,她把面包大口大口地放进嘴里,然后用牙齿慢慢和它玩耍,把葡萄干找出来。每一颗葡萄干都在嘴中化成持久的甜意。然后她又吃了绿豆饼。是装在花花绿绿的塑料袋里的,一个绿豆饼一层花衣裳,和奶奶从前买给她的那种一打用白纸包裹着的大不相同,而味道也更加糯甜,绿豆的味道更加浓郁。于是她把那整袋的绿豆饼都吃了下去。最后她吃了巧克力。璟小时候也吃过巧克力的,干干瘪瘪的一小块,因为已经化了所以特别软,进了嘴巴还没有来得及咬就消失了。所以这应当是她第一次正式吃巧克力。黑色的巧克力上镶嵌着纯白的坚果。坚果宛如细碎的贝壳一般在大片的黑色领土里若隐若现。她把那大块的巧克力掂在掌心,沉甸甸的分量让女孩觉得格外安全。她掰下一个角放进嘴里,它并没有立刻化去,只是一丝一缕地把浓郁的甜意传输到舌尖。可是她已经等不及它化去了,开始咯吱咯吱地咬碎它,甚至没等果仁完全咬碎就把它咽了下去……她又吃凤梨,明艳的黄色,汁水溅在了衣服上,而果肉的涩狠狠地刺激了她几乎已经麻木了的口腔。

女孩一直吃,一直问自己,璟,你饿不饿,饿不饿,一直让自己不要去想看在眼睛里的事情,一直不停下来。就在那短短的一段时间里,吃下了冰箱里所有能吃的东西。她的肚子已经像要爆了一般地胀着,里面像被开辟出一片新天新地似的热闹。她终于感到了害怕。她站在那里,走也走不动,就这么站着,摸着自己要破了的肚子。女孩非常难受,身体仿佛一个充满了气的热气球要飞起来了。可是她又是那么地沉,沉得要砸破地板进入地岩了。她想吐,可是怎么吐也吐不出来,她终于太累了,在冰箱的旁边坐了下来,把背靠在冰箱上,腿伸开,手放在肚子上,生怕里面的东西忽然冲破了飞出来。她因为害怕和难受开始哭泣。哭泣的声音很小,害怕惊动楼上的人。女孩就像仓皇的小老鼠被困在地窖,发出细琐的哭声,想着等天亮了怎么办,妈妈看到一定会大叫起来,骂她打她,还有那个好看男人和小男孩,会不会把她赶出他们的家。她现在没有了奶奶没有了爸爸,能去什么地方呢……

璟就这样靠在冰箱旁边睡去了。梦里她看见冰箱变得很小,成了一个木头玩偶。她抱着它,——倘若没有人给她拥抱,她便只有给予这更卑微者拥抱,以它的满足来照亮她的额角。

第二天果然像璟想的一样可怕。她是被曼抽醒的。曼用一把扫帚狠狠地抽在她身上,璟蒙蒙地睁开眼睛,看到曼正怒视着自己。陆逸寒站在她身后不远的地方。他的旁边站着小卓。这一刻来到了,多么羞耻的时刻。她被揪了出来,赤露着接受他们的审判。她想爬起来,可是浑身没有一丝力气,肚子还胀着,脸非常肿。于是她只能把身体撑起来一点,看看妈妈再看看那个男人——她立刻想起了昨天的一幕,那个锁孔里令她悚然的洞天。她仿佛一瞬间看透了他们,看见了他们赤裸裸的样子,尽管曼现在穿着崭新的黑色兔子毛毛衣和橘黄色的大摆裙,陆逸寒穿着软塌塌的格子衬衫和条绒裤子。她毫不费力地看穿了他们。她打了个寒噤。

还没有来得及等璟再思考什么,曼已经用扫把狠狠地抽在璟的肚子上。曼咆哮着:

"你怎么这样没有出息呢?没吃过东西还是怎么的?能吃下一冰箱的东西,你照照镜子看看你那个样子,你哪里像个女孩子?真给我丢人。"曼说罢又抡起扫把打。陆逸寒一把拦住了她:

"别打了,她还只是个孩子。她一定是饿坏了。就让她吃吧。"陆逸寒在帮璟解围。然后他走过来,轻轻对着璟伸出手,把她扶起来:

"去洗个热水澡吧,一次吃下那么多东西一定会难受。你以后慢慢吃,总是有的,不用着急。你喜欢吃什么就跟我和你妈妈说。"男人用手轻轻地抚着女孩的头。

璟抬起头来看看陆逸寒,他的脸看起来干净而毫无杂质,仿佛和昨夜在锁孔里看到的那个浮动着激情的身体是属于两个人的。难道这俊朗的脸是一个骗局吗?小小的璟被弄糊涂了。不知道那窘迫的一幕为什么要让她看到,破坏了他留给自己的完美印象。可是他现在仍旧在给予她关怀。他是继奶奶之后又一个给予了她关怀的人,声音温柔得像云雀一般在她阴鸷的森林上空盘旋。

璟终于掉下眼泪。

这一刻她难堪极了。她多么想给他留下个很好的第一印象,一个文静可爱的女孩形象,可是她糟透了,像个失去理智的蠢猪,在暴食之后因为不能移动身体而被擒。

陆逸寒又对小卓说:

"小卓,你带姐姐去洗澡。"

小卓点点头,走过来,抓住璟无力地垂在地板上的手。陆逸寒把她扶起来。小卓拉着璟,穿过曼气急败坏的目光,走上了楼。小卓把璟带到浴室。他看着她,没有立刻离开。璟打开莲蓬头,让喷薄而出的水冲着她虚肿的脸涌过来。尽管水的声响很大,但是她仍旧清晰地听到,小卓在她身后问:

"小姐姐,你很饿吗?我这里还有曲奇饼干。"

璟回过头去看着小卓,头发上的水顺着脸庞滴答滴答地流下来。

——是的,小卓,我很饿,但这"饿"是任何食物也无法消去的。就像身体里有一个大得无法填满的洞。风穿行其中,这声音令我恐慌。我想你永远也不能了解这样的"饿"。璟在心里对小卓说。

7

璟常常透过锁孔看到曼独自对着镜子爱恋地欣赏自己。她从自己的头发开始抚摸自己,纤细的手指抚动琴弦般在日光下影影绰绰晃动的发丝上滑动,然后她的手滑向自己的脸庞。曼的脸是尖尖的瓜子脸,因为瘦,两颗大眼睛离得稍微近了些,这总使璟想起看过的动画片《葫芦兄弟》里面的蛇精。当然曼比它要美艳多了。她的鼻子小巧而挺拔,双唇却像啜水的花瓣一般饱满。璟知道妈妈应该最喜欢她的双唇,她常常用尖尖的手指轻轻地扫过唇角,像是在晨曦里携起一朵水面漂浮的最轻盈娇美的睡莲。然后她的手向下抚摸她的颈子,她有纤长细嫩的颈,这使她具备了做一只优雅天鹅的资质,所以在天天排演"天鹅舞"的那段光阴中,她总是最骄傲的。是的,她还有平而瘦削的肩膀,挺拔而丰满的胸脯,纤细的腰肢以及修长的双腿。她在镜子里仔细地欣赏着自己曼妙的曲线,璟看到她满意地微笑了。

刚进入青春期的璟,常常把脸贴在锁孔上观察她的妈妈。她看着她在镜子前翩翩起舞,她看着她缓缓地脱下自己的衣服,对着镜子仔仔细细地审视自己的胴体,她看到她纵情地笑了。那样的时刻,璟常常由于她过于自恋的动作和过于欢快的笑声而怅然,这是她的妈妈吗?她是个美貌的仙女,还是个妖冶的巫女?

当璟看到曼陶醉于自己的美貌时,总是感到一阵心悸。曼的美令璟无所适从,因她是这样的丑陋。丑陋就会置人于无限卑微的境地,璟知道。

璟生下来时看上去只是个普通小孩,但是后来就变得越来越糟糕。和父亲、祖母一样,她非常地胖。这真是一件令人费解的事,无论她吃得多么糟糕,甚至挨饿,都一直胖下去,像个被水泡大的馒头。小时候也还不觉得什么,奶奶总是喜欢把璟紧紧地搂在怀里,她说抱着璟特别暖和。后来璟渐渐长大了,青春期的发育对她的身体又是致命的一击,她变得更加肥胖。并且,最可怕的是,自从住进了桃李街3号,她就开始接连不断地暴食。

有些时候人就像绕进了一个大圈子,周而复始地重复着一件事情,并且在这种重复中消耗和破损。就好像璟第一次来到桃李街3号的那个夜晚,她失眠。她在失眠之后走去看那个锁孔,然后她会感到极度饥饿,于是冲下楼去打开冰箱吃掉了所有东西。从此这成为她走不出的循环。很多个夜晚,她都不能入睡,内心像岩浆一般灼热地沸腾。璟告诫自己,这一次,你绝对不可以从床上爬起来,不可以走出这扇门,你给我乖乖地睡觉,乖乖睡觉……她甚至用自己的手紧紧抱住膝盖,不让自己走下床。可是她渐渐累了,那根绷直的神经慢慢松弛下来,就在这个时候,身体终于逃离了精神的控制。她腾地一下坐起来,随后就走下床,梦游一般走出门去,如果听到有细微的声音,她一定会去锁孔那边看一看,她问自己,你希望看到什么?你究竟想要看到什么?快回到床上去。

女孩终于还是把眼睛贴在锁孔上面。当她再次看到暧昧灯光下灼灼发光的胴体时,心照旧会冷不防地收紧,照旧会很快地弹回来,掉头向楼下奔去。但是这已经成为一种习惯,就仿佛一个一直杵在不温不火不痛不痒的水域里的鱼,必须被冷水狠狠地激一下,才能猛醒过来,活跃起来。是的,下一个动作必然是,她跑到了楼下,想要忘记刚才看到的事情,于是她又开始感到极度饥饿。身体像是被掘干的井一样空洞。风声从她那壮硕的身体里穿梭,咒语一般,她必将臣服。她的身体再次和意志分裂。意志几乎在哭着求身体,求你,回去吧,不要再跑去冰箱那里,回房间去吧!可是她的身体此刻已经是铁石心肠。它是这样的坚决,还没有来得及容得这反抗的力量壮大,身体就像一阵龙卷风似的,冲到了冰箱前面。这个时候璟已经知道一切规劝都是徒劳。冰箱的门被她打开了,里面的灯光和冷气糊住了她流泪的脸庞。璟痛苦地闭上眼睛,深深地吸了一口冷气。这冰箱对于她而言,比存放死人的大冰柜还要可怖,可是她就像中了蛊,是谁牵着她,让她不能不这样做?她终于伸出手开始抓冰箱里面的东西吃。

桃李街离大型超级市场或集贸市场有些距离,所以家里总是会储备下一些食物。璟就把它们统统吃掉。也曾有过几次,陆逸寒希望阻止璟,于是没有在冰箱中存放什么可以吃的零食,璟居然吃下了带着叶子的芹菜,以及大块的冷冻的生鱼。那大概是最难受的一次。璟想着自己吃下了一些野兽吃的东西,像个可悲的低级动物。陆逸寒看到璟这样,他很难过,眉毛蹙着,蹲下身子,轻轻地问坐在地上的女孩,你难受吗?璟说,有点。璟承认她淡化了事情的严重程度,事实上她难受得不行了。冷冻的鱼似乎在肚子里复活了,正在摇首摆尾要置她于死地。她缩在地上发抖。陆逸寒便抱起了她——她那么重,她后悔自己吃下了那些像垃圾一样的食物,它们使她这样重,使她无地自容。他步履艰难地抱她走到二楼,把她放在床上,轻轻对她说,会好起来的,我相信这些只是暂时的。

璟躺在床上惊惶地看着陆逸寒。他又说,小时候总有那么一段很不寻常很没有秩序的日子,这是因为心理成长得太快了,身体却跟不上,所以有些紊乱。

你可以把什么不愉快都告诉我,我是你的陆叔叔。最后,他轻轻抚抚璟额前凌乱的头发,说。

他坐在璟的床边,告诉她要好好睡觉。可璟生怕他走了,终于鼓起勇气,用两只手抱住他的手臂,让他的手背贴着她的脸。他的手有淡淡的香味,让她想起山涧里的泉水,潺潺地流淌着。

璟渐渐地堕入睡眠。就这样,但愿长睡永不醒。

在那之后,陆逸寒还是在冰箱里存放一些璟可以直接吃并且容易消化的食物。他每隔两天会独自开车去超级市场采购很多璟喜欢的食物,放进冰箱,这成为他自己的习惯,不再和曼说起。然而璟却没有很快好起来,暴食一直缠绕着她,大约一周总会有那么一两次。

璟曾听曼对陆逸寒说,把她送走吧。其实这是璟早就想到的事。曼本就不喜欢孩子,何况还是个如此丑陋一无是处的孩子。曼常常在清晨时分披上丝缎睡袍走下楼梯来检查厨房。如果她发现冰箱又空了,就登时像是抓到了落荒而逃的兔子的尾巴一般地得意,她大步走向浴室——她知道璟在每次暴食后总会躲在浴室里一遍一遍地给自己洗澡。她腾地一下推开浴室的门,看到璟坐在浴缸里,缩成一团,惊恐万分地看着她。她开始对着仓皇的女孩大吼——

她会说:你看看你这副样子!我为什么会生下你,真是天大的笑话!

她会说:你上辈子是饿死的吗?投胎我这里就是为了吃,就知道吃!

她会说:你活着有什么意义呢?就是为了吃吗!

……

曼的话都没有错,璟的活着看起来是这样的毫无意义,她也确实一点都不像她的妈妈。那个有关美丽的皇后生出了丑陋的狸猫的传说,璟开始怀疑它是真的。

璟渐渐从最初的恐慌变得麻木不仁。她对于曼说的话逐渐产生了抗体。终于,她可以做到在妈妈对着她大吼的时候,表现得格外安静,兀自地把浴缸里的水撩起来,淋在自己的身上,哗啦哗啦的水声使那发疯的女人的声音不再那么可怕。

终于有一次,曼被璟的漫不经心激怒了,她两步跨到浴缸面前,抓着璟的头发像捞鱼似的把她从水里抓了出来。璟的目光穿过凌乱的头发看见曼的脸,她那张美得无可挑剔的脸被愤怒重重地喷上了一层浑浊的红漆,变得格外狰狞,并且璟仿佛能感到她妈妈像一个充气的氢气球一般地膨胀,似乎马上就要迎来爆破的一刻。璟却忽然笑了。她觉得曼很可笑,此刻的她是如此丑陋,她不再美丽了,她不能那般得意那般轻视自己了。这是多么值得庆贺的事情啊。于是璟笑了,嗓子因为昨夜的暴食已经沙哑,张开嘴笑的时候发出咔咔的声音,像个生了锈的铁皮娃娃。曼没有想到素无反抗的璟居然这样欢畅地笑起来,而且还是在自己骂她的时候。她伸出手掌,重重地打在女孩的手臂上,水花四溅。璟无视手臂上的红色掌印,继续咔咔地笑。女人怔住了,开始狠命地打璟,让她住嘴。她打璟的肚子,璟的肚子由于昨夜的暴食还胀得鼓鼓的,她一巴掌一巴掌地打在上面,是这样的痛。璟盼望它快一点爆破掉才好,她成为水中的碎片,就再也不会有如此折磨的循环。璟一直笑。曼也一直打,渐渐没了力气,就把璟的头重重地按下去,按在水里,再打。璟被埋在了水里,心是麻木的,无心反抗,因为她知道自己是个中了蛊的空心人,将在这种周而复始的消耗过程中渐渐长大,最后衰老。既然如此残酷,结局也可以预料,她为什么还要延续生命。就让她永远在这水底长睡不起,像朵斑斓的珊瑚一般,典雅地生长在一处,固定在一处。再也不去做那些癫狂和绝望的事情。

璟十二岁,第一次有了轻生的念头。她想到的也许并不是死亡,她只是想要一片可以覆盖她或者把她包裹起来的地方,她再也不用赤露着对抗所有的苦楚。

所以当曼把璟按在水底的时候,璟并没有反抗,而是悄无声息地在水底大口喝着水。她就要呛死了。死沉沉的通路正从女孩的脚下引向远方。她仿佛看到了爸爸和奶奶,他们用一种安详的目光看着她,似是来接走她。

当曼把璟按在水底的时候,她忘记了自己的身份是母亲。她长久的压抑终于得到释放,一种快感从心底而生。事实上,曼并未想到她和璟的关系会恶劣到这样的地步。她承认在璟刚刚出生的时候,她曾那么憎恶她,甚至恶毒地诅咒她。那时她二十出头,那么年轻娇纵,充满对未来的美好憧憬。但这个孩子的到来,好像骤然之间令乾坤倒置,她从此走上了衰败的道路。首先失去了领舞的位置,她成为一个满脸妊娠斑、皮肤松弛的女人,男人的目光已经把她滤除在外。她得了照镜子的恐惧症,不敢看自己的样子,也不敢洗澡,那条疤痕像是一张赖皮男人的咧开的嘴,不怀好意地耻笑她。而这时丈夫和婆婆把对她的照顾都转嫁到了璟的身上,她像是个弃妇。因此她痛恨璟哭,那种哭仿佛生怕有人忘记自己,一定要引起别人的注意,引起别人的怜爱。曼认为这一些都是虚假的,都是璟与她作对让她倒霉的手段。她陷入了与一个婴孩的战争。当心中的怒火到了极点,她就会发泄在这个孩子的身上,她是灾难的根源。

当璟慢慢长大,曼也渐渐恢复了昔日的美丽,但她仍旧没有重新得到领舞的位置,她的每一点失而复得都是这样艰难。而她开始面对一个新的世界,少妇的世界。当曼还是个少女的时候,她并没有感到自己有那么贫穷。她年轻貌美,又擅跳舞,这些对于一个女孩来说,已经太充裕了。然而当她渐渐步入少妇的行列,她发现,年轻貌美原来是这样轻渺,一转眼就不见,而能够延缓衰老的办法就是为此孜孜不倦地付出关心和金钱。她满眼涌现出的是昂贵的化妆品、貂皮大衣、豪宅汽车……有钱是多么好呢。因此曼的心中有了新的怒火,当她不能压抑的时候,她又发泄在璟的身上,——璟是她生命的转折点,从此她一直走在下坡路上,越来越力不从心。这种怨恨令她不能心平气和地走近她的小女儿,不能与她亲密。

曼渐渐发现,璟并非她想象的那样温顺,她是个心中充满反抗和憎恨的女孩。曼曾看到璟在她的梳妆台前久久地徘徊,拿起她的香水喷在自己身上。通过镜子,曼看到了璟那一刻的表情,那是一种得意的笑,一种报复的笑。曼忽然心中一惊:她的小女儿不过只有五六岁,却长成了一个邪气逼人的女孩。她终于明白,这女孩心中早已种下太深的恨,怕是迟早要全面反攻和报复。这女孩的心完全不向着她,倒像是与她相悖而生的。曼感到了恐惧。至此,她们之间再无可以弥合的可能。

当曼把璟按在水底,她因为虐待而有了一丝快意。她并非一定要璟受难,只是希望确切得知一个事实:她可以控制璟。将她按在水底的举动,又像是一种试探,曼知道璟一直将心中的憎恨埋藏得很深,从不表露。她试图逼出那恨,因此要把火烧到最旺。但她并没有自己想得那样果决,她那只按住璟的手,开始发抖。她忽然感到怜悯璟——她如果就此死掉,那么来人生走的这一遭,她又得到过什么呢？她是个一无所有的小孩,哪怕无声无息地消失,又有几个人在意呢。曼突然觉得很孤独,这个孩子是她在人间最后一个亲人,她一直与她战斗,以此为乐,也打发了不少的时光。曼甚至潜意识里希望璟变得强大,与她真正地对抗。是的,这孩子身上有一种旺盛的生命力,她必然会壮大,必然会回击,曼拟想了一下那个热烈的过程,感到生命的力度。她微微松开一点手,等待璟自己挣脱上来。她断定璟不会这样寻死,她的生命力是顽强的。

其实那也不过是一段以秒计算的微少时间。但对于曼和璟来说,却像是许多年。在水底的璟以为自己会很快失去知觉,她将被重新回到来这个世界的那条路,回到幽秘的温湿之地,洗去所有的记忆。但是璟的知觉仍旧强烈——那知觉并非身体感知到的窒息,而是心中弥久不散的恨。她无法如一个将死者一样变得平和,对于世间一切无可留恋,无可顾念。她留恋这世界,她顾念她的妈妈,因为她心中有那么强烈的恨。曼此刻的举动无疑将这种恨推到了极致,璟只有两个选择,要么做曼手下的败将,死去的一刻都被她按压着,抬不起头；要么反抗,把恨化作力量。

终于,璟用尽全身的力气从水里钻出来,摆脱了曼紧紧箍住她的双手——这便是璟的选择。璟猛然从浴缸中站起来,水珠四溅。她已经是个力气很大的女孩,此刻她更是一头发了狂的狮子。曼也感到松了一口气,她果然逼出了璟的恨,她也没有看错,璟是不会就此寻死的。但她还是被璟冒出水面那一刻所表现出的爆发力吓了一跳。登时她有了几分悔意,因她知道,璟会越来越强大,不再如前一刻这样甘愿受制于她。

璟狠命地推开曼,跳出浴缸,冲门而出。然而就在浴室门口,璟看到了小卓。不知道他在那里站了多久,他的表情非常痛苦,一定是看到了曼施于她的暴力。小卓专注地看着璟,她很狼狈,她很狂野。她是一颗力量的核。小卓感到一种奇怪的吸力,来自这颗充满爆发力的核,那种感觉,就像没有心的铁人,终于找到了一颗活蹦乱跳的心脏。

然而璟掠过小卓的眼神,却是哀怨的——她深知他不能够理解她,也不能够援助她。她只是一个人,她永远也是一个人。璟从小卓的身边狠狠地擦过,跌跌撞撞地上楼去了。

8

璟第一眼看到小卓的时候,就注意到他颈上那条明晃晃的链子。但是璟错以为那项坠是钥匙,其实它是一枚十字架。项链是小卓的妈妈留下的,据陆逸寒说,她因难产死去,而那时小卓是一个七个月的早产儿。他孱弱,有先天性心脏病。陆逸寒很少提起他的妻子,但是璟想,那场两个生命如置换般的巨变,对陆逸寒来说无疑是巨大的打击。他将对妻子的爱转移给小卓,无微不至地照顾他。小卓的心脏病令他不能做剧烈运动,不能干繁重的体力活,不能伤风感冒——看似不起眼的感冒也许转眼就会变成心肌炎,甚至会有生命危险。

这小小的男孩如天上精灵一般美丽可爱,却也如精灵一般,转瞬就会消逝。在璟见到小卓之前,小卓至少已经有过两次在死亡线上挣扎,幸而被挽救过来的经历。这与陆逸寒的悉心照顾分不开。

刚刚来到桃李街3号的时候,璟曾有些轻视小卓,因他的生命是如此娇贵,总是需要别人百般呵护,如此连累、辛苦自己的亲人。但是很快的,璟就发现,小卓是个让人根本厌恶不起来的小人儿,虽是受尽呵护,却没有一丝骄纵。他努力使自己不去麻烦别人,总是那么安静,也非常乐意去帮助别人,无论是帮陆逸寒浇花拔草还是帮助小伙伴做繁琐的手工作业,但凡能够帮上忙,他就很开心,毫不顾及自己能否负荷。直到他生了病,发出红色警报。很多年后,璟回忆起小卓的乐于帮助别人,就会想起她第一天来到桃李街3号,从楼上下来迎接她,很绅士地提起璟庞大的木箱,想要帮她拖到二楼去。他那么安静瘦弱,无声无息地用自己独特的方式欢迎着璟。

小卓与陆逸寒之间的爱虽然深厚无比,但是也许因为母亲这个重要角色的缺失,令他们缺乏生气,彼此之间言语很少。小卓决不会跑去陆逸寒那里倾诉,他情愿对着他的十字架说话。

小卓虽然戴着十字架,但他信奉的却不是耶稣基督,而是他的妈妈。很难追溯小卓是怎么一步步形成了自己的这种"信仰",但可以肯定,其中一部分是陆逸寒对他讲述的妈妈的故事,还有一部分,则是来自他的幻想和梦。总之,在这个纤弱的男孩心中,他的妈妈是个具有强大法力的女战士,是个斩杀魔鬼,悬壶济世的女英雄。因此,他对于妈妈长期远离的解释是,她在遥远的地方与魔鬼战斗,解救被魔鬼奴役和俘虏的人们。然而他和妈妈的交流不会因为距离而中断,当他对着十字架诉说的时候,他相信,妈妈是能够听到的。当他祈祷,妈妈也会得知,并且努力帮他实现。这些都是小卓从不对人说起的秘密,在夜间,在梦里,就像挖掘出的金矿一样灼灼闪光。

璟原本认为小卓生在富家,又有这样一个几近完美的爸爸无微不至地照顾,纵使没有妈妈,生活也没什么可烦忧。他的生活一直都是早睡早起,井然有序的,所以,璟怎么也没有想到会在夜半时分遇到小卓,并且,他们因此而走近了彼此。

那个夜晚,璟又失眠,辗转反侧,出了很多汗。她在床上煎熬到凌晨两点,终于还是控制不住,她跳下床,一路跑下楼梯,不用开灯就顺利、熟练地摸索到冰箱,熟练地打开上层冷冻层的门,先大口吞下去几块冰来压抑燥热……

璟感到,整个暴食过程越来越顺理成章,几乎不用自己的意志发号施令,身体配合得无懈可击,哪怕与自动化的流水线相比,也未必逊色。转眼璟来到桃李街3号也有一个多月的时间了,可她的暴食症并没有好转的趋势,仍旧周期性地复发,一周总是要有两三次。陆逸寒起先一直偏袒璟,不惜因此与曼争执。他认为璟的问题是对新的生活环境还未适应和接纳,需要一些时间。但是他也逐渐发现,璟不断变胖,暴食全无好转,她对食物的贪婪已经成为一种疾病。陆逸寒开始通过改变食物种类来纠正她的暴食。他渐渐减少了巧克力和奶酪蛋糕,代之以丰沛的水果。他去掉了甜食,加一些对身体有益的乳制品以及蛋类——他也买了些卤蛋放在冰箱里。璟当然看出了这种变化,她因此感到羞耻,为他悄悄对她做的引导和劝阻感到羞耻。

她显然已经给他带来太多的麻烦。可是身体好像根本不是自己的，她不能控制它，不能说服它。就好像有个饿死的小孩鬼魂附在她的身上。它对着她哭号，对着她乞求。她的身体完全成为傀儡，像一只垃圾处理车一样迅速地消灭掉食物。

与往次相同，她又吃到不能再下咽，而呕吐又吐不出来的两难境地。璟非常痛苦地靠在冰箱上，一手捂住正将抗议反抗运动推向高潮的胃。然而，恰在这一瞬间，她眼睛的余光瞥见了一个人影——她慌忙转头，便看见小卓茕茕地站在门边。璟险些尖叫出来。好在厨房并不太暗，不然她当真要以为那里站着的，是一个瘦削而哀怨的鬼魂。

他们面对面站在一片照进窗来的月光下。那片月光被窗棂分成一条一条的，窗户没有关严，随风悠悠缓缓地动，这条形的影子也在慢慢荡着。璟忽然觉得，他们像是坐在一只危险的木头小船上，四周都是漫无边际的黑水。璟注意到小卓笔直的双腿，沐着月光就像一尊刷了白漆的雕像。璟又一阵胃痛，她慢慢蹲下，坐在了地上，这样似乎就会感到胃部多了一些保护，而且更重要的是，她可以双手抱住膝盖，将头深深地埋下去。她多么不想令他看到自己暴食的丑态，在这个干净无瑕的小孩面前，她多么希望自己可以体面一点。

你仍旧很饿吗？小卓轻轻地询问。那声音宛若一簇柔和的光，探入女孩幽深的洞穴，光晕沿着她忧愁的额角散开。

我明知道吃下这些会很难受，可是我停不下来，我停不下来……就像有一个饿死的小鬼，它抓着我的手脚做这些事。我完全被它控制了！璟颤声说，簌簌地掉下眼泪。她看到他的绒毛拖鞋在向着她移动。她感到他把手放在了她的肩膀上,然而那只手,是这样地冰凉啊,她微微心惊了一下。

鬼……小卓轻轻地说,放在璟肩膀上的手指轻微地动了两下。

你害怕鬼?璟忽然意识到小卓不过十来岁,又是这样瘦弱的男孩,想必是害怕鬼的吧。

不,我不害怕。我只是没想到,你和我一样,也是被鬼附身的小孩。小卓蹲下身子,跪坐在璟的面前,伸出冰凉的手指去擦拭璟的眼泪。

什么?被鬼附身……你被什么鬼附身了?璟吃惊地看着小卓。

梦鬼。

梦鬼?梦鬼是个什么鬼呢?璟迷惑地看着小卓,她不清楚小卓是想给她讲个故事,安慰她一下吗。

其实,没有人知道,晚上睡着之后,我常常会做很可怕的梦。梦里有鬼抓着我的手要把我带走,它们压我的胸口,很疼很疼。我就喊我妈妈,我的妈妈就从远方赶来救我。可是有几个鬼就拦住我妈妈,不让她赶上来,还有一个鬼拖着我继续向前走。我拼命地喊着妈妈。后来忽然一片空白,妈妈和鬼都不见了,我才醒过来。小卓低声而急促地说。

哦,这不是什么梦鬼,不过是噩梦而已。谁都会做噩梦的。璟安慰小卓说。

不,这是真的。我醒来的时候,就躺在一楼的客厅中间,身上的衣服有时还被划破了。

什么?你是说,你之所以半夜会在厨房出现,是因为你醒来的时候就在一楼了？璟大吃一惊。

嗯,常常这样。

你这是梦游啊。天,你竟然在梦里就这么摸索着走下来了？璟知道一点有关梦游的事,但却从未想过会发生在周围的人身上。

是的。梦游。但其实就是被一个鬼附身,身体被它控制了。

陆叔叔知道你梦游的事情吗？璟感到事态的严重,她连忙问。

他知道。我六岁的时候开始有梦游的问题,他带我去看过医生,后来差不多治好了,很少再犯。但是最近忽然又严重了。他还不知道。你不要告诉他好吗？他会很担心,而且其实一直是这样的,有时好,有时坏,医生也拿我没办法。我已经习惯了,那个鬼它不会带我走太远,我知道每次我醒过来,一定是我妈妈赶过来了,她缠住了鬼让我才能逃走的。小卓的话似乎并未说完,但他好像想到了什么,戛然而止。

怎么了,小卓？

璟伸手拉住小卓的手,她用沙哑的声音轻轻问。

每一次都是这样的,妈妈缠住了鬼,我失去了知觉,然后就醒了,但妈妈却没有回来。她一定还在和那些魔鬼打斗。她没有办法回到我和爸爸身边。小卓耸耸肩,声音越来越颤抖。璟把他搂在怀里,轻轻地拍着他的背。对于死亡这回事,璟懂得格外早,奶奶离开的时候,就没有人对她说过美丽的谎言,她看到过奶奶僵直的身体,死去的奶奶不再可亲,连身上的味道都不再是璟熟悉的。爸爸死去时,她为他合上了眼皮,他眉头再也不会皱,青筋再也不会凸出。他们的离开是真实的,永远的。然而小卓却似对死亡十分懵懂,妈妈变作他的守护者,在他的噩梦中与魔鬼对抗,救他于水深火热。

你妈妈……她肯定能打赢魔鬼,回到你和爸爸身边的。璟顺着小卓建构的童话说下去。

嗯,是的,每次她来到我梦里,也会对我这样说。她说让我再给她一些时间,她打败它们就回来。她肯定能赢的,她是个了不起的人。小卓说。

璟点点头,心中却有些惊诧,小卓对于这个仅仅存在于幻觉和梦境中的妈妈竟是这样依恋。这种依恋几乎成了他的信仰,令他平静外表下的内心着了火。

璟和小卓这样紧紧依偎着,跪坐在一片被窗棂切碎的月光里。过了很久,璟才小声对小卓说:

我陪你一起等,你妈妈一定会回来的。

璟觉得,这些幻觉是美的,而小卓与她相比,反倒是幸福的,他的妈妈虽然不在了,但却能和他相逢在梦里,成为他的牵挂和期盼。可是璟,日日与妈妈相对,却彼此憎恶,不能走近。璟活在一个没有梦的世俗世界里。

后来,璟和小卓常常相逢在午夜。那时璟通常刚刚暴食过,身心疲惫,而小卓也刚刚从噩梦中醒来,惊魂未定。他们在最脆弱无助的时候会面,厨房就是他们的休养生息的地方。他们像两个落下队伍的伤兵,悲凉地坐在地上,一来一回说着支离破碎的话:

我叫你"小姐姐"好吗,你喜欢我这样叫你吗?小卓问。
为什么有个"小"?姐姐就是姐姐啊。

"姐姐"听起来好像比我大很多,离我很远的感觉。但是"小姐姐"就不一样,这个"小"字呢,是说你就在离我很近很近的地方,我们形影不离,我的秘密都会对你说。小卓狡黠地笑,他对于自己找到这个合适的称呼很满意。

"小姐姐"这个称呼一直沿用下去,它渐渐就仅仅是个符号了,璟忘记了他对自己说过的含义,很多年后,她在一个失眠的午夜摸索着爬起来,想去喝一杯水。她发现自己竟然忘记拉上窗帘——那时她已住在高层楼房,夜晚时如果没有窗帘,对面楼上的人就能把她看得很清楚。璟走过去,想要拉上窗帘,一低头看到她前方的一片月光。照旧被分割成一条条,轻微地晃动着。是的,她记得她曾觉得这片光影是她和小卓乘坐的木船。当璟一脚踏上她久违了的月光小船时,仿佛听见身后有人唤她"小姐姐"。她终于又想起他说,"小"字是说,你就在离我很近很近的地方。她环视四周,在晦暗的夜色里寻找着。

还有一次,小卓问她:

"小姐姐,我看到一本书上说,魔鬼只欺负小孩,等到我们长大成人的那一天,魔鬼就不敢再欺负我们了,我们也永远不再害怕。你说,这是真的吗?"

"也许吧。我不知道。"璟茫然地回答他。

"如果真是那样,你会做什么?"

"我想去很远的地方旅行。找个没有人、只有动物的小岛居住。"璟说完,小卓很久没有说话。璟便问:

"你怎么了?"

"如果是这样,那我宁愿魔鬼还在欺负我们。"小卓闷闷地噘起嘴巴。

"嗯?为什么?"

"因为你比我大两岁嘛,等到你长大的时候,我还没有长大,你就抛下我一个人去旅行了。我可能也找不到你的那个荒岛。"小卓哀怨地说。璟就笑了,刮刮小卓的鼻子说:

"傻瓜,那时候我会带你一起走,魔鬼不敢欺负你的,我已经是大人了啊,肯定能打败魔鬼啊!"

"小卓,你说你爸爸为什么喜欢我妈妈?"璟会忽然冒出这样的话。

"呃……你妈妈美丽大方,又很和爸爸谈得来。"小卓思索片刻,回答。

"他们谈得来吗?我可不觉得。"璟冷冷一笑,她最清楚曼了,曼在人前总是装出一副受过高等教育,读过很多书的样子。

"我也不知道。但是在你们没有搬来我家之前,有一段时间,不知道因为什么,爸爸情绪很低落。那时我又生病,他还要照顾我,非常辛苦。就是那段时间吧,爸爸几乎不说话。他紧紧闭着嘴,特别严肃。后来也许认识了你妈妈,我的病也好了,他就开心了许多。"小卓努力地回想。——小卓提到陆逸寒的时候,总是会用"爸爸",而不是"我爸爸",他慷慨地把爸爸的爱拿出来与璟分享。

"是吗……那,那你觉得他现在开心吗?"璟又问。

"当然啊,有你的妈妈和他做伴,还有了你。"

"我?我……我对他重要吗?他是怎么说我的?"璟试探着问,紧张极了。

"他当然喜欢你呀,他说你懂事,聪明。"

"是吗……还有什么?"璟听到陆逸寒评价自己的话,心突突跳得很快,却仍旧意犹未尽地继续询问。

"呃……他还说,希望你和你妈妈不要再闹别扭,也能像其他的母女一样亲密。他很不愿意看到你们吵架的。"小卓越说声音越轻。

璟沉吟了一会儿,忽然焦灼地问:"那如果我和妈妈还继续吵架,陆叔叔会不会把我送走?"

"怎么会呢?这里是你的家啊,你还去哪里呢?"小卓把"家"那个字念得很重。

家,是的,这里是你的家,不要害怕。璟轻轻对自己说。

那年冬天的一个午夜,璟照旧跑到厨房,她打开冰箱,看到生菜,洗干净的番茄、猕猴桃一类蔬菜水果。然而她却一点也不想再吃。已经有很多天,冰箱里都是这一类食物,一想到它们,她的整个口腔就会不断涌出酸水。她是如此渴望能有一小块巧克力。那种甜腻的味道令她总是想起,不能安宁。

璟一遍遍摸索冰箱每一格,企图找到一小块剩下的巧克力。她正跌入彻底的失望,转脸就看到小卓站在门边了。小卓还是半梦半醒的迷蒙状态,璟就走过去,抓起他的手问:

"小卓,小卓,你有没有巧克力?"她摇了很久小卓的手臂,小卓才完全清醒。

"巧克力？我没有的。"

"哦,是吗……"璟失望地说,她对那种甜苦掺杂的味道的想念已经到了极至。

"你怎么了？很想吃巧克力？"小卓关心地询问她。

"我身体里的鬼又在作怪了。但是冰箱里的这些东西我根本吃不下去。我太多天都吃这些东西了,我想吃甜食,想吃巧克力……"

"嗯……那我们去买吧。"小卓沉吟一下,忽然提高兴致说了这个建议。

"什么？你说什么？现在是半夜呀,我们又没有钱……"

"在这样艰辛的条件下吃到的巧克力才真的叫作甜呀。"说罢,小卓拉着璟先返回他二楼的房间。他打开灯,就径直走向他的书柜。小卓踮起脚跟,从书柜最上层拿下一个树熊形状的储蓄罐。棕色的树熊娇憨可爱。他拿着它,一看就知它很重。璟已经知道他要砸碎它——陆叔叔会尽量满足孩子的需要,但是他不喜欢给他们很多零用钱,这些钱是小卓很久才攒下的。那只树熊储蓄罐本是一副微笑的表情,但是此刻璟盯着它,忽然觉得它已经转为愠怒和恐慌,死死盯着她。

璟心一惊,想要阻止,可是她根本动不起来。她是被施了法的,她的心里只有巧克力。

所以璟看着小卓摔碎了树熊储蓄罐。树熊果然再也不能笑了,因为它的嘴已经碎成很多块了,连一个勉强的微笑也不能拼凑起来。璟看见锃亮的钢镚在地上滚动,那响声在深夜显得格外尖锐。他们都提起心,生怕惊醒了陆逸寒和曼。小卓把钢镚一个一个捡起来,然后抓起璟的手跑下楼,拨弄开插上的大门,来到院子里。

那时已是初冬,夜凉得令人发怵。但他们都太兴奋了,这种冷只有肢体能感到,却没有进入他们的意识。他们还是第一次看到深夜中的花园。他们在大片深黑浅黑的草叶中穿行,如置身于幽深的大森林里。只是那么短短一段,却被他们想象成穿越漫无边际的丛林。甚至连有没有怪兽和眼镜蛇这样不着边际的问题也一闪而过。他们跑得太快,塞在口袋里的硬币掉了出来,一个,又一个。但他们被臆想出来的怪兽吓到了,来不及停下捡,一径跑下去。

当他们喘着粗气来到大街上,才相视一笑,停了下来。璟对小卓说,我们掉了钱币也不可惜。如果等会儿回来找不到路,我们就可以沿着刚才掉的硬币找回去。说罢,他们两个就都咯咯地笑了。因为他们都听过一个童话,姐弟两人去森林深处,害怕迷路,就用面包屑作为标示。怎知鸽子叼走了面包屑,他们就迷路了。后来就被专门捉小孩的巫婆捉住了。如今他们像是把自己放进童话中当主人公,身临其境,刺激极了。璟甚至忘记了他们为什么来到大街上,那个有关巧克力的难耐欲念,竟然被按下去了。

他们找到一家食品店时,天已经亮了,但商店还未开门,他们就坐在马路沿上等。后来清晨的洒水车来了,他们跳上马路沿,到商店门边去等。天真是冷,雾也很大,两个孩子跺着脚在北风中发抖。那天,他们做了食物店的第一个顾客,买了半斤价格公道的散装黑巧克力。这种巧克力非常硬,尤其是在冷的季节里,变得更硬。不过璟坚持这是她吃过的最好吃的巧克力。他们分着吃光了那些巧克力,匆忙回家,并对陆逸寒谎称去晨跑锻炼了。

可是第二天,小卓就生病了。一定因为那夜在外面着了凉,高烧不退,后来去医院打了一周吊瓶才好过来。璟非常内疚,她想,怎么能有这样好的人呢,为了她想要的一块巧克力,付出再大的代价也在所不惜。

9

璟向来很佩服曼对于陈事旧物抛弃之彻底,她有着卓绝的适应能力,因此她不会念旧。在曼带着璟来桃李街3号的第一天,她们站在门口,曼曾郑重其事地告诫璟,你记住,今天以后,这里就是你的家了。但是这里和我们从前的生活环境完全不同,你要懂礼貌,讲规矩,知道吗?璟说知道。曼说,你记住,今天之后,就和以前的事情都说再见了。开学你就上初中了。你要去的这个初中里面全都是住在桃李街附近的有钱人家的孩子,很有教养。你不要再和从前咱们那条街上的小孩来往,更不能带他们到家来,他们会偷我们家的东西,知道了吗。璟心里想,谁稀罕你的东西啊,但是她嘴上仍是说知道。曼又说,以后你无论在家还是在学校,都不要乱说话,不要说我们从前的情况,也不要像是没见过世面一样的,对什么都新鲜,你知道了吗。璟说,我知道了。曼忽然动了怒,说,你干什么哭丧着脸?我是带你去过好日子,又不是卖你当丫头去!

可是璟终究是个念旧的人。纵然过去日子里可以谓之快乐的时刻实在不多,那些事情是寒酸的,人是落魄的,但是却因着如此显得格外清简,就像枯瘦的穷人,敲着嶙峋的骨头,反倒是格外响亮干脆。她常常怀念起小而混乱的小学,穿过菜市和烟熏火燎的小食摊的从学校到家的路。那条路还经过一间医院的后门,几十米相隔有一个停尸间。停尸间专收这间医院里死去的病人,当时奶奶也是被推来这里。璟这条短短的回家之路,经过了菜市场、修鞋配钥匙的小铺子、裁缝店、烟酒糖茶经销站、医院、停尸房……倒像是把寻常百姓凡俗的一生都缩略在这里了。

  然而璟升入的这所新中学,离桃李街不远,周围没有什么人间烟火,只有圈在残垣断壁里的建筑工地。破墙上画着施工图,上面那乳白色的金融大厦就是昼夜加班的工人们的辉煌目标。政府说,这里十年后将成为这座城市的经济金融中心。但无论这一地区怎么拆怎么建,璟的初中都保留了下来。作为这座城市历史最悠久的中学,这里接收的学生大都来自周围住宅区阔绰的家庭,另外一部分是省、市政府人员的子女,有校车接送。璟依照曼的教诲,在学校里很少说话,下课也不会出去,仍旧坐在位子上。她好奇地观察着这里的一切:课间的时候,有个女孩家的保姆竟然来给她送热牛奶和感冒冲剂,有个男孩要代表全校同学参加全市的钢琴比赛,他拿出专门为那场比赛所定做的礼服在班里展览,黑色的小西装带着缎子般的亮,白衬衫,领结是很纯正的红色,连上面的皱褶也是压好了的,不能有一丝大意。有个女孩骄傲地展示了她收集的橡皮,少说也要有一百多块,绿色青蛙、西瓜太郎、米奇老鼠……花花绿绿摊了一桌子。班里有很多同学会说英语,他们来自双语小学,并且他们都有着跨越国界的笔友,用荧光彩色笔煞有介事地写着英文信。自从来到这个学校,璟几乎没有见到有人打架,可是在璟从前的小学里,打架简直是一件比交作业还寻常的事情。这所初中的孩子们大都像病恹恹的小花,天气冷了就不肯到户外做广播操,有点轻微的小毛病,体育课就会请假。男孩子攀比运动鞋和山地车,女孩子攀比裙子和生日派对,他们表面彬彬有礼,而心中却骄傲自大,不可一世。

事实上,不仅因着璟在他们面前觉得自己卑小,她也感到,如他们这样靠着花哨的戏台道具一样的玩意儿过日子,没有什么意义。但她也迷惘,怎么样的生活才是有意义的呢。有时她在学校,仿佛还沉浸在昨夜暴食的梦魇里,她害怕看见自己肿胀的身体,就把双手塞在书桌洞里,把脖子缩进带拉锁和帽子的针织衫校服里。她感到非常口渴,想要喝很多很多的水。她一遍遍警告自己,再也不能暴食,不能这样漫无目的,宛若行尸走肉一样。然后她会觉得疲惫之极,有时就在课堂上打起瞌睡。

璟是一个太寻常的孩子了,除了略有些羞涩。她从不主动发表自己的意见,也不会做与大家不同的事。她没有很好的朋友,也没有什么敌人。没有老师讨厌她,也没有老师喜欢她,因为大多数老师都记不得她的名字。甚至连她的成绩,都是不好不坏,稳定得令人惊异。唯有在一个时候,璟才会变得突出起来。那就是体育课上。璟变得越来越臃肿,她的身体和眼神都更像一个饱经岁月摧残的女子。转而又到了春天,衣服变得单薄,她跑步的时候男孩儿们开始偷偷地笑,女孩的眼神十分鄙夷。璟与他们从不交流,像是居在两个国的。她后来才渐渐知道,他们是在笑她在跑步中起伏冲撞的胸部。她看着它们闷无声息地隆起来,跑步的时候它们开始成为一种令她不安的负担。璟总是觉得要出什么乱子。

璟看见过妈妈的胸部,她把它们好好地藏在乳白色蕾丝花边的碗形丝绸背心里。那么合适,让它们恰到好处地站好,不至于骄傲地昂首挺胸,也不会自卑地垂头丧气。她开始想要一只胸罩。但她不愿意开口问曼要。自从曼把璟摁在浴盆里之后,她们就一直在冷战。曼忙于经营她歌舞升平的交际生活,昼伏夜出,璟几乎见不到她。因此,她们就同在一个屋檐下若陌路人一样地生活着,璟的爸爸的忌日曼都不记得,那天璟去拜祭过爸爸之后,怨怒地把碎钱状冥纸屑和一朵小白花塞进中午时分还在熟睡的曼的梦里。

璟很想去买一件胸罩给自己,也要那种蕾丝花边的,像是两朵洁白盛放的玉兰花,摸上去又滑又软,穿上时皮肤会觉得凉凉的。璟正做着去给自己买一只胸罩的打算,一个残酷的事实打击了她。学校为每位同学订制校服时,每个人都要走到讲台上的老师面前,正过来,背过去,让老师量一下,记下应该选择的尺码,XL,L,M,S等等。量尺寸的老师目测了一下璟之后,说,你得要加肥的。老师的声音很大,几乎全班同学都听到了。男同学们一阵哄笑,女孩们同情地摇摇头。璟愣了一下——她极少与人交流,旁人对自己怎么看她几乎从来不知道,因此没有人告诉她,她的突兀和特别。那一天璟很难过,她不再想去买胸罩,也许根本没有她能够穿上的,她会再次被人耻笑。她又何必要自寻烦恼呢,她穿什么,大抵都是这个样。

初夏的一日,璟放学回家,这一天家里特别安静,曼出去参加聚会,陆逸寒去出席小卓参加的小学朗诵比赛。只有她一个人。她在晾满衣服的阳台上经过时,看到了曼挂在那里的裙子和胸罩。她走到它们前面,站住,仰脸望着它们,那种肃穆像是在升旗时才有的。她把衣服和胸罩收下来,拿到她的房间去。她把它们放在床上,一件件摊开。

璟拿起了丝缎胸罩,先放在鼻前,深深吸了几口气,它还有着太阳刚刚晒过的味道。她穿上了它,紧绷绷的,但在镜子里,她觉得自己很好看。她隔着绸缎触摸自己的乳房,那里面开始有个小小的核,硬的,微微有痛感。璟略有些害怕,但又觉得兴奋。它像是紧紧裹着一个巨大的秘密,正在挣脱束缚的力,一层层打开,她轻轻地抚过,想着:这里面的秘密是什么呢?

10

从那以后,璟常常把曼的衣服都收进房间,一件一件试穿,她闭上眼睛幻想自己也是个迷人的姑娘。如果时间充裕,她还走进曼的房间,穿她衣柜里的衣服,用她深玫瑰色的口红。她一个人,想象着即将参加一个盛大的舞会那样隆重地打扮自己。她把曼的白色纱裙披在头上,就成了新娘。她摇摇摆摆穿着妈妈的高跟鞋,半路上甩掉一只,假扮仓皇而逃的灰姑娘。这里就是她一个人的剧场,她是整幕戏的编导和演员。她是情窦初开的公主,她也是来带走公主的王子。她自己在演绎一场轰轰烈烈忠贞不渝的爱情。

终于,有一次曼下午很早便回到家,她刚刚走上楼梯,就看到璟抱着她的一大堆衣服跑回自己的房间。璟快乐地哼着歌,留给曼一个雀跃的背影。曼很生气,她好像忽然被提醒了。她的女儿,这个默不作声的女孩,心中还怀着对她的憎恶和妒忌呢。然而曼却并没有戳穿璟,她只是不动声色地观察璟,装作出门去了,顷刻又悄悄返回来查看。在曼的睡房里,璟穿上曼的玫瑰紫色长裙,她的身体把那条裙子撑得鼓鼓的,又长出很大一截。然而璟似乎一点也不介意,她拎起裙角,像是巴洛克时期雍容典雅的贵妇,踮着脚尖走路,拉起两侧裙角微微屈膝表示问候和敬意,转而像是在舞池中央一样翩翩起舞……曼忽然觉得一阵凉意,璟的内心好像有太深太幽闭的世界,令她感到不安。这女孩永远在她的背后一声不吭地做着一些莫名其妙的事情,来宣泄她对于曼的不满。曼决定把璟送走。

在一个暴食后睡在冰箱旁边的早晨,璟醒来的时候,曼面对她站着,抽着烟。她的脚几乎碰到了她垂下去的头,而她是那么高,白色微热的烟灰从她的指尖轻轻弹落,慢慢飘下来落在璟的头发里。那是曼一贯留给她的气息,非常熟悉。璟的头发满是尘土,再来些烟灰也不会感到更悲哀。曼看到璟醒来,就淡淡地说,我感觉我没有能力抚养你了,我想把你送去寄宿学校。集体生活对你好,你受到约束,也许很快能好起来。

不,我不去。璟说。

非得去。曼说。

璟看着曼。曼穿着杏色华贵的丝缎睡袍,脚上是和小卓的拖鞋相似的玫瑰色羊毛拖鞋。她的手指甲染成芍药花一般鲜艳的粉色。指间的香烟冒出的白色烟雾袅袅地在她周围环绕。身上的香水是复杂的植物香,有魅惑的气味。她已经成功地演变成一个举止迷人的贵妇。璟猜想曼大约本就具有这样的潜质,所以她可以那么轻而易举地成为她向往已久的高贵女子。

我不走。璟死死地盯着她的眼睛,慢慢地说。

曼已经掐灭了烟,簌簌的烟灰再次落下来,钻进璟的头发里。她伸出两只手紧紧箍住女孩的两只手臂,一字一句地告诉她说:你非得走。

那一日璟没有去学校。她躲在房间里的窗帘后面。暖红色的窗帘像柔和的火焰一般包围着她,她借助这种假相让自己舒服一点。秋天就要来了。还有璟的十三岁。而她仍旧陷在和食物的战争中不能自拔。食物是她的罂粟花朵,她那样沉溺于它,依赖于它。她唯有这样地吃着才会觉得温暖和宽慰,充裕的食物可以令她忘却自己是个一无所有的穷光蛋。

那个下午璟终于鼓足勇气仔细地照了镜子。镜子里的女孩有一张浮肿而苍白的圆脸,几乎没有下巴,整个脸就是一个浑圆的饼,也没有脖子,厚实的肩膀和脸连在一起,所以整个人看起来怎么都像缩在衣服里面,没有办法精神起来。璟记得小的时候她有一双大而圆的眼睛,带着流转的光辉,非常明亮。可是现在因为整个脸的肿胀,眼睛已经变成了很小而细长的一道,总也睁不开。她努力地对着镜子调试自己的眼睛,她让它尽可能地睁大,可是眼珠总是躲在已经厚厚耷拉下来的眼皮里面,像是丢了魂儿。她的皮肤也因为吃下太多甜腻的食物而变得油乎乎的,像是敷了一层恶心的油脂。即便璟努力地把它洗干净,过不多久脸上又会浮出大片油脂。她鼻子上面似乎生了螨虫,红红的凹凸不平,从鼻翼蔓延到鼻尖。女孩捂住脸,不想再看到她,这个无可救药的丑姑娘。可是她从手指间的罅隙里又看到了她肥胖的身体。她穿着一条白色的布裙,可是这种纯洁的颜色并没有给她带来任何少女的清纯感觉。她那两只粗壮的手臂从无袖的裙子的袖中露出来。振动手臂的时候,上面的肉摇摇欲坠,仿佛马上要被甩下来。白色布裙虽然在腰间收了一下,系了一根带子,可是却并没有露出腰肢的感觉。她的身体就像一只木桶,直上直下,如果带子再系得紧一点,腰间的肉就会凸现出来。她的腿也是这样的粗壮,完全没有少女优雅的姿态。

终于不能再忍受,璟别过头去不忍再看那镜子。

璟再度想起了她那貌美如花的母亲。她想起曼照在镜子里的那张明艳的脸。她记得曼陶醉和满足的表情。她想到这些就只有更加痛苦。可却不能就此停歇下来,她知道下一次暴食离她并不远。她又会因为没有食物如坐针毡,再次冲向冰箱,把里面的食物用最快的速度吃光。她又会坐在厨房的地板上内心恐惧地渐渐入睡。

璟背向镜子,这样站着,仍能感觉到身后镜子里那个肥胖的身体在左右摇晃。忍无可忍。她抓起身前的写字台上放着的一只玻璃花瓶向镜子砸过去。那个镜中的肥胖姑娘立刻迸裂,她被这样轻易地击碎了,她的丑陋终于可以不再被自己看见。为此女孩璟感到一阵快意。

璟让自己远离破碎的镜子,重新回到窗帘后面坐着。她是想把自己藏起来。她担心曼到学校去找她,然后把她送走。所以她不能离开这幢房子,不能离开桃李街3号。纵然她在这里不断受到曼的羞辱,纵然在曼的美貌下璟只能活得更加自卑,然而她却仍旧不能离开这里。在璟的潜意识里,这里是个有爱的地方。那个被她唤作陆叔叔的男人和叫作小卓的男孩都是令她感到了爱的人。所以纵使活得委屈,也不愿意离开这像火种一样充满希望的爱。

桃李街3号是个可以重建爱的地方,璟相信。

璟坐在深红色窗帘下面,抱着双膝。她低头,就看到白色布裙里面透出她腰间那已经折叠的赘肉。她狠狠地用指甲去掐它们,疼痛、瘀青、流血都不要紧,她只是希望那些恶心的黄色油脂统统离开自己。

那个下午璟朝着窗外明亮的天空和她无法辨别清楚的方向,久久地跪着,心中一遍一遍乞求,希望天上的神可以收走在她身上附着的赘肉。她猜想奶奶在天上看见也会帮助她。她不断磕头,说,奶奶,你在天上吗,你在不在,在不在。奶奶你可知道,我得了很严重的病。我一直在不停地吃东西。我现在唯一的乐趣就是吃。我多么没用,我多么糟糕。奶奶,求你帮我,让我好起来。

璟用尽全身力气把身体撑起来,把头卡在窗台上,想再看一眼天空——也许奶奶会出现,她这样安慰自己。而窗外恰好陆逸寒的车子开进院子。他走出车子来,一抬头便看到璟从二楼窗台探出头来。他冲着她微笑。然后走进了房子。

璟是多么欢喜他看到了她。他注意到了她。此刻她无端地紧张起来。她在忐忑他是不是正向她走来,他是不是会一直走进她的房间。

璟重新坐下,规矩地抱住双膝,让自己看起来乖巧一点。可是她竟忘记了自己刚刚打碎了梳妆台的玻璃,碎片满地。

门确实响了,陆逸寒敲敲门,然后缓缓推开,走了进来。

璟慌张地低下了头。

陆逸寒一步步向璟走过来。他已经换上了柔软的青蓝格子睡衣和棉拖鞋。他走到她的跟前,此时他已经看到了满地的玻璃。可是他全然没有动怒,他只是轻声询问:

"为什么没有去学校?"

璟不回答他。一言不发,非常沉默。其实内心仍旧犹豫不定,她是不是应该向他倾诉呢。她并不是希望获得他的同情,那同情也不能治好她的病,或者改变她的丑陋。她只是在想,倘若她倾诉,他聆听,那么他可以在她这里停留的时间多些。这对于璟已是足够。她全部的期望,只是他可以多一会儿在这里,看着她,这样关怀的样子。璟已经把陆逸寒塑造成心中一个完美男子的形象,这男子在她从前的生活中从未出现过,他是父亲,他是爱人,他是广袤的、丰盛的……

陆逸寒看了看碎在地上的玻璃,又问:

"心情不好?还是身体不适?"

璟摇摇头。

陆逸寒伸手把璟拉起来。他轻轻地抚着她的头发。她再一次和他离得这样近,强烈地感到他身上的味道。这对于她来说,是多么大的恩宠。每次这样近的靠近,她总是想抓住他的手,让他长久地抱着她,听她诉说她的委屈,她的依恋。那一定会是一场十分漫长的诉说,多年来从未有人做她的聆听者,她成为一扇幽闭已久的门。而这个下午她的倾诉欲似乎格外强烈。她很多次想伸出双臂环住他的脖子,可事实上她却怯懦地连眼睛都不敢抬起。当她终于鼓起勇气,直视他的时候,她才发现,他的眼睛注视着她刚才坐过的地板,露出几丝诧异。璟慌忙回身去看——那地板上有一块鲜红的血迹。她吓坏了,慌忙把身后的白裙扯到前面来——白裙子上也沾满了鲜血。她打了个寒战。退后一步,远离陆逸寒。她不明白这是怎么了,为什么一个下午的祈祷还未得到任何应验,身体却开始无端地流血了?这是作为她顶撞母亲在心中暗暗诅咒母亲的报应吗?她在变得更糟吗,她要死掉了吗?

璟又羞又怕地看着陆逸寒,终于忍不住失声痛哭。

陆逸寒走过来,蹲下身子,抱住璟,也不管她身上的血沾满他那干净的格子睡衣。她扑在他的怀里,抽泣着:

我什么坏事也没有做,为什么我会流血?是因为我说了妈妈的坏话吗?我再也不说了……

男人用手轻轻地拍着女孩的后背,他温和地帮她解答困惑:

傻孩子,因为你长大了,所以流血。

长大就要流血吗?这代表着要死掉了吗?和我的奶奶,和我的爸爸一样吗?璟疑惑不解,脑中很快地掠过她最后看到的奶奶的那张脸。她脑子中立刻闪过的念头是,我死得并不凄凉孤单,有陆叔叔陪着我,我很温暖……

不,这不代表死,只是代表你长大了。女孩子长大了就会流血。陆叔叔有点费力地解释道。

妈妈也会吗?璟表示不信。

会。妈妈也会。她只是不让你看见。

女孩看着男人的脸,对他的话将信将疑。

那我会一直流血,直到身上的血都流光吗?璟脑中闪过干瘪的躯体,不再有任何水分。

不会。傻孩子,你过几天就会好了,一滴血都不流了。

嗯……璟心中仍有疑团。

你不要担心,陆叔叔什么时候骗过你呢?陆逸寒笑着拍拍璟的头,心中却甚感无奈——好像再也没有比要对一个小女孩解释清楚这一切更麻烦的事。

陆叔叔,你会因为我流血讨厌我吗?璟仍旧不能放心,又问。

怎么会,傻孩子。陆叔叔喜欢小璟还来不及,又怎么会讨厌小璟呢。

嗯?你刚才说的是……璟故意佯装听不清,却是想要令他把刚才那句话重复一遍。

陆叔叔喜欢小璟,决不会讨厌小璟。陆逸寒耐心地重复一遍。

妈妈想把我送走,我可不可以不离开这里?璟卑怯地恳求陆逸寒。心怦怦乱跳,生怕他不答应。

我不让她把你送走。你会一直留在这里。陆逸寒宽和地微笑。

后来,陆逸寒让璟换上一条干净的裙子,然后带她出去吃了比萨饼。璟心中仍有恐惧,她仿佛听见血液从她身体中流失的声音,像一条受了诅咒的溪流。她紧紧地抓着他的手,哪怕坐下来吃饭的时候,她也要用一只手牵着他的一只手。起先她略微有些担心他会撤离,然而他没有,他怎么会呢。他无时不用一种慈爱的目光看着她。她开始觉得,流血也不错,至少,他会这样关心她……

吃过饭,他们又走在大街上。路经一家卖女性化妆洗涤用品的商店。他让她在门口等他。然后他走了进去。她有些迷惘——他是要买东西送给妈妈吗？陆逸寒很快走出来。他拿了一个白色方形塑料包装的东西出来,递到她的手里。她捏了一下,软的,像是一摞叠成小方块的手帕,他的表情忽然变得有些奇怪,甚至略带着羞赧。他修整了一下表情,然后轻轻对璟说,你需要这个。你去洗手间,然后按照上面的图示说明,你就会使用了。

那是璟第一次使用它。璟照他说的,自己在狭窄的卫生间里研究会了如何使用它。这的确预示着她长大了。她的成长的确和别人不同,就像她的这一天,她初长成的这一天,和其他的姑娘们不同,没有妈妈在身边指导她如何去做,轻轻地抚慰她,令她不要害怕。

璟从洗手间出来。陆逸寒说,学会了？

嗯,很简单,就跟创可贴一个样。璟得意地说。

创可贴？陆逸寒怔了一下,被璟忽然冒出的这个怪异的比喻逗笑了。

嗯,那东西也是用来止血的嘛,就像个特大号的创可贴。璟解释得头头是道,陆逸寒不得不佩服璟丰富的想象力。璟总是个令他好奇的女孩,她那么小,又一直处于困境,然而却从不期盼有人来怜悯。她生活在自己的世界里,所以脑中生出无穷无尽的想象。因此她是那么与众不同,像未被开采的矿石,他发现了她不可估量的光芒。从此以后,"大号创可贴"就成为他们之间的一个秘密。有时璟偶然提起自己身体不适,陆叔叔问她是否严重,要不要吃药,璟就会狡黠地笑笑："不用吃药,我只是需要用大号创可贴了。"陆叔叔也诡秘地对着她笑,旁人大都莫名其妙,却不能参透其中的秘密。

那天,陆逸寒一直拉着璟的手,缓缓地散步回家。整个下午他们都在一起。初夏的天气正凉爽，衣服不会贴在身上，于是觉得身体特别轻盈，好像就要飞起来了。而好奇的小风，就在后面追着他们跑，如此便像被送上了云霄。脚下斑驳的梧桐树光影仿佛成了起伏的云朵，璟就这样站立着深深入梦了。陆逸寒还在一间高级服饰店里给璟买了一顶宽沿的太阳帽，粉红色，纱制，戴上仿佛顶着一个华贵的梦。他喜欢买东西送给她，他说他一直很想要一个女儿，现在终于如愿以偿了。而璟已不再因流血而恐慌，她从未想过能够得到这样丰盛的一份爱。这爱来得如此突然，令她受宠若惊，又患得患失。因此，璟把流血视作她必须付出的代价，她因此反倒感到心安。

多少年之后，璟仍旧常常想起，初潮的日子，她是和陆叔叔在一起的。璟相信，这一天在她一生中有着非同寻常的意义。而在这一天牵着她爬上少女的台阶，从此远离童年的人，也不可代替。那一天，璟也终于明白，她身体里那个正在悄悄打开的坚硬的核包裹着的秘密是什么，它没有令她失望。

11

璟第一次看到丛微的照片，是在陆逸寒的画室里。那画室很大，还有一个古色古香的柜子，里面放着陆逸寒收藏的古玩。那天璟是悄悄溜进陆逸寒的画室的，他在擦拭那些古玩——他隔段时间就会把它们擦拭一遍，从不愿意叫别人代劳。他没有发现她，擦拭完了古玩，拿起一个旧铜色的相框，凝视良久，陷入沉思。相框里，是一张淡彩的女人照片——叫它淡彩是因为，它介乎黑白和彩色之间，原本是黑白照片，颜色是人工涂上去的，比彩色照片要淡得多，倒是有点水彩画的味道。

"她是谁?"璟忍不住好奇地突然问。璟对他周围的女子都有极大的兴趣。

陆逸寒吓了一跳,发现了璟,愣了一下,却也没有企图掩饰什么,样子很平和。

"她是我从前的一个朋友。"

"女朋友?"璟居然就这样直冲出口。

"嗯……"他说,神色照旧坦然。

"她现在呢? 为什么没有和陆叔叔在一起?"

"她出国去了。那是太久以前的事了,那时我还没有结婚。"他并未因为璟的刨根问底而有任何不悦,只是依旧淡淡地回答她。

"我能看看这张照片吗?"璟又得寸进尺。但这实在对她太重要了。这镜框里的女孩是陆叔叔的第一个情人么?是他最爱的女人吧?

陆逸寒把照片递到璟的手上。那铜制相框出奇的沉。那女孩十分白皙,以至于给照片上颜色的人有意把她的两腮涂得格外红。那么红,大概也只有涂在她的脸上才合适。她的脸形近乎完美,两颊有一点圆,可是下巴却很尖。这比曼的甚至还要好,曼的下巴虽然很尖,可是两颊却并不饱满,所以有一股妖气。而她却显得圆润并且纯真,璟想她一定会老得很慢——这些都是璟长大之后懂得欣赏女子的时候才发觉的。虽然其他的人看到她的照片,并不觉得她惊艳,但璟最喜欢的美,还是相框里的女孩的。她眼瞳格外黑,所以看上去就很亮。额头很高,灵气从这里便可看出。

从第一次在照片上看到丛微,璟就觉得她是一个谜,璟感到她和陆逸寒之间定然发生过很多不同寻常的事情。那时候璟十四岁,已经在桃李街3号住了一年多。陆逸寒对她格外宠溺,总是袒护她,不让曼把她送走。璟的暴食现象已经开始减少,只是在焦躁不安或者伤悲的时候才会躲去厨房用食物作为发泄。小卓对她也是非常好,生日的时候给她做刻了璟的名字的手镯和项链。如果夜晚他发现她暴食,就会到璟的房间陪着她睡。可是璟仍旧不快乐。因为陆逸寒和小卓给予她的关爱毕竟有限,一旦离开他们,周围的眼光和脸色都像一面面镜子,她清楚地知道,自己的卑微和粗陋依然没有改变。

因为不喜欢出门,不喜欢见外面的人,初中的大多空闲时间,璟都会在陆逸寒的书房里看书。陆逸寒有很大的书房,三面墙都是高高的书架,密密麻麻的图书透过玻璃橱窗闪耀着诱人的光辉,每当璟站在书架前面,就会感到像是置身长满灵芝的深邃山谷,里面藏满了天然原始的财富。璟喜欢它们,希望它们可以解救她。

总是在炎热的下午一个人躲进书房读书。璟看了《悲惨世界》。那是个总也不得见幸福的人,她读着,几次觉得他就要放弃生命了,可是他没有,纵然他的生命总是在暗不见天日的隧道深处前行,他也不会放弃。璟看了《飘》,那是对她震动十分大的书。那个总是昂首挺胸的女子,那个不遗余力地呼唤明天到来的女子,即便不断在失去,她也未曾倒下。晚上吃饭的时候,他们遍寻璟,却找不到。而璟就坐在书房的角落里看那本书,深陷于那女主人公的庄园及其她少年时代就倾慕的情人。此刻,璟仿佛已经去到她的地方和她并肩战斗。

理应把生活看作一场战斗。何其凶险的战斗!

璟还读到了《查泰莱夫人的情人》。她不由自主回想起锁孔里面看到的事,仍是感到一阵燎热。很多年之后璟仍记得劳伦斯在书里布置下的茂密森林和小簇的花朵。那些都是美丽而动情的道具,给予了璟最初有关性的幻想。

书成了璟最好的朋友。同学中她没什么朋友,他们仍是喜欢嘲笑她,尽管她已经穿得不那么邋遢,也不再背两根带子不一样长的书包,可是这不能改变她是个无可救药的胖子的事实。因为中学距离桃李街有很长一段距离,所以她开始骑车上学,很长的一段道路没有一点树荫,阳光的曝晒让她变得很黑。璟看起来是个黝黑而壮硕的女生,应该有着与外形相匹配的粗糙而简单的心灵。那是不值得人深入和靠近的。璟想自己也不需要他们。他们在璟的眼里才是粗糙的,他们只是懂得看充满恶作剧和低俗笑话的动画片以及漫画书。男生悄悄地讨论着女生的脸蛋和身体,眼睛里开始升腾出跨越到成年男子时期的那种潮湿的欲望。女生开始无休止地攀比,谁的眼睛大,皮肤白皙,谁的腰比较细,胸脯挺得恰到好处。璟厌恶他们,璟觉得那是俗恶而没有希望的生活。而璟希望的生活是清澈的,坐在明媚的大书房里看一个下午的书,就坐在地上,累了就变化个姿势,眼睛却一刻也不肯离开那书。夜晚要早早入睡,什么也不想,也不会醒来,直到早上阳光再次造访窗台……

而丛微这个人,就是在这时,带着颠覆性的力量,像个谜一样向璟招手。书柜里的书璟从来都是随便选一本就看的。因为她没有任何途径去知道这些书好不好。那日从书橱里抽出的书,是一本封面暗红色的书。《暖地》，璟轻轻地念。它看起来已经很旧了，但是保存尚好，书角都用透明的胶带包住了——这一看就是陆逸寒看过很多遍的书。璟很高兴，因为总是想要知道，陆逸寒喜欢的东西，然后把它也变成自己的喜欢。这一年多以来，她也都如是做着。他喜欢蓝色，于是她也开始喜欢蓝色，拣着蓝色的衣服买，尤其是睡衣，在家的时候她总是喜欢穿着蓝色睡衣在他的面前走来走去。璟想，这样他是不是能多喜欢她一点呢？还开始喜欢看油画，有画展是他筹办的，也要求他带上她去。这样做却也不觉得辛苦，让自己喜欢上的过程是快乐的。

璟开始坐在角落里看那本书——她养成了一个喜欢坐在角落里的习惯，大概是这房子实在太大了，而狭促并且倚着落地窗帘而不是冰冷的墙壁，这样会有种安全感。璟一看到那本书的作者姓名，差一点儿跳起来——丛微！原来是她！陆逸寒过去的女朋友！璟急不可耐地打开封面，然后就在勒口那里看到了她。又是那张她在陆逸寒手中见过的照片，只不过是黑白的。而那个脸形极其完美的女孩仍是笑意淡淡。照片下面有一段作者自述：

"丛微，二十岁，生在江南，宛如希腊神话中的纳瑟斯一样迷恋着自己的影子，而文字便是我的湖面，它令我这样清晰地看到自己，并且爱恋自己。"书是由十几个短篇小说组成的。璟一口气把它读完，合上书，她的内心长时间震颤不已。在那些奇妙独特的文字里，她分明看见了陆逸寒的影子，看见了一个令她崇拜的女子，还有他们刻骨铭心的爱情。璟多么喜欢这样的女子。她有一个完全属于自己的天地，宛如世外桃源一般，清新并且恬然，谁也不能去破坏她在那里的自由快乐。从这一刻起,璟相信,这个活在自己文字里的女子当是完美的,当是陆叔叔所喜欢的。那天在陆逸寒那儿当璟第一眼看到丛微的时候,她觉得丛微是个很特别的女子,和她看到的所有美貌的女子都不同,可是她说不上她哪里不同。大约是由于曼,璟对于天生貌美的女子有一种隐隐的偏见,这使她不相信美丽的女子能够格外有才华,也包括丛微。而此刻事实推翻了她的偏见。璟是多么羡慕她,这个兼有美貌和才华的女子,而更重要的是,她有陆逸寒的爱。

璟一直觉得,在每个女孩的成长道路上,都需要一个姐姐,这个姐姐并非是一种血缘上的牵连,而是情感上的依靠。姐姐是沉暗的海面的灯塔。所以,丛微就像是变成了她的姐姐,璟会担心她的安危。她在书里写了太多沉郁的东西,她是一个那么激烈的女子,十五岁的时候,她把喜欢的男孩的姓氏的拼音字母刻在手臂上,"H,就像一截断在了中间的梯子,让我处境难堪地站在原地,进退两难",她这样形容她的第一段恋情。她为了爱人义无反顾地离家出走——那个人应当就是陆逸寒,然而现在她却不在这里,那么她回家了吗?还是去了哪里?璟对她有无限的担心,就仿佛她是璟的前生,和她有着千丝万缕的联系。

璟终于在一个只有她和陆逸寒在家的下午,悄悄走进他的画室。他靠着窗帘睡了过去——他看起来十分疲惫,睡着的样子很无助,显示出他心底对生活的失望。璟轻轻地走过去,把散落在地上的油画排笔捡起来。多年来,他仍旧在画着,可是很少让人看到,他会淡淡地告诉别人,很多年前早已放弃了。璟坐在他的对面,也靠在窗帘上,看着他,并且不让自己发出一点动静,以免吵醒他。他却似睡得很浅，很快就感到对面有目光在看着他，就睁开了眼睛。他看见她也没有任何惊异，只是对着她笑笑。然后他就看到了她手中握着她的书。璟能够清晰地看到，他轻微地动了一下，应该内心有很大的震动。

"你还是看到这本书了。"陆逸寒说。

"你不想让我看到吗？"

"丛微说过，看到她的书的人是和她有缘分。我不想刻意把你和她之间也许存在的缘分给割断。"

"我来找你就是想知道，她现在在哪里？过得好吗？"

"她随父母去了国外。我想她应该比在国内过得好。"

"可是……她那么爱你，在国外会比在你身边过得更好吗？"璟不解地问。

"单有爱是未必能过好的，孩子。这些也许你以后会懂得。"

"那你现在还爱她吗？"璟又问，她希望得出的结论是，陆逸寒爱丛微胜过爱妈妈。

"爱还在，但是现在我的爱人是你妈妈。"

"丛微还在写吗？"

"不……"

"那么她在做什么？"

"好啦，小璟，这可不是一个问题了，"陆逸寒从椅子上站起来，拍拍璟的背，"走吧，跟陆叔叔到画廊去逛逛。"

璟点点头，随他走了出去。而再次一低头看到她的书的时候，内心却很难受。这个谜就这样被搁下了，她也许再也不知道丛微在哪里,丛微在做什么,她还好不好。

那时璟对丛微的一切都很好奇,璟第一次见到沉和的时候,沉和特地来给陆逸寒送书,而他拿着的那本书,正是丛微的。确切地说,是丛微的另一本书,最新的。那时候沉和大学毕业一年多,在颇有名气的K出版社做编辑。而丛微的这本书,正是他编的第一本书。璟后来知道,一年多前,沉和辗转打听,找到了陆逸寒,向他询问丛微的下落——此时丛微已经十年没有任何消息,更没有出版任何书。十年前她曾轰动一时的两本小说已经渐渐被人淡忘,文坛也不过感慨一番"才女来势凶猛,但去也匆匆"而已。只有这个尚带着未脱去的稚气的大男孩,几经周折找到陆逸寒,向他打听一个消失十年的过气女作家。在找到陆逸寒之前,他已经碰壁无数,人们告诉他,她已经多年不写啦,说不定早就嫁人生小孩当了主妇,抑或去做生意了……但沉和却不肯相信,这对他来说,好像成了一个引人入胜的谜。与其说,他在寻找销声匿迹的女作家,倒不如说他在探究一个神秘女子的生活轨迹。陆逸寒不禁惊讶于他的这份执着。他终于给了沉和一个丛微的联系方式:你可以试一下,但她也许不会再出书了。中间种种曲折璟都无从得知,但她知道沉和最终说服了丛微,次年,他出版了丛微的第三本书,《水仙的影子》。

谁也没有想到这本书竟然引起了巨大的轰动,一个蛰伏已久的女作家,一个初出茅庐的年轻编辑,一本凌乱晦涩的呓语式小说,竟然成为当年最畅销的书。一时间对于此书的评论也是层出不穷,争议、批判,甚至诋毁……丛微仍旧是个不见踪影的人,任凭人们争得面红耳赤,好不热闹,却不知她人在何处。沉和只是代表丛微向她的读者道谢,并表示,丛微拒绝一切采访,也不会露面。

很多年以后,璟一直把丛微的那本《水仙的影子》带在身边。她的这本,正是那年沉和送来给陆逸寒的,第一版。《水仙的影子》讲述了一个摆脱了所有束缚的年轻女子,走上了自由而荒凉道路,选择去过漂泊生活的故事。然而书中几乎只有女主角一个面目清晰的人物,她漂泊到的地方、遇到的事情都十分奇怪,在古埃及尼罗河畔打捞沉船、参加德黑兰习读《古兰经》的女子读书会、在卖中国明朝的古董店里赏玩花瓶……古今中外,各不相干。丛微的思维从来都是跳跃的,谁也不知道接下来她要写什么。小说中的水仙,来自古希腊神话,美少年纳瑟斯傲慢之极,他不爱任何女人,只爱在湖边欣赏自己的影子,他惊叹于它的美,并且爱上了它。最终他将自己投进湖水,与他的影子拥抱,厮守。不久之后,水边便开出了清丽美艳的水仙。丛微将自己比作自恋的水仙,并说:

"……与我的影子谈天、吵架、交换梦境,彼此惺惺相惜,我只有它便是够了。它总是随我走,随我停,永远用低卑的姿势仰脸看我,它那样轻,那样薄,从不增加我的负担,不牵绊我,而只是做我无怨的侍奴。于是,纵使漫漫长日我都是独自的,又怎么会寂寞?

"我有了它,便足够了……"

那时璟年纪尚小,不明"水仙"的深意,但是那个游走的孤傲如斯的女人形象,却深深植根于她的心中。那是一个万人仰慕的女子。

12

沉和那年坐在桃李街3号客厅里,他是陆逸寒的客人。丛微的编辑。璟已经不怎么记得他那时的样子,但那时他要比很多年后清瘦许多。他和陆逸寒其实是大学校友,都毕业于这座城市的H大学,不同的是陆逸寒毕业于艺术系,沉和毕业于中文系。于是二人因此而更觉得彼此亲切。他们说话时候一来一回慢散散的,但沉和少年老成,与陆逸寒交谈时自有一份默契在,因而说话多少便并不重要。记得那次,他们几乎没有提起丛微,说的只是不打紧的旅行。是沉和说起自己和几个朋友刚刚去了西藏、云南回来。背大旅行包,徒步走很长的路,看令人惊叹的天葬仪式等等。倘是现在,去西藏和云南都是再寻常不过的事了,可在那时,去西藏还是一件听起来很有些英雄气概、勇士风范的事。那时,如沉和这般刚刚成人的大男孩,是那么狂傲不羁,吟唱着郑均的《回到拉萨》,对于各种未曾尝试的事物都抱着不竭的热情。陆逸寒笑着对沉和说,我很羡慕你,倘若我像你一样年轻,我也会去很远的地方,无牵无挂。沉和不以为然:现在仍旧可以去的,只要心境尚年轻便可。他们也许彼此不赞同,但是却都微笑了。

十四岁的璟从未离开过这座城市。她听沉和描述奇妙的旅行时,忍不住说:那里很远吗,很难到达吗?普通人能去吗?我能去吗?

能啊,只要自己用心投入地旅行,你就会像旅行家一样棒。沉和说,他看起来充满活力,好像有着用不完的力气。

等小璟长大了,让沉和哥哥带你去西藏旅行,好不好?陆逸寒满含笑意问。

真的吗？璟转头向沉和。

嗯。行啊。沉和说。

璟其实心中想着的，是同陆逸寒一起去旅行。在璟的小脑袋里，"去西藏"和"历险"、"流浪"等词是一个意思。她脑中出现的画面是大马和旷野，她坐在陆逸寒的前面，陆逸寒驾马，从身后抱着她，这样她很安全。他们极目四眺，就看到落到地平线边沿的秋日艳阳。璟的想象力只能局限于此，再想不出更丰富的景象，但那份甜意，她已然体会于心了。

少年时璟只见过沉和一次，沉和来送过两次丛微的新书，另一次璟不在。璟总是觉得，沉和与陆逸寒是某些地方相通的人，他们应当能够成为好朋友，然而不知道什么原因，他们总像是隔着一点什么，无法再走近。

沉和家境富裕，不必理会生活之忧，因此，他才有可能不惜时间和精力去寻找丛微，为她出书。他并非自信自己的眼光敏锐，只因他喜欢丛微的书。七十年代出生的沉和，如很多这个时代出生的文学青年一样，他们接受一种事物的方式首先是挑剔、抗拒、厌恶的。沉和的兴趣范围非常狭窄，无论是喜欢的人，还是喜欢的小说。他初到出版社上班时，读了从前积压下的来稿以及几本已经准予出版的书稿，非常懊恼。沉和一本也不喜欢，在他看来，这些书糟透了。他所属的编辑室的主任，那个瘦小的中年妇人，非常忧愁地看着他说：你这样的人，不适合当编辑。而沉和明白，她言下之意其实是不适合在她的编辑室做编辑,这样会给他们拖后腿的。然而谁会想到,被人认为会拖累大家的沉和,一年多之后就编辑了一本轰动的畅销书。沉和与丛微之间的合作,从此开始,一发不可收。可以说,丛微的创造力是沉和唤醒的,在《水仙的影子》之后,她接连写了几部小说,每本较之从前都有很大转变,她的笔下总是女性最闪光,但那女性又各不相同,有的温柔无助,有的放浪强悍,暴力、杀戮、畸恋、魂魄附体……无一不具。这些作品如繁花般绚烂,更令人好奇这些作品之后的丛微是怎么样的呢。但沉和始终保持缄默,对于丛微的消息守口如瓶。

璟的写作就是从这个时候开始的。写作像是隐含在璟身体里的某种潜在的能力,在过去的十多年里,一直沉睡着,这时忽然被丛微唤醒了。

陆逸寒给她和小卓一人买了一个厚厚的布格子面的日记本。璟的是深红和黑色的小格子,小卓的则是藏蓝和浅灰的小格子。璟舍不得拿它来记日记。因为他们每周要上交日记给语文老师看。她不希望老师用红色圆珠笔在她的本子上留下"阅"字以及一些不疼不痒的评语。所以她用另外一个很简陋的横格本上交。而对于这个日记本,却一直舍不得用。直到后来一个炎热的中午,在午睡中梦到了奶奶。奶奶站在炉灶边剥蒜。她好像中了蛊,动作不断重复,怎么也停不下来。她的手动得飞快,像个流水线上的机器人。可是她的脚已经站不稳了,她的身体开始打晃。灶上的油锅已经热了,她好像根本没有看见。璟知道奶奶就要摔倒了,哭喊着叫她:奶奶,你怎么了?奶奶,你怎么了?奶奶仍是不停,身体开始更加剧烈地摇晃,璟感到她就要像折了的枯木一样倒下去。

梦醒了。璟还在口干舌燥地大叫:奶奶你怎么了?

璟坐起来,不断地出冷汗。她不知道该如何控制自己的情绪,她想跳起来跑出房间。可是她忽然看到放在枕边的那个日记本。深暗的红黑格子,像个幽深的空房间一样引诱着璟。璟停下脚步。掉转身子走到床边拿起了它。她把它抱在怀里仿佛是抱住一个完全属于她的小孩。璟的心脏贴着它,竟能感到它也在突突地跳,那么缜密地呼应着她的心跳。它的出现忽然让璟镇定了下来。她走到写字台前,坐下来,把它平铺开,选了一只最心爱的浅蓝色水笔,终于决定在上面写字。

整个下午璟都很安静地坐在写字台前面,紧紧捏着那支浅蓝色的笔不停地写。傍晚的时候她写完了一篇五千字的文字,题目是《爱的炉灶》。在那篇文字里璟缅怀了奶奶,她回忆了奶奶为她做过的点滴小事,包括奶奶的死亡。当璟写到奶奶的脚被烫伤的时候是那么委屈,像个小孩一样哭泣的时候,璟自己伏在桌子上哭起来,奶奶死去的时候,她都没有这样哭过。眼泪晕湿了浅蓝色字迹,那些过去的事就像这凸起的纸面一样都跳了出来。后来璟才终于了解,原来她沉浸在文字中的时候,会有比平日更加充沛的情感。写完之后璟感到了前所未有的轻松,她去洗了热水澡,然后和他们一起吃晚饭。之后她回到房间做功课。那一天她格外专注。直到夜晚沉沉地睡去,没有在半夜醒来暴食。一切祥和得出乎意料。璟几乎不能相信,这是那写出的五千个字带给她的变化。它们的倾泻而出使她获得了从未有过的安宁。

次日清晨醒来，璟坐在床边发愣。然后忽地跳下床，跑去写字台跟前看她的日记本。它还好好地在，那些字也还好好地在，透出淡淡的哀怨。璟把它装进书包，带去学校。那是第一次，写作带给她飞上云霄一般的快感。从此之后，无论到哪里她都会带着这日记本。璟在上面写下了一个又一个故事。她的爸爸，她从前的家，她的小学，还有陆叔叔和小卓。

可是璟从来没有拿她的本子给别人看。那些事情写出来只是为了让自己好受些。

直到很久之后，小卓才告诉璟，他曾悄悄到过她的房间，看到了她的本子。他忍不住打开看了。所以他知道了这些故事。小卓告诉璟的时候璟已经初中毕业。他们坐在一家狭促的冷饮店吃着冰淇淋。小卓忽然向璟道歉。他说，有件事情我一直希望得到你的谅解。璟说，是什么？小卓说，我看了你的那个日记本。璟看着他，说不出话来。却也不知道该如何怪他。他却很坦然，继续地说着：小姐姐，我觉得那些故事可真是迷人。你有这个天赋。

什么天赋？璟问。

写作的天赋，他回答。

我没有这样想过，璟喃喃地说。

不过现在想来，这也是她要再次感激小卓的地方，因他也是这世上第一个说她写得好的人。璟也会永远记得，他拿着她的日记本，眼睛灼灼发光，他说，那些故事可真迷人。

然而事实也并非如此，璟的确也想过自己一直写作。因这是璟唯一愿意去做的事。

将来要把它变成一本书。小卓抚摸着璟的日记本,坚定地说。

书?璟抬起头,茫茫然地看着小卓。她想到了丛微。她像是一个住在遥远的宫殿里的公主,那么地高高在上,璟不知道要以多么大的力气,要以多么久的时间,才能走到她的位置。将来。那是全无光热的前路。璟失去了给予它美妙的幻想的勇气。而现在,璟在她的十五岁,却仍旧一无是处,不好不坏的功课,没有任何朋友。最糟糕的是,她还有着暴食的病。无度地吃,如饿死的小孩附身。而此时的璟已懂得躲避:她对于所有的秤有着巨大的恐惧。她对于"猪"、"肥猪"、"狗熊"这样的字眼也是格外抗拒。璟努力做到不让这一季新兴的小腰身的连衣裙吸引她的目光。

如果可以,璟希望找间房子把自己关起来。她就在里面读书写字,晨晨昏昏。永远永远也不要再见到外面那些轻视、嘲弄她的人。

13

璟从此对于学校多了一点依恋,那就是作文课。虽然她对那个酷爱穿粗呢花格子斜裙的女老师没有好感,但有时碰巧她出的作文题目璟还算喜欢。璟写得最好的是一篇丛微的书的读后感。老师显然不喜欢这个狂野偏执激烈歇斯底里的女作家,她在末尾的批语上写道:我不知道她的书给了你什么启迪,但是希望你以后多读一些世界名著那样的健康向上的文学作品。璟把她的批语撕得粉碎,换了一个新作文本,对老师谎称本子弄丢了。

凭借日渐出色的作文,初三的时候,璟当了语文课代表。这是她第一次的"突出",并且,她对这个差使很满意。因为语文老师每周收一次周记本,批阅之后再发给同学们。这周记是保密的,只有老师能看——老师总是慈眉善目地说,有什么苦恼,都可以通过周记告诉老师,老师就是你最好的朋友。璟的任务是帮老师收齐周记,然后抱去语文老师办公室。从璟所在的三楼教室走去二楼的语文教研组,一共经过三个转弯,一个洗手间。在这些隐蔽的地方,璟就可以悄悄看一看同学们的周记。虽然她对于大多数同学都很厌恶,然而对于他们内心的秘密却感兴趣。璟喜欢看一个很小心眼的女同学写的鸡零狗碎的小事,她是一个多么大惊小怪的人呵,被邻家小孩恶作剧放在门口的豆虫吓哭了。璟觉得这些可真有趣,一个女孩不惜笔墨,用两页日记纸记录了自己不到三分钟的哭泣。她还发现一个男孩的父母是离异的,但是外人看不出来,他掩饰得很好,但日记里却十分脆弱,对于"最好的朋友",他懦弱地问:"老师,求求你,告诉我该怎么办?"璟看着只是觉得好笑,她从来没有想过面对自己的困难,能够求助于谁,也许在她的生活里,只有陆逸寒、小卓还有隐没在遥远未知地的丛微,算是对她有意义的人,其他的不过是她生活中的摆设。因此她不想越界,也无心招惹。

璟的周记写得非常正色,都是些读书笔记,参观展览后的感想,对于一则新闻的看法等等,毫无个人色彩。一个熟练于窥伺别人秘密的人,当然懂得怎么把自己包裹起来。因此,连语文老师,这位同学们诉说困难的"好朋友"也不会了解璟是怎么样一个人。她又怎么会想到,日后这个不起眼的璟成了著名的女作家,她拼命地回忆这个学生,胖、沉闷、安静、智商中等,这是她仅能想起来用来形容璟的词。

而璟最最幽密的一面,是她身体里那颗萌动颤抖的内核,它是制造欢喜和烦忧的发电厂。璟对陆逸寒的感情,连自己也解释不清。他的一举一动牵引着她的目光。璟喜欢在晾衣服的时候,站在阳台上,把脸贴在他的衣服上贪婪地闻,想要捕获每一点吸附在那衣服上的他的气味。每天最快乐的时光就是晚餐时间。全家人一起吃饭,长圆的桌子,他就坐在她的对面。而他吃饭的姿势是那么优雅,慢慢地,从容地,的确把食物当作一种美好的享受。璟也喜欢偷偷地学着他的样子喝汤。陆逸寒用小汤匙舀起汤,轻轻送到嘴边,先小小啜一口,静那么片刻让自己回味,然后再把整勺送进嘴里。

有时候陆逸寒会去书房看璟。他悄悄地走进去,不打搅正沉浸在书本里的她。他悄悄地在璟的身后站着,微笑着看她读书。其实他不知道,每次他一进去,璟就可以感觉到。因为她对他身上的气味是这样的熟悉。可是璟不想回头,她喜欢这样,他从身后慢慢地走近她,她能够那么清楚地感觉到他在靠近她,越来越近。璟的心就会突突地跳得厉害,目光在书本上上下游移。他一直默不作声地在璟身后站很久才和她说话。他会问她在读什么书,可否喜欢等等。陆逸寒最喜欢海明威的书,喜欢里面残酷而淡定的情致。他也十分喜欢一些画册和画家的自传。他有一本蒙克的画册,难得的是,上面还有蒙克随手涂鸦的小诗,他记下的日记。五颜六色的彩色铅笔字迹,尽述这个忧郁的男人的生活。

"我喜欢蒙克的画你知为什么?"他问璟。

璟摇头。

"因为他的画里的人都有格外深而大的眼窝。那也许代表了一种对现世的恐慌和决绝。悲剧意味就由这眼眶蔓延开了。那些都是注定没有希望的人。"他说。

璟抬起头看着陆逸寒,讶异地发现,他的眼窝就是这样深深凹陷下去的,像是挽着一片温柔和低沉的云彩。忽然心下一惊,希望那些阴鸷的东西不要拘囿住陆逸寒。

璟一直都很想知道,陆逸寒是否因为与曼结婚而后悔。曼定然与他想象得很不同,她虽然不再年轻,却仍旧像年轻人一样对新生事物不懈怠地追逐。那几年是这座人口拥挤的庞大城市发展最快的时间,璟记得马路上的巨型广告标语上常用到的词是"日新月异",但她认为这个词也许用来形容曼更加合适。那时刚刚兴起股票,它是否赚钱曼倒并不在意,可是穿着碎花连衣裙戴着大墨镜,提着小巧的挎包走进交易厅是一件多么时髦的事情啊。后来曼玩了很短的时间就厌倦了,寻常人都会被这涨涨跌跌的数字牵动了心,难以舍弃。可是对于曼来说,最重要的,还是她的美貌。当她意识到每天这样在拥挤且气味难闻的人群中直挺挺站着,像愚蠢的鹅一样伸直了脖子盯着大屏幕是一件多么消耗她的事情啊,她很干脆地放弃了。

她开始与朋友合伙开西餐咖啡店——这样可以惬意地坐在自己的店子里吃饭聊天大聚会,多么自在。那时候这座城市的咖啡店还不甚多,璟与朋友合作的那间"曼陀铃"价廉物不美,可是地方还不错,因此到了晚上也是顾客满座。璟从门口看到过那店面樱桃红色的招牌,挂得很高,门的四周又挂了些串灯,就不免繁琐,有些俗艳。墨绿色的马赛克贴面的墙壁在晚上吸进了红光,有些阴森的鬼绿——至少璟这样认为。璟没有去"曼陀铃",因为曼不愿意让她的朋友见到璟,这个怎么看也不像她女儿的女儿。曼非常充分的理由是,担心璟在她的"曼陀铃"暴食起来,吓走了客人。璟本就对那个鬼绿媚红的声色场没什么兴趣,却生生地记恨曼这刺骨的话。她很想在某个半夜醒来,径直跑去"曼陀铃",捡起石头把两扇面街的大玻璃都砸碎了,把曼视为珍宝的人头马 XO 威斯忌统统倒入马桶。

然而璟当然没有这样做,她把自己紧紧地按住,让那些涌现出来的念头兀自沸腾一阵子,又都安息下来。她甚至自己都不知道自己是什么样的人。似乎只有一份心理问答测试卷,透露过她内心的激烈。那份学校心理辅导站发给每个同学的问答卷,璟照实填写了,因为她没有意识到自己会那么"突出"。两日后学校的心理辅导员老师唤她过去谈话。他询问了璟的同学和老师,他们一致认为璟再正常不过了,她没有什么反常。而这份答卷,一定是弄错了,是别人填的。那位辅导员还是把璟叫了去,语重心长、柔声细语地问璟,这答卷是不是她的,她心里是否有什么打不开的结,是否有什么不寻常的地方……璟没有表态,她只是问答卷怎么了。心里辅导员告诉她,那份答卷的主人心理长期压抑,对很多事情存有怀疑和恐惧,这是心理学谓之"被害妄想"的表现,此外,答卷的主人生活毫无生趣,有厌世情绪、轻生的倾向。还有,她身上还因长期压抑,因而产生报复心理,生出一种暴力倾向和发泄行为,也就是说,此人可能会有诸如摔打东西、暴食、痛哭不止等等表现……医生还未说完,璟打断了它,非常平静地说:这不是我的,您一定是弄错了。

那天璟放学后用最快的速度回到家,跑上二楼自己的卧室,拿出那本她最宝贝的红黑色日记本翻看。她一字一字,从未这样仔细地查看,的确找到了隐藏着的那些"不寻常的念头"。

14

璟记得十六岁那年的暑假。那年很热,雨水充沛,总之是个味道极其浓郁的夏天。那个夏天她的日记本上已经写了十二个故事,浅蓝色的水笔用了好几支,她已经改用深褐色。那个夏天璟剪短了三年的头发终于又留了起来,刚刚可以扎起,露出高高的额头。那个夏天,她读完了高一,作文拿过一个不值一提的二等奖,小卓该读初三了,在她从前的学校,与她有着相同的"斜方格裙"语文老师。那个夏天璟几乎读完了陆逸寒书房里所有的书。她喜欢的小说,当像茨威格的《一个陌生女人的来信》那样的,歇斯底里,哀怨而有着生生不息的期许,让人着迷。那个夏天璟和小卓坐在开足冷气的大客厅里看电影碟片。璟和小卓都酷爱恐怖片,可是小卓很胆小,对于鬼更是十分敬畏。他常常看着看着就抓住璟的手臂,要么就把脸藏在她的身后,却又不甘心地问:

"那鬼吃了她了吗?"

"那鬼又出现了么?"

是的,他们坐在柔软宽阔的大沙发上看恐怖片,挤在一起,第一次,他们亲了嘴巴。那是一件非常奇妙的事情,发生得十分自然。自然得好像他递给璟一块巧克力,璟接过来吃掉。他们凑得很近,他就把可爱的小嘴唇凑了过来,亲吻了璟。这没有造成任何尴尬。他们只是静止了几秒钟,然后小卓把脸和璟的距离拉得稍微远了一点,问她：

"要喝可乐吗？"

"不,给我橘子汽水吧。"

然而在那之后璟却能明确地感到自己内心的不平。这虽然看来十分自然,可是却始终是在她意料之外的事。喜欢小卓对于璟是理应的事,小卓本就那么可爱而令人怜惜,况且在过去的三年多中,是她最亲密的亲人。可是璟的心却又那么地警觉。它抗拒所有企图进入的人,不管多么友好也不行,因为那里只有陆逸寒在。那是一种无法替代和覆盖的牵引,它使璟无法忍受自己把爱分给别人,纵使是小卓也不行。

这是多么矛盾的事,璟的潜意识里,又是那么渴望被小卓喜欢。可是璟后来斩钉截铁地告诉自己:事实上你根本不必为此发愁,谁也不会喜欢你,你是那么地丑陋和坏脾气。

那个暑假炎热而漫长,璟以为自己是在缓慢行进的小船上,甚至快要因为这种几近静止的速度而沉睡过去。然而等她发现的时候,海浪已经盖过了她。

那个搅乱了她生活的周末,陆逸寒带小卓去买体育课用的运动鞋,曼也一早就出门去了,大约晚上才会回来,只有璟一个人躲在书房看书。直看到眼睛疲惫,就走出书房。璟看到陆逸寒和曼的房间房门没有关,于是便站在门口向里面看。陆逸寒应该刚打扫过,床上还有一摞新洗过叠得整整齐齐的衣服。璟一抬头,又看到他们床头挂着的巨幅结婚相片。那照片和真人一样大小,他们穿的也不是俗套的黑白礼服,而是他们自己拣了平日里最喜欢的衣服,让那摄影师拍下。很自然,陆逸寒半侧着脸,看着妈妈。妈妈仍旧是骄傲孔雀打理羽毛那般的姿势,若即若离地和陆逸寒隔着一小段距离。璟慢慢走近那照片。照片在床头上面,她只能仰视。这大约是第一次,她那么镇定地长时间注视他的脸,他的下巴周围有浅浅的络腮胡子,而眉毛像湍急的小溪一般顺畅。嘴唇很薄,微微地张开,好像要对她说话——璟那一刻像是着了魔,她认定他是在对她微笑,要对她说什么而不是要对曼说什么。璟的眼睛一直盯着照片。这个男人,是贯穿她青春最美好时光的男子。他是奥妙的峡谷,璟已经身在其中,可是仍是感到遥远,仍是想要伸出双臂抱住他。他是父亲,是爱人,是她生命里从不谢幕的大戏,璟深深为之吸引。

璟蹬掉脚上的拖鞋,爬上了他们的大床。床上铺着米黄色的格子床罩,垂下来层层叠叠的荷叶边。同样的柔软。她知道陆逸寒睡在左边。她躺下去,头贴着他的枕头,蜷曲着身体,闭上眼睛。她能感到他的味道。好像他就坐在她身边,就像那些他安慰她、和她谈话的时刻,离她那么近。璟站起来,再看那照片。她仍是感到他在对她说话。他一定在对她说着什么。可是她听不到。于是璟靠过去。她站在他们的大床上,把脸靠在照片上的他的脸上。他是在跟她说话。她虽然听不清,可是能感到一动一动的,他的嘴巴,喉结,都在动。还能感到他的呼吸,宛如海潮一般起起伏伏。璟微笑起来,仿佛到了从未抵达过的温暖而奇妙的仙境。

不知道璟在陆逸寒的照片上靠了多久,忽然间感到有人在门口。她慌忙本能地和那张照片分开。璟看向门口——是曼。

这真是令人窘迫的一刻。曼就站在门口,此刻正用一种鸟儿看着争抢了它食物的敌人的目光看着璟。眼神宛如锋利的箭。她显然已经站在那里很久了,已经过了惊愕和疑惑的几秒,现在她看起来明了一切,只有深深的憎恶透露出来,冷飕飕地足可以把璟射伤。

她们僵持了几秒。璟知道应该马上离开,她跳下床来,穿上拖鞋,走到门边。璟穿过曼的时候和她擦了一下身子。曼站在那里没有动,也没有叫住璟,甚至在璟碰到她的身体的时候,她也是像个停下的钟摆一般毫无生气地晃了一下。璟为她的冷静感到吃惊和忐忑。

璟很快回到房间。心还跳得飞快。并不是害怕曼,只是那样的一幕,令她看到了,不知道她会有多么恨自己。曼应该已经明白璟对陆逸寒是有一种特殊的感情在。曼一定看出了,可是她却那么沉着地站在门边,和从前对待璟的态度截然不同。这令璟感到恐慌。

第二天是周日。曼没有出门。她在客厅里听音乐,翻看一叠服饰杂志。璟下去吃午饭的时候她却不在。陆逸寒说她不舒服,在楼上睡觉。璟吃过午饭回到房间的时候看到曼在二楼的走廊里一闪而过,穿着蝉翼般的真丝睡衣,如一只蝴蝶一样转眼不见。璟心中一阵不安,不知道她究竟在做什么。

那天的夜晚又非常糟糕,失眠,暴食,再到早晨昏沉着醒过来,脸和手脚都是肿胀的。璟到浴室把自己洗干净,再回到房间的时候,发现曼坐在她的床上,陡然一惊。曼懒散地靠在璟的床头,身上穿着一件淡粉色的真丝睡衣。两根宛如簪子一般的锁骨嵌在雪白的肌肤里面,好似价值连城的宝贝,令人忍不住想要挖掘,占为己有。浓浓的香水味已经从她的房间里弥散开。

"陆叔叔要找你谈谈,你去书房。"曼用命令的口气对璟说。看得出,曼的心情并不好,像是在为了什么事情发怒。璟知道她一定对陆逸寒说了什么。璟看着曼,觉得她像个打小报告的小学生一样好笑。璟转身走出房间,向着书房走去。曼在后面跟着她。

璟进了书房,看到陆逸寒坐在写字台旁边。她同时也看到了他的身前放着她的日记本。璟的,红黑格子的宝贝日记本——璟终于明白曼昨天那行如鬼魅的影子。卑鄙的人,从她的书架上拿了她的日记本。

璟被猝不及防地击了一下。那本日记里面,多次写到陆逸寒,记录了她和他相处的点点滴滴。真的是点点滴滴,那么细碎的事情,可是却被璟一点一点记录下来:第一天到桃李街3号陆逸寒对璟说的话,要小卓把璟带上去;璟暴食被发现,妈妈要把璟送走,是陆逸寒那么坚定地让璟留下来;他去超市给璟采购食物,用心良苦地帮璟纠正饮食习惯;璟第一次初潮,他看见那些血,让璟不要害怕,带璟出去吃东西,买了卫生巾给她;他对璟说起丛微的事,后来璟发现丛微的书,又去画室找他;他和她在书房里探讨喜欢的书,拿最珍贵的蒙克画册给璟看;璟和同学打架,他到学校把她领回来,带璟去同学家道歉……天知道她为什么可以记得那么清楚,把这些全部都写了下来。璟也写到了自己内心的挣扎,当她发现自己已经过分喜欢这个继父的时候,她细致地描述了这份感情。非常肯定,这不是一个小女孩对父亲的依恋,不是对长辈的景仰和崇拜。不是,都不是,它已经随着她的成长,长成了一份丰盛的爱情。是的,她的初恋。璟在写完这些之后,就再也不把本子给小卓看了。她不想让任何人知道这兀自已经长得枝繁叶茂的爱情。

可是此刻璟就像被抓住的贼,暴露在光天化日众目睽睽之下。这记载了一切的本子就这样呈现在他们的面前。当然在这个本子的前面几篇中,璟也记叙了和曼的事,和曼之间冷淡的关系以及无爱的僵持。但是那些璟却不担心她看到,璟不怕她知道自己对她心存记冤和厌恶,有心远离。璟不怕她因此更加憎恨自己。因着本来她们之间就是无爱的,无论怎么努力也不会生出什么美好纯净的爱来。而那恨,那僵持和冷战在璟看来已经到达极致,不可能再坏到哪里去了。璟还在日记里仔仔细细地分析了陆逸寒对丛微和曼的情感。璟认定陆逸寒最爱的还是丛微,而一定有什么不得已的原因,令他们不能在一起。曼只是丛微的替代品。璟隐隐感到,曼读到这些话一定会恨得咬牙切齿。陆逸寒又会怎么想呢?

然而璟却不知道,这本日记引起的,不仅仅是她们母女之间的纠纷,而是烧旺了曼心里那把对丛微的妒忌之火。这对于曼,是太好的提醒。曼在嫁给陆逸寒之前,便隐隐听别人说起,丛微原本和陆逸寒是一对儿——这样一对兼具貌美和才华的璧人,自然是远近皆知的。爱的时候自是轰轰烈烈,后来却不知道什么原因分手了。从此丛微音信杳无,据说是去了国外。璟当时听到这件事的时候,心中甚至在窃喜。曼如今就要嫁的陆逸寒,原来当年是和丛微在一起的——丛微可是二十岁就以斐然才华轰动文坛的江南才女呵。其实,曼多少也清楚,陆逸寒之所以与她结婚,完全是因为他恰处于情绪最低落的时候,曼是善于把握时机的,因此,陆逸寒对她的爱,自是不比当年初恋来得刻骨铭心。但曼却以为,再计较这些也大可不必,反正丛微已经不在了。但是她刚刚嫁给他,仿佛就在一夜之间,丛微又成了当红的女作家,并且比从前还要有名。曼心中很是不舒服,尤其是媒体、报纸杂志不断询问沉和丛微的下落时,她的心就会被揪起来,丛微的回归对她构成了极大的恐惧。虽然她并不清楚当年丛微和陆逸寒到底是怎么一回事,但是她知道,如果丛微现在回来,作为一个气质出众才华横溢且比她年轻好几岁的女作家,无疑胜她十倍,难道陆逸寒不会心动吗。在很长一段时间里,曼都很警惕,她不相信丛微会经得起这荣誉、赞美、热闹的诱惑,宁可待在孤寂的国外而不回来——至少如果是她,一定不会,她最想得到的,就是众人艳羡的目光紧紧地跟着她,她是那个聚光的闪耀点——这也是为什么做一个著名的舞蹈家曾经是她的梦。

　　曼正内心紧张地活在丛微的巨大阴影里,又看到了璟的日记。日记再次把这个人带到眼前,曼断定陆逸寒一定对璟说起过他和丛微的事。他一定对璟说,他仍是多么爱她的。曼一口气把这本写满虚掩的真相的日记读完,忽然感到也许丛微就生活在离他们很近的地方。他们一直有来往。也或者丛微已经回来了,她只是在等待一个最好的时机出现。曼被各种胡思乱想的念头弄慌了。眼前这个把脸贴在陆逸寒照片上对他一腔迷恋的女儿,也是他们的帮凶。她在帮助他们团聚,帮助他们来对付自己。反复回想起璟在自己的房间里穿上自己的衣服意图代替自己的那种得意,以及她挣脱曼,从浴缸里腾地站立起来时那股骇人的力量,曼就更加坚信璟一定在暗地里做着什么报复她的勾当,而她却一无所知。她想着,感到一阵寒意。

她要让璟从眼前消失。

而这一刻,对于需要面对秘密昭然的璟,是多么漫长。璟看着陆逸寒,仿佛是试卷零分的小学生面对已经心灰意冷的班主任。陆逸寒有些失神,掺杂着些许迷惑不解。他的目光还落在本子上,而本子是打开的,恰好落在璟写有关他和丛微的那一页。他的脸上还带着没有散去的窘迫和难堪,璟猜想曼刚才一定用了戏谑的语气讽刺他,这令他很难受。她看到他好几次张开嘴想要对她说话,可是都欲言又止,始终缄默。

"嗯,还是我来说吧。"曼已经绕到了陆逸寒的旁边,"你们高中在西郊有个寄宿的分校,对吗?我和你的陆叔叔决定把你送去那里读书。"

璟虽然谈不上是曼的情敌,但曼此时已然明了璟的心迹,对她的厌恶更是多了一层,又生怕他日丛微真的卷土重来,璟必是站在丛微那一边和自己对立的。她想到那一场景便觉得害怕,所以现在还是先把璟打发走再说,而此刻也的确是逼走璟的最好时机。陆逸寒虽然一直袒护璟,却并不想璟对他有这样的情感。他对璟是像父亲对子女的,而一旦知道璟对他的感情是错位的,便只是想着躲开,让璟冷却。所以陆逸寒这时便同意把璟送走。

终于到了这一刻。璟曾无数次想过这一刻的到来。这一直是她最糟糕的一个梦。它终于抵达了。炎热的午后,璟无助地站在书房中央,面对着陆逸寒和曼,她掉下泪。她有一种坍塌的感觉,一切都完了。她离开了这里,那么她还拥有什么?她发现自己的确是个孩子,她怎么能斗过妈妈呢?曼仍旧是个胜利者。她仍旧可以令璟畏

惧。璟以为自己已经长大,再也不需要畏惧她。可是璟错了,曼还是那么轻易地达到了目的。璟看着陆逸寒,低声唤他:

"陆叔叔,不要把我送走。求你。"陆逸寒抬起头,他看起来也是充满苦楚。可是他是知道事情原则的人。他想,璟只有离开,忘却他,才能健康成长。这孩子的成长已经有诸多伤害,倘若再无端附加上一段无望无果的情感,那么她日后又该是多么苦?

于是他也坚决要让她走。

可是一直以来璟就像寄生虫一般吸附在这个家,这幢房子里。她没有什么事情可以做好,她是个一无是处的姑娘,有虚胖臃肿的身体,有暴食的顽症。所以她唯有把自己藏起来,深深地藏在这幢房子里面,才能得到安全。她没有任何朋友,只有陆逸寒和小卓。他们所给予的关怀就是璟所有的养分,她贪婪地汲取,以此延续生命,饥饿地成长。璟不能离开。谁也不能这样残忍地把她剥离。

璟扑过去,跪在地上,抓住曼的手,摇着,乞求她:

"我以后一定不再惹你们生气,不再写这些乱七八糟的东西。你们不要把我送走,好不好,好不好?"璟拼命摇着曼的手,而她是这样地高,像是石头做的女神像,璟根本不要想在她的身上得到一丝一缕的温暖。

曼冷着脸,不说话,甩开璟的手臂。璟跪在地上向前挪动了一步,再抓住她的手:

"妈妈,妈妈,我求求你!不要把我送走!"璟的眼泪不断地涌出来,眼睛像是打了封条的大门,视线被死死地封住了。"妈妈"这个称呼璟已经太久都没用过,说起来像是一根从冷飕飕的山谷里抽出来的木柴,带着无法消驱的寒意。

曼狠狠地推开璟,轻蔑地反问:

"你会来求我吗?在你的心里你妈妈不是个凶狠又有心计的恶女人吗?你妈妈不是从来没有给过你关心吗?"

璟拼命地摇头,乞求她:

"你让我留下来,以后你说什么我都听,求你了!"

"听我的?我从没有这样企盼过。你忘记了吗?你多么恨我啊!"曼从桌子上拿起那本日记,砸在璟的身上。

"不,不是这样,你让我留下吧,我再也不胡乱写了。这些都是假的。"璟连忙说,她拿起本子,毫不犹豫地撕碎了它,"它是假的,它是假的,是我乱写的,我以后再也不写了。你让我留下吧,妈妈!"璟撕碎了她的日记本。她的红黑格子的宝贝日记本。为了证明那些都是假的,为了证明她再也不写了,璟亲手撕掉了它。所有的故事都被毁掉了,再也不可能完复。她的奶奶,她的爸爸,她的陆叔叔,她的小卓,她的丛微,所有所有,她深深楚楚的记忆都被撕得粉粉碎。璟像是变了一个空心的人,呼呼冽冽的风在她的身体里穿行。璟看到了曼的快意,这本子上记录着她的种种罪状,并且还带着威胁着她的星星之火,她恨它入骨。现在它终于被消灭掉了,那些记录不复存在,她是多么开心!

"你必须走。"曼一字一顿地对璟说。然后她扯起陆逸寒的手,离开了书房。陆逸寒迟疑了一下,跟上了她的脚步。他已经没有话要对璟说了,他对她已经再也没有疼惜和眷顾了吗?她写在本子上那么深楚的感情,为什么他就是看不懂呢?

现在这里很空。只有璟,和她的日记本。可是这日记本已经破碎了,像是一块莫名其妙化成了雨的云彩,零星的棉絮已经不能再拼出她的记忆和眷恋。它在恨璟是不是?它肯定在怨恨她。它做了她的牺牲品,它做了她向那个女人妥协、求饶的牺牲品。可是璟早该知道,这样的求饶是毫无意义的,那个女人怎么可能仁慈地挽救璟于绝望?怎么可能那么轻易地把温暖和希望给璟?

浅蓝色的笔迹,深褐色的笔迹,璟三年来所写过的那些为她排忧解难,驱除困扰和苦痛的话,全然不见了。大风进来了,它们像蝴蝶一般开始在地面上飞舞,纷纷落下绝灭的纸屑。

璟长久地坐在地上不起来。面前是再也不能完复的纸片儿。璟的纸片儿,它们真是好看,即便化作了纸片儿,也保有和她最亲昵的气息。她紧紧抓住它们。

很久之后,眼泪渐渐干了,只是眼神还滞浊。忽然门打开了,小卓走了进来。他也跪下来,面对璟:"小姐姐。"

"小卓,我要走了。小卓,我要被送走了。小卓,小卓,怎么办?我要离开这里了。"璟喋喋不休地重复着。

"小姐姐,我去和他们说,不让他们送走你。"小卓说,用双手环住璟的脖子。

"小卓,你瞧,我的日记本死了。你瞧,它全完了,它死了。多惨呢。"璟又继续说,仿佛没有听到他的话。

"谁撕的?你妈妈吗?她凭什么这么做。"小卓非常生气,他大声说。

"不,不,不是,小卓,是我自己撕的。我害死它的。因为我得走了,都结束了。我得走了,小卓。"璟刚刚止住的眼泪又落下来。小卓把她搂在他的怀里,不再说话,任她哭泣。

"我要走了。小卓,可是我,可是我不知道我离开了这里,离开了你们该怎么生活,怎么办,没有人爱我,没有。"璟忽然从他的怀里抬起头来,惊恐地问他。

小卓只是抱住璟,让她把头埋好,仿佛这样就可以躲避所有的灾难。

"小卓,再亲亲我。再亲亲我吧,我得走了。"

那是第二次他们亲吻。嘴唇还未碰上,就已落下眼泪。地上铺满了日记本的碎屑,像是一场下在道别时分的雪,而他们,甘愿在这一刻里冻结起来,变做两个硬生生寒森森的雪人。

璟后来想起那四年住在桃李街3号的日子,那时她无可就药地沉迷于一种有实体的爱,来自陆逸寒,来自小卓,它们不是虚幻,不是倒影或者空气,它们都是张开臂膀,有着温度的,它们可以触摸,可以负荷承诺和信任。但是正因为这些爱美好若天使,璟总是患得患失,她总是担心因着自己不够好而失去它们。于是她掩藏自己的欲念,掩藏自己的索取,掩藏自己的反抗,掩藏自己的仇恨,生怕有轻微的风会吹灭那些她宝贝的火种。

这种压抑在璟离开那里的时候彻底结束了。最后一天,璟隐隐约约记得,她提着剪刀冲入曼的卧室,把她衣架上的衣服都扯下来,一件件撕破、剪碎,彩色的绸缎布条哧哧地裁下来,像一只乔装的鸟儿散落的染色羽毛。可是璟也许根本没有这样做,一切不过是和那段记忆一起留存下来的幻想罢了。这就是璟成了小说家之后的收获,她大胆地给记忆里那个压抑拘束的自己安装上了一双无畏的翅膀,于是,她便成了快意的英雄。

15

璟带着简单的行李离开了桃李街3号,去她的新学校。学校的位置很荒凉,学生宿舍是非常破旧的小阁楼。可是璟觉得还不算太糟糕,因着有木头的地板,足够大的窗户可以射进夕阳西下的光芒。她住在三层,和两个女孩同住。璟对此是有些抗拒的,她总是不希望有人靠自己那么近,有人总是可以看到她,注视她。所以去的那天,她放下行李,看也不看她们就走出房间。

这所寄宿学校也是陆逸寒很花心思为璟挑选的,虽然偏远,却还带着点落寞贵族的气韵。校园里有高大的梧桐树,破旧的楼房虽然寥落,却因为有满壁爬山虎作为装点,变得活泼起来。也有曲折的回廊,回廊上也爬满了藤蔓,所以射不入阳光,走在下面感觉是个生冷的隧道,不过这并没有妨碍到回廊两边各种花朵的成长。蔷薇在这座城市很普及,不过这里的蔷薇显然没有桃李街3号的好看,这是理应的事情,陆逸寒对于家中的一草一木都是那么尽心,他怎么会让爬满大门的蔷薇花不好看呢?总之这里和桃李街3号比起来,就是个太过粗糙的园子,花草都长得那么慌张仓促,好像生怕错过了春夏的好时节,于是也不在乎自己的颜面和姿态,都像赶赴早集一样冒了出来。

璟就这样在校园里一个人落寞地走着,忽然才发现,自己又在想桃李街3号和陆逸寒了。他在她心里是完美的男子,她甚至坚信连他种出来的蔷薇也会格外绚烂。可是璟却不能见到他了。现在终是知道,从前的时光有多宝贵,即便一天当中也没有几分钟和他独处,甚至一句话也不说,可是看见他便觉得安心。那是他的家,周遭全是他的气息,她在阳台上晾衣服就可以感觉到他的衬衫上充满了他的气息;她在书房读书,就可以感觉到那翻过的一页一页纸张上他的气息;甚至在她暴食的时候,也是可以感觉到,那些他买来的食物上带着他的气息……那种气息已经混在她每日的生活里,成为她赖以生存的空气。

而他现在知道了她对他的迷恋,他却不能够接受。他轻视了它,他不曾想要善待它。她忽然轻蔑地笑了。你应该知道你是多么的丑陋,你凭什么获得他的爱?他只会喜欢妈妈那样的女人。美丽的面容,曼妙的身姿,优雅的仪态,以及狡黠的头脑。她的确有资本令他着迷。而自己有什么呢?此时她恰好经过学校办公楼里面的一扇茶色大玻璃。她在玻璃面前站定,仔仔细细地看着自己。璟很久很久没有这样好好地看自己,镜子和玻璃一直是令她悚然的东西。可是她此时终于决定面对它。

那是她,镜子里的那个始终睁不大眼睛,眼神躲躲闪闪的姑娘是她。她穿着一件白色衬衣,衬衣没有腰身,像个纸筒一样扣下去,而整个衬衫都被她的身体撑得紧紧的,系扣子的地方勉强地合着,仿佛随时要绷裂开。她穿着一条棉布的裤子,大腿的地方似乎太紧了,裤子勉为其难地承受着,勒出了很多个皱褶。脚上的运动鞋早已被肥胖的脚撑得变了形,像是格外扭曲的脸,让人不忍多看。头发简单地拢在脑后,前面没有什么额发,显得脸格外大。腮是鼓鼓的,鼻子上还是红彤彤地生满了螨虫。镜中女孩,她是这样的猥琐,几乎没有脖子,紧紧地缩着,一副无能为力的样子。

这就是她吗?璟慢慢地走近那玻璃,那张脸就格外清晰地透出来:由于脸的虚肿而显得五官十分疏离,仿佛都只是冷漠地各行其是,兀自向着自己喜欢的方向生长去。璟忽然感到这脸会啪的一下碎掉,然后五官向着不同的方向飞出去,只剩下这碟子一样的脸碎成一块一块的瓦片跌落下来。

璟用双手捂住脸,不,不能再看。这就像一个上帝处心积虑给她开的玩笑,那么多年,畜养出一个这样的玩笑。她一直身在其中,竟然忘记了羞耻。璟缓缓地把手指放在玻璃上,轻轻地抚过那张脸,对那正深深陷于羞耻和绝望中的女孩说:

陆一璟,这就是你,这就是你。你看看你自己,你让陆叔叔怎么喜欢你啊?

两行眼泪刷地掉下来。

真想把玻璃打破。真想把这个羞耻的玩笑毁掉。可是陆叔叔,小璟就是寄生在这样不堪的躯体里爱着你啊。她没有什么亲人,她也只有这样不堪的身躯,但是却这样炽热地爱着你。为什么你不能接纳它,哪怕拿出一点取暖的火种,不要把这可怜的姑娘推进如此绝境当中。

璟面对着那面茶色玻璃,它像是液态的,像是不断漫上来的水,试图帮助她把她的样子她的羞耻吞噬。璟一直这样站着,午后的阳光把茶色涂得明媚了一些。好像一场洗涤,她终于那么清晰地看到了自己。一直站到了傍晚,就这样看着自己。和自己,和她的陆叔叔说话。

璟渐渐冷静下来,也忽然懂得了自己要怎么做。她需要把自己变得好起来。只有自己完全地好起来,才可以得到陆叔叔的爱。就像曼那样。也许这是另一种安排和拯救,她被放逐在这里,用这样的一段光阴让自己变得好起来,等到她再回去的时候,变成一个光艳照人的姑娘,那会是多么令人向往的一刻,陆叔叔会用惊异而喜悦的目光看着她。曼也会感到震惊,那震惊一定能带给她痛苦。璟非常了解曼,她的妒忌心是那样的强,她不能忍受璟好起来。所以这将是对她最好的报复。

可是所谓好起来,又是多么艰难的一件事情。夜晚的时候璟仍旧没有回到宿舍,不停地在校园里走,想着所谓的"好起来"。璟告诉自己,她需要首先戒掉暴食的习惯,让自己瘦下来。只有瘦下来才能使自己美丽。还有,她需要念好书,读好的大学——这是妈妈的欠缺,如果她做到了,她就胜了一筹。此外璟还要继续写作,当她的日记本被毁的时候,她以为自己再也不能够写了。可是现在她必须写下去,因为这也许是她唯一能够做得好的事情,它也带给了她无法替代的快乐。况且陆叔叔也定会喜欢才情斐然的女子。

这是来到这里的第一天。璟站在一面玻璃面前,忽然明白了该怎样做。这仿佛是一场战争。和世界,和妈妈,和所有的人,和自己的战争。

璟对着那面玻璃轻声说,陆一璟,战争开始了。

16

璟首先要让自己瘦下来。

在过去那样长的时间里,璟都甘愿地忍受着臃肿的身体。她一直认为这是命定的事情,大约这样消极的观点来自奶奶。奶奶常说血统里决定的事是没法改变的,那些固有的病和缺陷仿佛都是上天对这一家族的惩罚。唯有甘愿承担。比如奶奶是个胖子,爸爸是个胖子,所以璟是个胖子。这仿佛是一道推论题目,得到璟是个胖子的结论是必然的。也许本来她还可以置疑,可是后来奶奶和爸爸先后死于家族遗传的心脏病,这的确是最好的证明。并且陆叔叔说小卓的妈妈死于心脏病,而小卓也有心脏病,可见遗传是多么可怕。不过固执的爱让她愿意去做各种尝试和努力,她必须改变,纵使这顽固的基因种在她身体的最深处。

她记得上一次称体重的时候是初中毕业体检。体检总是令她恐慌的事情。很多女孩子排着队,一个一个地跳上磅秤,这是其中必然的一道程序。那个时候她总是很慢地走在最后一个,有意和前面人拉开距离。等到她们都查过了,璟才默无声响地走过去,悄悄地站上那只秤。潜意识里觉得轻轻地踩也许就会轻一些。腿一直在颤。然而仍旧是令她仓皇的数字。

不管她是多么想回避和藏起那个数字,随着记录数据的大声传达,周围所有的女生都看过来。她们用一种详尽的目光审视着璟,她的头,她的脖子,她的手臂,她的身体,她的腿……天哪,这是一个如此之重的姑娘,她们一定在心里惊讶地叫着。仿佛她是一个被暴露在大庭广众之下的通缉犯。璟双手握着她的体检表格,走下秤来。那薄薄的纸上用蓝色钢笔已经清楚地写下了那个数字。它成为她档案的一部分,挥之不去。璟感到所有人仍在注视着她,她们关注她身体的每一部分,因为它们看来是这样好笑。

璟并没有什么更好的办法来解决这个棘手的问题,除了挨饿。她开始不吃饭。早上喝一杯牛奶,中午和晚上都只吃水果。她告诉自己,必须和巧克力和蛋糕和冰淇淋道别。尽管陆逸寒给了她足够的钱去买那些,大约担心她因为吃不到那些东西,忽然在这个集体环境里失态,做出什么骇人的事情来。

璟非常地饥饿,时时刻刻。读书的时候尚好,到了空闲下来,就会感到身体里面不停地叫喊。那个附身的饿死的小孩大声哭叫,撕心裂肺,让她坐立难安。尤其是夜晚,因为饥饿,根本无法入睡。睁着眼睛,总是陷入对桃李街3号对陆叔叔对小卓的思念。暴食的欲念像海浪一样一波接一波地来袭。连续三天不许自己吃一点东西,到了第三个夜晚璟终于从床上坐起来。又有声音在不知道是呵护还是诱惑地问她:你饿不饿?璟,你饿不饿?那是奶奶的声音,她伸出手,抚摸着她的脸,她不断涌出冷汗的脸,那声音只是问:璟,你饿不饿?

璟拼命地点头,涌出了眼泪。

璟从床上跳下来,冲出门去。门外是木头地板的走廊,还有一盏开着的灯,昏昏欲睡的。她想跑,可是要去哪里呢?她定定地站在走廊中间,恍恍地不知道自己身在何处。过了很久,她才想起,这不是她的家,这不是桃李街3号,这里没有一个厨房让她可以跑去,没有储备了食物的冰箱等着她。这里没有人疼爱她,不会有小卓,悄悄地给她盖上毯子,或者握住她的手心。璟慢慢地蹲下身体,用双手捂住胃。它在她残酷的自虐中终于忍无可忍,决定还击。她蹲在地上不断地出汗,是这样的饥饿。却又不是简单的饥饿,那是一种无爱的绝境。她发现食物的确牵系着自己的一切,在桃李街3号的时候,她虽然因为暴食绝望和难受,可是那仍旧是有人关爱的日子。那是充足的、盈满的日子。可是现在彻绝的饥饿使她感到没有人再来爱自己。

就这样跪在走廊的地板上,才是九月,木头的地板却是生冷生冷的,木头有很大的纹裂,风从下面吹上来,灌进她的睡衣里。璟低着头,像是受体罚的小学生。这令她想起了六年级的时候她站在教室外面的走廊上,对着日出日落,祈祷自己可以越来越好,飞起来——飞起来究竟是什么样子的,确切说来她也不知道,可那应该是很完满的,天上的奶奶看了会欢喜的。三年过去了,现在她跪在清冷的走廊地板上,冷风可以抵达她身体的任何角落。情况一点也没有好起来,并且更糟了。祈祷是有用的吗?奶奶你听见了吗?

璟慢慢低下身子,披散着的头发一直垂到地板,视野里只有眼前的一小块裂痕斑斑的地板。她不知道自己在等待着什么。天亮吗?

璟是在等那个穿着温暖的羊毛拖鞋的少年走近她。她在等他叫:小姐姐。

……

璟靠在门边,一直等到天亮,学校的大门打开了。九月的早晨,天空下了大雾。仍旧穿着夏天的单衣,三天没有吃东西,这样的冷。璟攥着一把钱穿过学校门前的马路。对面的小食摊刚刚开始做生意。她买了一碗糯米粥给自己。糯米粥还很滚烫就被她喝下去。喉咙被烫得生疼,可是已经无法顾及。只是想着要暖和。喝下去,却仍旧觉得寒冷。不想离开。于是又喝了一碗。可是仍旧无法说服自己离开。无法让自己站起来,走进茫茫的雾里,回到陌生的校园。又要了一碗粥。没有停顿地咕咚咕咚喝下去。璟一碗又一碗地喝粥。像是上了发条,喝着喝着忽然发现碗里落进了水滴,才发现自己已经哭了。她对自己是多么失望,原来连三天都不能坚持。又坐在这里放任自己。

璟跌跌撞撞地从凳子上起身,穿越马路,回到学校。她神色匆忙地返回寝室。已经过了上课时间,寝室里空荡荡的。她把自己的身体缩在门后面的角落里,像曾经的每个暴食之后的清晨那样。璟抱着膝盖,轻轻地抽泣。忽然有一只手拍在她的肩上。她像是得到了解救的绳索一般伸出手紧紧抓住那只手,哽咽着说道:

"小卓,别走。"

这就是璟对优弥说的第一句话。优弥后来说一直记得那个时候她的表情。

"就像一只找不到回家的路的小浣熊。"优弥干干脆脆地这样描述,可是她不知道从小受尽嘲笑的璟,多么讨厌"熊"这样的词。

有关优弥怎么会那么轻易地走近了璟,那么轻易地做了她的朋友,璟一直不能想明白。因为她完全不是璟喜欢的一类人,但无论如何,她是带着祥光的姑娘,像是携着拯救璟的使命抵达了她这里。

优弥俯下身子,拍了拍抱着膝盖缩成一团的璟的肩膀。那天优弥穿着乳白色的风衣。璟记得她青黑色明亮的眼瞳。她就像那整夜不会熄灭的路灯,不遗余力地把光和热送给璟。

那天优弥也没有去上课,躲在上铺吃一包番茄味道的薯片,看着叫作《双星奇缘》的少女漫画。然后她就看到璟匆匆地从外面跑进来。璟苍白着脸,剧烈地喘息。优弥刚要和她说话,却看到她跑到门后面,坐下,抱着膝盖埋下头去。于是优弥吮了一下咸乎乎的手指,从上铺跳下来,走过来拍拍璟。璟头也没有抬,只是紧紧抓住优弥的手臂,喃喃地说:

"小卓,别走。"

然后璟听到一个十分温柔的女声问道:

"小卓是谁?"

17

起先璟对于优弥是很抗拒的态度。因为优弥一看就不是她喜欢的那类人,瘦弱并且思想简单,显得有些幼稚胆怯。优弥的说话声音有一点轻微地发嗲,让璟觉得她是个什么都不懂的小孩子。所以璟并不愿意和她多说什么。只是借口胃痛不去上课了。

"你有胃病吗?"优弥果然有着小孩子的纯澈,她好似也看不出璟不喜欢她,仍旧凑上去问。

璟不回答,从地上站起来,坐到床上去。她不愿意让别人看到她坐在地上的可怜相。

"可是你看起来很健壮。"优弥眼睛直直地看着璟。她的话也许毫无恶意,但是它还是直接戳伤了璟。璟厌恶地瞥了她一眼,决定不去理会这样的人,就从床头拿起一本带来的小说杂志翻阅。

不过那之后大约一周总有一两个早晨,璟因为饥饿太久,总要爆发一次暴食,然后便不能去上课。优弥旷课也是常事,所以寝室里就只有璟和她两个人。璟从不主动对她说话,她也不喜欢理睬璟。她在看书,璟也在看书。

优弥喜欢放非常庸常的流行歌曲,喜欢的也都是一些柔柔和和的女子歌手,唱的是为赋新辞强说愁的情歌。璟自是很厌恶这样的音乐,因为这让她想起她妈妈。曼便喜欢在客厅里放这样的歌,然后慵懒地吹着头发或者涂抹着指甲。在璟看来,这是一群对生活毫无深刻追求,喜欢享乐的简单女子的象征。

优弥喜欢穿淡色的衣服,浅黄、淡粉、豆绿。她是那么瘦,只有头很大,身体都是干瘪的,好像尚未发育一样。因为身体的过分纤瘦,走起路来摇摇晃晃的。璟甚至怀疑,她那些粉粉的衣服都是童装。总之,优弥给璟的整体感觉就是非常无力。璟不觉得她能够思索深刻的事,或者帮上别人重要的忙。璟又怎么会想到,就是这个矮小瘦弱的毫无力量的姑娘,会成为一个对她至为重要的人呢?

那段日子璟一直处于和食物的战争中。她总是连续几天不吃什么东西,只吃少许水果,然后在三两天之后就会爆发一场暴食。在这样的反反复复中,璟被折磨得筋疲力尽,却丝毫没有瘦下来的迹象。她只是精神萎靡,脑子一团糟,不能思考。上课的时候也不能专注,忽然想到陆叔叔和小卓,就会疼得掉下眼泪来。

一周过去了,小卓第一次来看璟。他买了璟最喜欢的巧克力和黑森林蛋糕,放在精致的盒子里,粉红色的盒子又系了淡雪青色的缎带,打着亲切的蝴蝶结。他还带了新的小说以及童话期刊给璟。还有一个小木头盒子,却不让璟当着他的面拆开,一定要晚些等他走了才许她拆。他说,他爸爸有事走不开,要小卓代为问候。璟若有所失地点点头。小卓坐在璟的床边,低声问她,小姐姐,你好不好?你好不好?璟看着他,觉得他又长高了。这一年,小卓的个子一直在疯长,细细的脖子撑着大大的头,总是一副营养不良的小孩模样。璟送他到门口,回身就看到优弥靠在窗边认真地看着自己,璟觉得她的表情很好笑。

璟不睬优弥,一个人一口气跑到校园西北角的树林里去。她从口袋里掏出小木头盒子。打开来,就看到一个石膏小人头。石膏小人头有圆圆的脸,梳着长长的头发,眼睛深深的,嘴唇上翘,带着一个略带骄傲的微笑。小盒子里面还有一张天蓝色的小纸条。打开,小卓在上面写道:

> 小姐姐,我开始学习雕塑。第一次雕刻人物肖像,我拿了你的照片去,雕刻了你的模样。送给你。
>
> 小卓

眼睛里又起了雾。看着这个石膏小人,月光下她闪着淡淡的白色和光。她是多么骄傲和高贵啊。可她是璟吗?石膏小人一直被璟带在身上,一直到后来被璟失手打碎。当璟捡起它的时候,它已经碎了,从头颈那里断裂开。璟立刻想起了小时候爸爸给她买的面人。面人米老鼠也没有了头颅。连它们也不能长伴她,和她在一起的命运就是夭折。

璟对优弥第一次说话是在一个下着大雨的夜晚,操场。璟为了让自己尽快瘦下来,开始疯狂地跑步。晚上大约九点钟的时候,璟放下手上的功课,穿上跑鞋独自来到操场,开始跑步。一圈又一圈,直到自己喘不上气来,倚在一棵树上,仿佛再多一步也走不动了。然后她像是死了一般一动不动。有时候发呆的眼睛里会慢慢涌上泪水来。她害怕自己过于麻木,就会忽然大声喊叫起来。在空旷的树林里,如一头发了狂的小狮子。她多年的压抑在无人的时候终于得以释放。这个九月末的夜晚下了非常大的雨。可是璟告诉自己不能中止跑步,她非常了解自己,她鼓足了气做一件事情,就必须用所有的力量维系下去,不间断,倘使中间突兀地打断或者改变了,她便会丢失了那份珍贵的力气,也许再也站不起来。就好像在她的日记本被撕毁之后,她很久很久都不能提起笔。对于这件事心中存有惶恐了,就再也不能那么自然地做下去。所以璟令自己必须去跑,尽管下了大雨。璟冒着大雨去了操场。到达操场的时候,她浑身上下已经湿透了。雨水蒙住了眼睛,她已经看不清前路,可是仍旧跑。满世界只能听到哗哗的雨声,啪啦啪啦地打在叶子和泥土上,植物发出轻轻的呻吟和动摇。璟只是跑,身子越来越沉重,步伐越来越慢。忽然听到有人在后面叫她:

"喂!喂!"

璟回过头去。是优弥。她撑着一把伞,在后面追着璟跑。璟看到她有点惊讶,步子稍微慢了一点。她跟了上来:

"下那么大雨,还跑什么啊!"优弥皱着眉头对着璟说。璟本是可以停下来的,可是她知道一旦停下来今天的跑步任务就没有完成,然而她必须完成,每天都竭尽全力做完,才会心安。所以她仍是不肯停下来,还是跑。优弥就一直这么追着璟"喂,喂"地在后面叫着。她们就是这样好笑地,一人跑一人追地跑了很多圈,璟终于体力不支,停了下来,回身去看,优弥却还好,仍旧"喂,喂"地叫璟。

璟站定了,看着优弥。优弥的全身也都湿了,尽管手里还拿着伞。身上穿着的藕荷色短袖毛衣黏糊糊地溻在她身上。她也站住,把伞给璟撑上。接着她把鞋子从脚上拉下来,倒过来,控里面的水。她穿好鞋子才对璟说:

"怎么那么拗的人哪?下那么大雨还非要跑,让人家追着你满操场地跑,你觉得很有趣吗?"璟仍旧不说话。优弥就继续说:

"喂,你也看在人家跟着你跑了那么久的分上,说句话吧。"优弥的语气有点酸酸的,充满少女的无限娇憨。

璟便动容了,对她开口说:

"你跟我来做什么?"

"早知道你跑步,有几个晚上偷偷跟着你来看过呢。不过今天下那么大的雨,我说,你就不能停一停吗?"

"不想停。"

"哦,好吧。"优弥点点头。

"走吧。"璟说。

"喂,我觉得你跑步姿势很有问题,这样跑很累的,应该这样跑——"优弥说着,立刻把手中的伞递到璟的手里,然后摆出跑步的姿势,向前跑了三两步。璟看着她,默不作声。

"你不要不相信我呢,我初中的时候可是田径队的,动作绝对标准的。"优弥不无得意地说。

"是吗。"璟应了一句,想想她刚才陪自己跑那么久,却看起来很轻松,原来如此。

"以后我陪你跑吧,我教给你。"

璟没有回答。只是慢慢地和优弥走回寝室。第二天优弥感冒了,璟递给她两片感冒药。她摇头,说从来不吃药,扛两天就好啦。

但这些并不是真正使她们亲近的原因。当璟不喜欢一个人的时候,几乎没有什么能够让她改变。可是有一天璟偶然间发现,优弥手里拿着的书也是丛微的。那个时候她惊讶得不得了。璟走过去,优弥的位置靠着窗,窗外在下暴雨,洁白的闪电频频送来猝然的、刺眼的强光,照亮了一些璟从前看不到的细节:她的鼻子上有星星点点的雀斑,像是生机勃勃的蒲公英种子,活泼地在她的皮肤上散落开,这是一种未开启的能量的暗示。她的皮肤在昏暗的房间里,反而变得明艳而富有光泽,那是幽蓝色的肌肤,璟看到的仿佛是一面无波的湖水。

有扇门打开了,璟想。

"我也有这本书。"璟轻轻地说。

"丛微?"她抬起头,却似并不吃惊,只是淡淡地回应了这么一句。

"嗯,《暖地》。"

"丛微是我最喜欢的女作家了。"优弥这么说,正是璟想要说的话,一字不差。

"……"

"还有一本《指甲花的十六载》,你看过么?"

……

故事就是这样开始的,好似优弥真的是女巫,可以洞知并触及璟那块还柔软,还没有冻结的地方。璟想,她需要一个朋友,她应该有一个朋友了,这么多年以来,第一个朋友。

从那以后,璟便和优弥一同去跑步。优弥灵巧敏捷,有时璟觉得她像是一只小鹿。她的确是纯澈、胸无城府的小女孩,情感上对璟十分依赖,可是却又甘愿地要把璟的事情都拿走,她来扛。

18

优弥是很奇怪的女孩,她看似十分简单,说话简单,读书也简单。但是倘若你把一些复杂的事情都说给她,她也是都懂得,理解的。因此后来璟觉得,优弥实在是世界上最难能可贵的一类人,她其实对于那些深沉的事都知晓,却能够不把它们摆出来,不让它们坏了对未来期待的好兴致。所以优弥总是以明媚的笑脸迎人,与人交往。她那端正的生活态度真的令璟羡慕。但是璟后来再想起这些,只能觉得更加难受。当优弥失去了这最可贵的特质,生活像是对她熄灭了灯。永夜,璟总是能想到这样的词,觉得一阵心酸。

大约在一个月之后,璟和优弥才交换了彼此从前的故事。优弥三岁的时候母亲病死,她一直是和老实的父亲相依为命。父亲是很本分的工人,收入甚微,腿脚又因公残疾。于是优弥在读初中的时候开始自己赚钱养活自己,做冷饮店服务员,蛋糕店的蛋糕师等等。

"我首先会考虑在食品业找工作,因为这样最容易喂饱自己。"

她说,并且讲了怎样在面包房偷吃面包而不被抓到。

就是在这样艰难的生活景况下,优弥也没有失去对生活好起来的信心。她不喜欢上学,功课也变得很差,但是她仍旧毫无道理地相信,总有一天,上天会眷顾她,她会忽然拥有很多东西。因着这种坚信,她倒是也不会觉得焦虑,逃课竟然也心安理得。

少年时代的优弥,若说也存在饥饿,她的饥饿便在阅读上。她那么地需要书。璟相信,这是因为书里面有太多美好的事情,有太多的奇迹:灰姑娘总是能遇到无所事事的仙女,有求必应,把她从头到脚重新包装,而丢了的水晶鞋子也总能把白马王子乖乖地领到灰姑娘面前;丑小鸭漫不经心地成长也能成为白天鹅,如果不幸嫁给一只癞蛤蟆,也不必悲伤,说不定第二天就是个王子睡在你身边,告诉你他一直被施了魔法……是它们给了优弥不竭的力量。优弥看书很杂,并非是作为文学来品评,只是单纯喜欢里面的故事,喜欢里面浓烈的感情。优弥常常怀疑,那样浓烈的情感,是否真的存在于现实当中。因她从未有过像样的爱情。她看到丛微的书大概是和璟同年,只不过是一位到她打工的冷饮店来的顾客落下的。她坐在马路沿上看完了丛微的书。丛微是这样独立又爱得不卑不亢,她多么值得男子来爱。优弥被丛微书中的感情感动得不行,从此她便成了优弥的偶像。在优弥心中,丛微完美得简直像是女神。她是高贵的,博学的,矜持的,开朗的,忧伤的,善良的,聪颖的……她几乎具备了所有女子应当具备的优点和美德。

优弥常常做着遥远的梦,梦见自己有朝一日变成了像丛微一样美好的女子。可是现实中优弥是个没有任何出众地方的矮小姑娘。

她把自己比做简·爱。她有过的所有的感情都是不为人知的暗恋,她总是觉得还不到说的时机,于是一次次错过了。可是她却也从不气馁,并且坚信她的王子正一跃身跳上白马,向她飞驰过来。

"让我们忘掉那些不愉快的事吧,昨天的生活就像一盆用脏了的洗脸水一样,顺手就泼掉了。"这是优弥的名言。

轮到璟说自己的故事的时候,她却失语了。我写给你吧,璟说。

于是璟终于又重新拾起了笔。这是大约隔了三个月之后她再一次拿起笔。璟去学校旁边的文具店给自己买了个像样的厚皮本子。整个晚上她都在写,居然连一直坚持的跑步都放弃了。璟感到自己停不下来了,就好像飞机一点一点起飞的感觉。而在飞行途中根本不可能停下来。不过那的确也是前所未有的快乐。好像一头钻进了一片温暖的水域,情不自禁就会摆起手臂,游弋起来。是的,那仿佛是她的一种本能。璟伏在桌子上写了一个夜晚。优弥几次醒来看到她仍在写,都迷迷糊糊地喊她去睡。等到她早晨再醒来的时候,看到璟仍旧坐在桌子前面,本子已经不知道翻过去多少页。

"天哪,你哪里来的这么多话要说呀!"优弥惊叹道。璟把本子交到优弥的手中,忽然感到整个人被抽空了,有种五脏六腑都吐了出来的感觉。

璟太需要睡眠。她沉沉地倒在床上。这一次就好像第一次她在红黑色格子日记本上写字时那样,在这样激烈的宣泄之后,璟睡得十分安稳。没有噩梦来袭,她甚至还梦到了美好的事——她梦见那一次陆叔叔在院子的花圃里给草莓浇水。璟就站在他的身后。离他那么近,看见他弓下的身子,看见他细细的手指握着长嘴的喷壶。璟走过去,从后面碰碰他的背。突突,她像是在敲他心的大门。他就回过头来,回过头来的时候还有不知道哪里传来的琴弦拨动的声音。铮铮作响。

他为她开门,邀请她进入。

璟醒过来的时候发现优弥就坐在她的床边,眼睛红红的。

"这些都是真的吗?你写得很好。我都要妒忌了。"她酸酸地说。这是优弥唯一一次提到妒忌,对璟的妒忌。

优弥告诉璟,大概从第一次读丛微的书开始,有了那么一个年轻美好的榜样,她便不止一次地想要写作。但她自知是没有天赋的,只有常常祈祷奇迹出现。她和璟的相遇,令她觉得,事实上这便是她等来的奇迹。上帝要给她这样的荣耀,可她的资质实在太差,几乎是不可能。于是便把这个存在潜质的姑娘送到优弥身边。让优弥协助她,最后把她送上成功之巅。璟非常奇怪,纵然在她最糟糕的时候,优弥也是如此笃定地相信璟一定会好起来,并且成长为一个大人物。起先璟觉得这是优弥一种泛泛的愿望,就像她也总是盼着奇迹降临在自己身上那样。然而后来璟才发现,并非如此,优弥对她成功的期待是如此强烈,并且那对于优弥,也是如自己成功一般重要。

"我会在你的身边陪着你,一步步看你走向成功。放心,我不会离开,要离开也要等到你成功之后。"这是优弥在十七岁的时候说给璟的承诺。

人的一生,能够说出多少承诺又接纳多少承诺呢?璟后来懂得,这进进出出的承诺,就像一场没精打采的网球赛,人们都很不用心,有那么多的球打飞了,没有按照原定的方向飞去。只有优弥,只有她,她是如此兢兢业业的球员,她一定要璟接住这颗球,这枚她用诺言制成的实心球从优弥十七岁的时候发出去,从此她的一生都改变了。

从那时起,优弥就开始全面帮助璟"变得更好"。首先,她决定帮璟治好暴食的病。她开始二十四小时看着璟,不让璟有机会抓住大把的食物。她按时给璟水果以及每天必需的食物。可是璟在暴食发作的时候根本无法控制自己的情绪。璟开始坐立不安。不停地抓自己的头发,啪啪地打落在写字桌上的飞虫。终于坐不住了,璟刷地站起来,冲出门去。优弥一定会跟上来,一把抓住她,死命地拉着她去西北角的树林。那里已经成为她们每次解决问题的地方。优弥要把璟抓过去,守着她,对她说话,或者抱着她,搂住她,不断地安慰她,才能帮她挨过。每次璟都会闹得很凶,和平时那个沉默矜持的她判若两人。她们必须去那个树林,那里没有人,没有人会看到如此狼狈的璟,只有优弥,只有她,用永远带着期望的声音呵斥璟或抚慰璟。

一个月之后,璟瘦了十斤。她们都很开心,优弥奖励给她一块拇指指甲盖大小的巧克力。

然而璟很快感到体力不支。大量的运动和不足的饮食让她最终还是撑不住了。有一天和优弥跑步的时候,优弥跑在前面,忽然听到后面扑通一声,转过身去,璟已经倒在了地上。

低血糖。璟被送进医务室挂点滴。睁开眼睛的时候优弥在身边抽泣。她看璟醒了,就抓过璟的手,把一块淡绿色糖纸的水果糖塞到璟的手心里:

"吃吧。"优弥说。

19

小卓仍旧每周来看璟。陆逸寒也来过。可是璟却躲了起来,不肯见他。璟要让自己好起来,再光艳夺目地去见他,在此之前,璟一定不让他看到自己。那次他和小卓一起来。璟在三楼的窗户里看到了他开到楼下的车。她看到他走了出来。他穿着灰色长风衣,敞开的扣子,下摆在大风里舞得这样好看。他手里也拿着大盒子的礼物,蛋糕、糖果和书籍。他和小卓并排着向璟住的楼房走过来。璟觉得他好像很疲倦,眼睛里带着一点灰蒙蒙的阴影。她一直这样看着他,满含热泪。直到他消失在楼洞中——她知道不多时他就会扣响她的门。璟才大声叫优弥:

"快把我藏起来,快把我藏起来!"

优弥看见眼前这女孩满脸是泪,还带着挥之不去的对那个男人的眷恋。

璟终是没有见陆逸寒。看着他来,又站在窗前默默地看着他离开。她失落地趴在窗台上,忽然感到生活的无望。她的"好起来"看起来还那么遥远,所以仍要太久的分别和隔绝。

璟在日记本上写下了这些哀绝的话。优弥总是喜欢抢着璟的本子看。她是唯一的读者。而她也是最好的读者,因为优弥读得是这样投入。她也像感动于丛微的爱情故事一样,感动于璟的爱情故事。感动于璟对她的陆叔叔的感情。但是璟从来没有告诉优弥,其实丛微书中的男主角和她故事中的男子,其实是同一个人……

"你肯定会成为一个作家。嗯,肯定会的。"优弥有时看着璟的日记本,便会冒出这样一句。她的表情十分认真,不似玩笑。她说完,便看看璟,探过头来,笑嘻嘻地问:"想当作家吧,你?"

"嗯,像丛微一样的作家。"璟重重地点点头。虽然是遥远的梦,可仍是如此希求。她想起从前的日记本,小卓握着它,说一定会印成一本书。那对于她是多么大的诱惑。

后来璟不断地写着长长短短悲悲喜喜的故事。有关鱼,有关猫,有关彩虹和珊瑚礁……也有爱情,像是清冷冷的水草一样缠人却又难以紧握。璟的一篇有关爸爸和小面人的故事竟然被投去了一份著名的报纸。璟想,一定是优弥干的,优弥却矢口否认。璟一直对于这些从她的笔下源源不断流出来的字格外珍惜,却不知道应当怎样安置它们——璟不知道怎么样才是对它们真的好:是让它们永远像寂寞的标本一样夹在她的本子里面,还是把它们送到很多很多人的眼前,让那些人品评?所以她一直处于犹豫和怀疑中,它们是不是好?会不会有人喜欢这些心绪紊乱的字?那篇写爸爸和小面人的故事登在报纸上之后居然引起了轰动,同班的同学惊异地发现,这个胖胖的看上去总是很沉闷的女生居然还会写文章,并且文字柔美忧伤。消息扩散,甚至还有其他班级的同学专门跑到璟的班级门口,一定要看看那篇文字的作者。可是璟想,他们一定很失望,因为她和她的文字一点也不像,它们是纤敏而清澈的,可是此时的她,仍旧是个穿着素色宽松大 T 恤梳着简单的马尾的胖姑娘。

璟让他们失望了,她感到抱歉。

然而不管怎么说,那的确是个奇妙的开始,自此之后,璟的文字总是在报纸上出现。那些文字总是带着她内心潜在的恐惧和哀伤。它们像清冽的小雪花一样飘进衣服里,让人凛然。

璟的高中时光是这样忙碌。除了写作和减肥之外,她还要认真对待功课。起先这对她有些困难,因为总是坐立不安,总是一次又一次地想起陆逸寒和小卓。由于暴食的困扰,也无法专注地读书,常常都空掉了上午的课。可是优弥出现,同她一起面对戒掉暴食的问题之后,当她再拿起笔又可以顺畅地写之后,功课也慢慢好起来。心里因有那个需要不竭的努力才能实现的愿望,并且看着它正向好的方向走着,渐渐地心安。璟尤其喜欢数学和历史。总是觉得有那么多尚且不知道不了解的知识,于是不愿意放弃每一个和它们一起的时刻。并且璟负担起了教优弥读书的责任,于是就更加认真了——优弥真是赖皮的家伙,同样的知识,她非要璟讲给她她才肯听,旷课照旧。

"你比那老师可爱多了嘛。"优弥总是冲着璟眨眨眼睛,做出格外乖巧的样子。璟不得不承认,这个小小的优弥,简直像个精灵。

大约到了高二的时候,璟已经成为一个成绩出色的学生。优弥对此感到非常开心。她说:

"你离你的梦想越来越近了,不觉得吗?"

可是在璟看来,这是远远不够的。

参加美术小组的初衷也是因为陆逸寒。因为陆逸寒一直把画看成生命中的一种语言,他一直运用着这种语言,精通这种语言。所以璟必须掌握它,才能够毫无障碍地和她的陆叔叔沟通。璟开始学画。这对璟也是十分困难的事情,毫无根基,连最简单的素描也学得吃力。可这是她甘愿去做的事,所以欢喜,因着爱。

　　璟买了画板,从大号到小号齐全的排笔,一管一管的颜料。喜欢在日光浓郁的下午坐在校园外面的小山坡上独自画画。其实画得如何画出了什么对她并不重要。她只是喜欢和这些亲切可爱的工具们这样待着。她喜欢用手指一遍一遍抚摸它们,太阳下面它们仿佛已经不是绘画工具那么简单,它们好像是会跑的动物,来自很远的地方,在这个生机盎然的午后兴冲冲地跑到璟的身边,撒娇,让她抚弄它们。璟知道,它们来自陆叔叔。这是一种根本无法断去的牵连,每每璟抚摸它们,她就会想起午后她偷偷闯进陆逸寒的画室,小心翼翼地走近去看还粘在画板上的未画完的油画,璟会拾起散落在地上的排笔,用小指轻轻地碰碰上面还未干掉的油彩。那些都是陆逸寒的,它们因着是他的而得了他身上的光芒。

　　不过学会画画,仍旧是一件十分欣喜的事。半年之后璟送给了小卓一幅他的肖像素描。也放在小匣子里,写了和他上次写的类似的话:

　　　　小卓,我开始学习绘画。第一次肖像素描,我拿了你的照片去,画了你的模样。送给你。

　　　　　　　　　　　　　　　　　　　　　　　小姐姐

　　其实还有一张,上面是个穿着蓝布柔软衬衫挽着半个袖子的男人,拿着画笔,半侧身子坐在窗帘舞动的房间里。可是璟把它放在了箱底。也许永远也不会有机会让他看到了。

　　璟仍旧保持着阅读的习惯,读很多的书。学校虽然旧落,却有个规模不算小的图书馆。璟喜欢旧书发出的宿味,偶尔也会在淡淡发黄的纸页上发现谁给谁写的小楷字的情话。念着,就会莞尔,想他们是不是最终走在一起了。常常坐在图书馆桌子前面看书,春天的时候会有蝴蝶飞进来,因为窗台上放着小盆的杜鹃花。絮状的蒲公英也混杂在浓浓香气的三月的空气里,冒充着蝴蝶的小翅膀。璟看着,忽然动了念头。跑去寝室拎起还在睡觉的优弥:

"优弥,我们去种花吧!"

从高二的春天开始,璟和优弥就去学校外面的山坡种花。璟把种花当作一门技艺来学习。因为它也是陆叔叔喜欢的事。早春的时候,陆叔叔会在院子里种下草莓和凤仙花。到了晚春的时候院子里就满是花香和绚烂的颜色了。璟喜欢看清早的时候他在院子里忙碌,挽着袖子,穿着一双结实的旧鞋,有大颗大颗的汗珠从脸上掉下来。

优弥当然奉陪。那一年春天她们在山坡上种了很多花。海棠,杜鹃,草莓,向日葵,还有夹竹桃。只有向日葵活下来了。夏天到了,颜色是鲜艳的一片红红黄黄,并且生得十分参差毫无秩序可言。璟看着就感到懊恼,终于明白,她企图把这山坡变成桃李街3号的花园是多么无边的奢望。所以后来璟已经感到索然无味了,却是优弥念念不忘地常常拉着她去看。

优弥还喜欢玩些占卜的小把戏。她精通塔罗牌,还有各种星座星相的知识。她当然常常给璟算,有些预言非常令人吃惊。璟却只是笑,不肯相信。很多年后,璟躺在有浓郁花香的山坡上睡过去,便梦到优弥与她来玩塔罗牌。优弥看尽她的牌,刚要做解释,却好像脖子被人勒住了,她双手紧紧抓住那绳索,大口呼吸,努力想要说出有关璟的未来的秘密,然而那绳索却越勒越紧,越勒越紧,优弥满脸涨得通红,慢慢倒下了,嘴却微张,好似仍旧做着努力,要告诉璟什么。

璟醒来便是一身冷汗。那时已是多年之后,璟努力回想当年优弥与她算命时曾说过些什么。她已经无法记清了。只是记得优弥算着算着,忽然叹了口气,哀怨地说:

"大概前世我是欠你的罢,这一生便是来还债的,因此你不必为你我之间的事放不下。那自是它该去的方向。"

再想起这句话的时候,璟惊奇地觉得,这是优弥说过的最深沉的一句话,带着不符合当时年龄的忧伤和理智。是优弥真的说过吗,还是后来璟做过的梦?璟永远也不知道了。

20

和陆逸寒开始通信是高二下学期以后的事。之前他很多次来看璟,可是璟还是一直不见。那是多么艰难的坚持,他也许不会知道。是的,他不知道,每次璟都满含热泪地站在窗口看着他来,一步步走近她,然后慌慌地躲起来,又在他离开的时候,站在那里看着他钻进车子,直至车子消失。他自然知道是璟不想见他,于是渐渐不再来。只是小卓每周都会来,仍旧带着大包小包的礼物,令寝室的其他姑娘十分羡慕。他也总是会说,我爸爸让我代他问候你。璟总是淡淡地点点头,也从来不问,虽然心里极是牵挂。

小卓送来的那些甜腻的食物,璟都转送给了优弥。

小卓与璟常常交换日记。两个人分头买着彩色铅笔,画着带翅膀的小心,眨眼的小星星,以及绵细忧伤的文字,来进入彼此的心灵。这样,即便他们相隔再远,再相见时,也不会觉得生疏。这是他们之间美好而细水长流的秘密,贯穿在这一段青春期中,像是脚下潺潺流淌的护城河。

寒假和暑假,璟也是不肯回家,仿佛彻底和那个家绝缘。转而到了第二年。一直记得陆逸寒的生日就在九月。去年错过了。可是今年又走到这个日子跟前的时候,虽然已经尽了努力想让自己把它抹过去,却仍旧一遍遍念起。

终于还是决定寄礼物给他。优弥建议璟把画的他的肖像寄给他。可是璟仍旧觉得那是不免私念太强的礼物,隐藏着过多情绪在里面,所以还是决定不送。她拍下了她种的向日葵,一张张贴在一个木质壳子的本子里寄给他,只留了不泄露任何感情的简短的话:

　　这是我种的花,没有想到也能这样繁盛。
　　生日快乐。

小璟

璟怎么也没有想到他很快回信了。也是十分简短:

　　我在院子里恰好也种了葵花。我们可以比赛,看看谁的长得更好。小卓总是告诉我,你一切都好。这是令我最欣慰的事。
　　你的礼物我很喜欢。谢谢。

陆叔叔

收到他的信璟是多么开心。她抓着优弥,让她陪自己去再看向日葵。优弥一定很奇怪,璟怎么忽然又对那些已经被淡忘的花朵产生了这么浓厚的兴趣。

此后他们常常通信,都是简短、零碎的话语,向日葵的长势,最近读过的书,看过的画册。可是这足以让璟感到满足。她变得干劲十足,璟想,她所做的努力也是有用的。它们让她和陆叔叔走近了一些。

会一直这样走近,直到她再次走到他的身边。璟相信。

小卓每周来都用讶异的目光看着璟,睁大了眼睛说:小姐姐,你又瘦了呢。璟只是笑笑,不语。他也很少提家中的事,他们只是这么坐着,也都觉得不需要说什么,彼此仍旧如从前那般熟悉。有时候这么坐着,璟就恍恍地想起从前他们坐在大沙发上看影碟的情景。那个时候他还是个小孩子,头发软软的,小手小脚好像没有骨头,喜欢用双手抱住肩,一副寂寥茫然的模样。有时又似病西施一样捂着胸口,那是他的心脏病又犯了。现在却长大了许多,好像有了自己的主意,只是仍旧不多话,喜欢倾听。可是璟也是希望听他来说,对她讲述他的生活。所以他们都在一种等待和企盼中,缓慢地度过了见面的时光。那种状态就像下着一场浓密的小雨,全世界都是刷刷的声音,这是令人感到非常舒服和满足的背景,所以就沉溺于这样待着,充分地享有它,不必再回馈给这气氛本身什么。

那些日子总是很匆忙,用各种事情把自己填满。学习,跑步,阅读,画画,甚至种花,当然还有写信和思念。不让自己停下来,一刻也不行。深知如果让自己停下来,就会感到内心这样空洞,而所谓希望仍旧稀薄如高原上的氧气。那样的情况非常糟糕,璟可能又会遭遇几乎已经绝灭的暴食念头的侵袭。那就意味着功亏一篑。优弥也竭力地配合她,她从来不在璟的眼前吃东西,她说她的吃相很难看的,会让不饿的人看了也感到饥饿。她也知道,璟常常饥饿得不行,可是璟却不说。有时候胃痛,也只是显露出发愣的样子,其实身体里已经翻腾得厉害,而那个附身的饿死的小孩,它一遍又一遍歇斯底里的叫喊都被璟压了下去。每当这样的时候,优弥就会抚着璟的头,像是在哄小孩子一样地说:

"当你想吃东西的时候,你就想,这些东西由优弥负责帮我吃下去啦,反正我跟你那么好——好得像是一个人似的,所以我吃了和你吃了没什么两样啊。"

在饥饿的折磨和优弥的安慰中,在对陆逸寒的思念和对小卓的盼望中,在对"变得好起来"的漫长等待和追逐中,璟悄悄地发生着变化。这变化是这样缓慢,以至连离璟最近的优弥都没有及时发现。

高三秋天的一个周日,璟和优弥离开学校到市中心玩。她们逛街,看一个一个的店铺。璟很少逛街,因为她是这样害怕人群。人群总是能让她想起小学的时候,那些团团围住她的同学,他们满含恶意,时刻做出准备羞辱她的姿态,从四面八方涌过来。到了高中好了许多,班级里的人对她一直比较和气,寝室的女孩子又都很温和淡定,况且有优弥总是伴她。其实璟仿佛就是生活在只有她和优弥的一个小世界里,这个小世界不过是学校校园以及外面的小山坡。现在璟骤然被放进这个大世界,内心有轻微的不安。况且她一直很抗拒去看那些女孩子的衣服和饰物,尽管她是那么喜欢。

然而那个下午,优弥非要拉着璟去逛。她对璟说,那些地方有什么可怕,你去了便知道,应当会觉得快乐才是。在一家卖女孩衬衫和裙子的小店里,璟看到了一件白色衬衫,外面套着一件粉红色的毛线小坎肩,翻出了里面白色绣花的尖领子,下面配着一条湖水蓝色的及膝布裙。裙子很简单,软软垂垂的,旁边坠着两个松松垮垮的小口袋。它们挂在一面墙上,需要把头仰很高才能看到。璟就一直仰着头,一眼不眨地看着,心里却不停地对自己说,快走开,这不是你穿的衣服,不要再看。然而那压抑了太久的、对于美好事物的渴慕终于无法遏抑地涌了出来。璟不想走开,只是这么一直看着它。优弥看到了,就对璟说:"试试吧。"

璟慌乱无措地摇头:

"我穿不下去的,不要了。"璟转身要走,事实上她已经很懂得保护自己。任何事物都有可能伤害她,比如这件可爱的衣服,也可以成为伤害她的利器。可是优弥却伸手抓住了她:

"怎么穿不下呢?你现在不胖的,试试嘛。"璟执意要走,可是优弥却拉住她不放,一边已经开口对着店主喊道:

"老板,拿这件衣服看看。"

优弥把她和衣服一起推到了试衣间。璟握着衣服,站在那里发愣。衣服在手心里摩挲着,是清透顺滑的棉制,有种安慰人的和气。璟终于把它套在了身上。令她惊奇的是,一点也不小,刚刚好,这样地合身。璟穿好,在门后停顿了几秒,终于鼓足勇气走了出去。

优弥正在看别的衣服,见她走出来,就抬起头看璟。她的眼睛圆睁着,直勾勾地看着璟,眼神充满了惊喜。然后她跑过来,围着璟转

了个圈,叫道:

"天哪!"

璟慌忙问:

"怎么了怎么了,衣服太小了是不是,是不是?"璟受了惊一样地,转身要再钻回试衣间。优弥一把抓住璟,笑道:

"什么太小了?好看得不得了,不得了哇!"优弥忍不住大声说,店里面在挑选衣服的女孩都回过头来看她。优弥把璟拉到镜子面前,让璟看着自己。

镜中女孩有一张很白的脸,眼睛大而圆,有黑且浓密的睫毛。略厚的嘴唇微微张开,像露水中浸过的葡萄一样饱满。衬衫的第一颗纽扣是开着的,露出来的颈子很修长。小毛衫是紧裹在身上的,可以看出腰肢。裙子下面的小腿也是活泼和灵动的,没有半分突兀。女孩脑后挽着乖顺的马尾,两只手交叠着搭在身前,露出微微的怯色。

这女孩是璟吗?这镜子里的脸是璟吗?不是这镜子在说谎吧?

已经有多久了,璟没有看过镜子。那是被她忽略的脸。或者说,是潜意识里告诉自己,必须忽略,是千方百计要忽略的脸。它就像一个粘连在厚厚的纱布下面的血肉模糊的伤口,不能被提起,不能被揭开。可是就在这一天,又看到了它。它怎么能康复得这样好呢?好得出乎她的意料,好得令她感到惊奇。

那是璟的脸,那是璟的身体。它们令璟想起了初春时候在山涧里偶然看到的不知道名字的小花,惊喜而不能尽述的美丽。这是多少年以来第一次穿上裙子。她从来都没有裙子,她也觉得那对她是多么奢侈。她以为今生今世,她都要把那两条粗壮的腿紧紧裹在裤子里面,不让它们和这轻柔芬芳的空气接触。然而她的双腿现在就在裙子下面,她仿佛看到它们大口地吸着鲜美的空气。

"委屈你们了。"璟轻轻地对它们说,心里一阵酸涩,就要落下眼泪来。她希望自己可以再矜持一些,可是她已经忍不住了,她看着,就笑了出来。她再也不愿意把眼睛移开,要一直把它记住。

璟买了这身衣服。优弥说,你不要换下来了,就穿着吧,你从前的衣服太难看了,这样的你多好看啊。

于是璟穿着新衣服走在市中心的街道上。她觉得身子比从前站得要笔直,步子也很轻盈,走得细细碎碎的,像个十分文秀的小姑娘。优弥走在她的旁边,不时侧过眼睛来看她。她看着,就一遍又一遍情不自禁地说:

"你变了太多了,你现在真是好看哪。"

"璟,你不知道你有多好看。"

她说话的诚恳令璟感动。璟轻轻地问优弥:

"我真的好看吗?"

"那还用说!好看死了。以后再也不要穿那些肥大的T恤。"

优弥携起璟的手,她们在大街上奔跑。璟的头发散开了,它们已经那么长了,漆黑,带着淡淡的花草的香,一根一根飞在风里面。裙角轻轻地擦着她的小腿,发出细微的亲昵的声音。这个秋天干爽洁净的风钻进了她的裙子里面,它详尽地抚摸着她,仿佛她是它失散多年的孩子。

优弥,璟想告诉她说,那可真的是一种飞的感觉呢,前所未有。是的,我感到我飞起来了,像是在翻越云头,上下起伏着,却越来越高。优弥,我感到一切都将近了。我是说,那些美好的事,我感到它们了,它们也在漫过云层向我飘过来。我感到我就要触碰到它们了。

那天璟和优弥买了很多很多衣服。从小到大,她从未有过像那天一样,对衣服表现出如此大的兴趣。天知道她是多么喜欢那些明快的颜色,这种喜欢其实一直在,就像一种游弋在血液中的元素,终于被蒸腾了出来。她一直那么地喜欢色彩,喜欢视觉带给人的美感,可是她必须一直压抑自己,因为自己离美丽的距离确是太遥远了。遥远得不想再去想和追逐。

璟骤然间拥有了很多条裙子,粉红的、深紫的、豌豆绿的、玫瑰色的……荷叶边的、束带子的、参差不齐的下摆的……璟把它们洗了挂在阳台上,整整一排,像挨挨挤挤的彩色荷叶,或者像是节日里吹着小喇叭升上去的小旗帜。

璟从未这样宠爱过自己。

21

这些变化对于璟就好像冬日夜晚悄悄落在院落和窗台上的雪。她一直在窗帘紧闭的房间里沉睡,对于这种变化无知无觉。可是就在这个空气格外清新的清晨,璟拉开了窗帘,外面的世界完全不一样了,它突兀可是友好地呈现在她的面前,它邀请她走出来,探切进去,并且感受。

是的,璟完全不一样了。那个周一当她穿着新的白色衬衫粉色小毛衫以及湖蓝色的裙子走进教室的时候,或者说,还要早,当她清晨穿上它们,仔细地给自己梳好两条细细的辫子,同寝室除却优弥之外的那些女孩怔怔地看着她的时候，璟就感到，一切都不同了。

所有的人开始重新看她，他们看到这女孩穿着崭新鲜亮的小衣服，他们看到她给自己绑了两条细细顺顺的小辫子，他们还看到，她竟然露出了从未有过的恬美的微笑。她还没有习惯这些目光，所以在穿行的时候还是有些羞怯，低着头，眼神闪烁。可是她现在看起来好极了，好得令班上所有的女孩子羡慕。

她功课很好，考试总是前几名，尤其是数学，总是拿第一；她会写文章，文章刊登在校刊上，总是会引起小小的轰动；她还会画画，绚烂的水粉画已经被拿去全市的学生艺术展览参加比赛。她从前总是穿着中性的大T恤，肥大的裤子，头发潦草地挽在脑后，可是现在她完全不一样了，她穿着裙子，迈着因为羞怯有些紊乱的步伐，她是个漂亮而招人爱怜的小姑娘。

然而他们不会知道，她在两年多里没有吃过一顿饱饭，夜晚常常因为饥饿不能入睡，平静地坐在课堂上，心心念念想着的，只是一点可以果腹的食物，哪怕一个青涩的苹果或者一块干巴巴的面包。他们不会知道，每个夜晚不管多么疲倦，她都会准时去操场跑步，她从来不会放纵自己或者提供任何合理抑或不合理的借口，每次都要跑到汗流浃背，无论酷暑严寒。她的脚磨破过，又好了，再破，再慢慢愈合。她渐渐习以为常。他们不会知道，她一个人趴在桌子上做功课，她一遍遍告诫自己，不可以走神，要专注。她给自己设立这样或那样的惩罚，逼迫自己做到。他们也不会知道，那些哀婉动人的文字都是她在深夜一字一字写下的，她常常只睡三个小时，把大半的夜晚用来写作，她的手腕都抬不起了，仍旧不肯去睡，有的时候写到难受得不行,她悄悄地抽泣起来,她必须非常的小声,以免吵醒这房间里已经睡去的室友。他们当然更加不知道她来自什么样的家庭,有着何种苦痛的记忆,对什么样的人有着自始至终从未改变的眷恋。

那些都是沉在她心里的事,她现在已经懂得要好好地把它们埋起来,因为袒露就会带来伤害,她深深地知道。她只是想要他们看到,她好极了。

现在璟分明地感觉到,那些同班的男孩对她的态度发生了很大的改变,他们殷勤起来,借给她看新买的书,拿给她好听的CD,甚至帮她拍站在樱花树下的照片。开始有人给她写情书,仔仔细细地折叠好塞进她的桌洞。有人邀请她去看电影,买了粉红色的蛋筒冰淇淋站在电影院门口等她。有人送给她小小的首饰,细细闪闪的小戒指,承载着错愕慌莽的情感。可是他们一点也不能让她心动。他们所做的一切仿佛只是无关紧要的表演,她冷漠地看看抑或根本不看,自始至终她都安坐在自己的位置上,他们没有谁让她站起来,甚至移动半分。

小卓来看璟,这一次很不同。他看见眼前站着一个穿裙子的姑娘。她低着头,两只脚微微向里面斜。他不能相信,这是他的小姐姐。这是他熟悉的小姐姐吗?她穿上裙子束起麻花辫他却不认识她了。这变化就像沉寂的夜空忽然燃起了焰火,一片热烈的火树银花。他是多么欢喜。而当他走近璟,低声对璟说"小姐姐,你真好看"的时候,璟又是多么的欢喜啊。

璟请求小卓不要把她的变化说给陆叔叔,并说打算给他一个惊喜。

高中的最后一段时光是快乐而满足的。因为这变化带给璟太多的关注和赞美,这些关注和赞美像是衔住璟的飞鸟,把她带上了天空,让她可以飞。也因为心中装满等待,等待着自己迅速地成长,等待着这一段生活告一段落,可以回到陆叔叔那里。

最不可思议的是,她居然参加了舞蹈组。这是她最大的心愿,她必须会舞蹈,因着这是曼所擅长的,想要彻底打败她,这是不可缺少的。也许不能精通,可是至少可以带来优雅些的姿势和举止。当面对着舞蹈室的镜子,像骄傲的天鹅一样旋转起来的时候,璟的脑子里不断地出现她的妈妈。璟记得她美好的脖颈,璟记得她纤细的腰肢和修长的腿。璟看着镜子里的自己,她感到她在一点一点地接近曼。如此一场值得期待的蜕变。

妈妈,我就要回去的。璟在夜晚轻轻地说,像是一种宣战,又似不胜悲凉的感叹。

22

高考前的两个月,一切都变得紧张起来。学校封校了,不允许探望,所以璟连小卓也见不到了。大家只是埋头读书,怀着对即将到来的大学生活的憧憬,不懈地努力着。璟已经决定报考 S 大。因为那是陆叔叔读过的大学,也因着它有浓郁的艺术气氛。璟打算报考那里的中文系。想想就要去陆叔叔曾经读大学的地方读书,她便兴奋不已。

只是那段时间优弥的情绪很糟糕。她知道她的成绩不好,S 大是必然读不了的,想到就要和璟分开了,就总是一阵伤感,她幽幽地说：

"璟，我知道你日后必定是了不起的人，不知那时你还记得我吗？"

"什么叫记得不记得呢？我们要在一起的，永远不分开。"璟说。

"我没什么特别，只不过是在你落难的时候遇到的，所以可贵。你以后一定还会有很多朋友。那个时候我便该离开了。"

璟一直记得那年春夏之交优弥的话。后来她想起优弥那一刻闪烁的眼瞳，璟想，她真是个女巫。

炎热的夏天伴随着严峻的考试终于到来了。这个夏天璟总是一阵一阵地激动着。她总是告诉自己，就要回去了。高考结束后，璟也没有回家，而是留在学校里焦灼地等待成绩。那期间她竟然没有做过有关考试失误的猜测。不知道哪里来的笃定，令她相信，她的确已经走上了一条把自己变得越来越好的道路，已经有了飞翔的姿态，胜利初具规模。而事实也验证了璟的想法，璟终于考上了Ｓ大。

优弥对于自己的落榜并没有过多的吃惊和沮丧。她说那对她一点也不重要，她只要璟记得，要一直和她在一起，她就会感到满足。

"你永远不许忘掉我。"优弥又强调一遍，璟这次没有笑嘻嘻，她神色凝重地看着优弥。她知道优弥的可贵，并且还有深重的恩情在里面，因此她想，无论如何，今生今世她都不会和优弥分开。

终于到了要回去的时刻，终于到了再见他，再索求他的爱的时刻。那个清晨璟又站到了学校教学楼前面的茶色大玻璃前面。这玻璃对她有着非同寻常的意义。璟仍记得，她第一次来到这里，它带给自己的震撼，几乎把璟送入了彻绝的冰窟。可是也就是站在这里，璟命令那镜中的脸,要好起来。想想那个时刻,恍如隔世。

她就要回去了,却慌张起来。不知道应当穿什么样子的衣服,要以如何的打扮出现在他的面前。优弥,优弥,你说我穿哪件衣服,你说我该梳什么样的头发?

在即将离开学校的下午,她们把整个衣柜的衣服都铺在床上,一件一件审视。璟偏爱的是冷寂一点的颜色,让人感到冰静,内心会有多一些的绰余。于是她选了一件深紫色的小衬衫,衬衫上有暗色的图案,是淡淡的小玫瑰花。立领,在领口和袖口都有薄薄的淡紫色蕾丝,软软的蕾丝像一层轻薄的棉花糖一样缠缠绕绕在衬衫上面。收腰,下端是半圆形收口,穿上像个法国公主。璟又给它配了一条黑色的中裙,纱制,有纤细的银色丝线。很多根抽得紧紧松松的缎带缝在上面,下摆是一个一个圆弧的,也是带着中世纪法国的风采。搭配一双淡雪青色的短袜,同色的蕾丝花边,然后把双脚伸进一双黑色圆头的娃娃鞋中。鞋子早已被她擦得锃亮,在阳光底下站着就会有一块一块的光斑闪耀。优弥帮璟束起头发。她把前面的头发分在两边绑成细细的辫子,然后把辫子再归到后面散着的头发里面。用小蝴蝶形状的暗蓝色发卡固定。璟站在镜前,镜中女孩穿得华丽而看起来仿佛时代久远。有点好笑。可是她确实是那么美丽,衣服,鞋子,头发,都织着一层华贵的光芒,她终于蜕变成一个可以扮演公主扮演贵族的女孩,她紧紧地抓住裙角,生怕它们离开。

优弥又帮璟涂了淡淡蔷薇色的胭脂和无色口红。她说璟像极了精品店门口玻璃橱窗里昂贵的洋娃娃。

璟要出发了。回她的家,见他。她太久没有见他,因为忙于考试,他们也很久没有通信。

优弥把璟送上了回家的公车。她们应该有很多话要说,可是它们又显得累赘而多余。优弥只是帮她拽拽微微皱起的衬衫,冲着她挤挤眼睛,大声说:"加油啊。"

璟用力点点头。车子开了,璟看见穿着淡蓝色连衣裙的瘦小优弥站在那里,拼命地对着她摆手。

璟坐清晨第一班公车离开学校。三年里她没有离开过这里,这里就好像她的战壕,她的营地。璟像一个背负着重要使命的战士,在这里练习卧倒射击,一刻也不能马虎。她在这里负伤,在这里康复,在这里学习如何变得更加坚强神勇。三年的时间,现在她终于成为一个训练有素准备充足的士兵了吗?她终于装好弹药要去接受挑战了吗?在摇摇晃晃的早班公车的最后一排,璟探出头去,看到低矮的山坡。正是仲夏,向日葵开得十分炽艳。璟忽然发现,从前和优弥种的很多植物都长出来了,石榴树,夹竹桃。很久没来,这里已经是热闹的花园了。它会不会纪念这两个怀着憧憬在这里栽种的小姑娘?它会不会怀念她们牵着手在山坡上奔跑的那份自在?还有她的操场,她的小树林,再见,再见。璟终于,要回家了。

璟终于又回到了桃李街3号。穿着工整的衬衫小裙子,拘谨而兴奋地站在门口。又看到了满墙的蔷薇。这一年的蔷薇似乎格外茂盛,爬满了整个门,甚至侧面的墙上也满了。大门是敞开的。她就走了进去,又看到了陆叔叔的花园。可是和她想象的有些不同。原本以为陆叔叔说过要同她比赛,所以满园的向日葵都会在格外的呵护下长得格外繁盛。石榴树也到了该结果实的时候,应当是挂满远远近近的小灯笼。然而并非如此:花园里并没有多少鲜灼的颜色。原先栽种的大片夹竹桃,竟在这盈盛的七月就凋残了,萎靡的花朵还心有不甘地衔着一点残落的红颜色不肯放去,仿佛仍旧固执地等待着主人回来,把这一季欠它们的水分都补上。石榴树也没有如期地张灯结彩,宛如遭遇了一场浩劫一样心有余悸地蜷缩在墙角,越发地枯瘦了。院子里只有草很高,霸道地四方蔓延,济济地疯长。

璟无法形容她的惊讶。这里的颓败使她不敢相信自己回到了桃李街3号。这里曾是多么繁盛呵。璟走到白色的小楼前,看着它,这久违了的小白象,你别来无恙?璟按响了门铃。心中十分忐忑,会不会是她的陆叔叔来开门呢?他看到她会是怎样的表情?璟慌忙最后一次检查一下自己:衣服是不是还算平整,头发是不是仍旧柔顺地束着,唇角是不是挂上了新鲜的微笑。然而很久都没有人来开门。璟回身看,发现陆逸寒和曼的车子其实都不在院子里,所以他们应当都不在。她略有些失望,继续按门铃,开始叫"小卓"的名字。又过了很久,门才打开,她看到了小卓。

小卓穿着墨绿色睡衣,双手沾满了泥巴——他应该是在做雕塑。他看起来很落魄,一定是生了病。他生病的时候,就会浑身冰凉,只是走近他,就能感到。头发很久没有修剪了,已经盖住了一只眼睛。另一只眼睛带着疑虑地看着,有点迟缓,才看清在门外的是璟。他一把抱住璟,却极是小心,两只胳膊夹住她的肩膀,双手悬空,生怕弄脏璟的新衣服。他叫她:

"小姐姐。"

他真是凉得让人心痛,简直与手中的石膏一个温度。那不同于他平日里寻常的忧伤。她透过他单薄的身体看到客厅里浮着一层被幽禁已久的灰尘,沙发,地毯,音箱上都是,而那只高颈的玻璃花瓶里圈着一枝已经变成深褐色的马蹄莲,一碰它,肯定会变成一把碎屑。璟迈进了客厅。她从未想到,再进入的时候,它是这样寥落。

23

这就是迎接她的一切,三年后,迎接她的桃李街3号。她真是个傻姑娘,她单是以为全世界都是静止的,只有自己在变,自己要变得好起来,然后再回到从前的环境里。以前她像是一个破坏了整体美观的零部件,而她所做的工作就是把自己从整体中拿出来,然后把自己修好,再放回去。可是璟一直不知道,那机器根本不会在原地等着。她所眷顾的一切,已经向着另外的方向走去,像是没有道别默默离家的孩子,全然不顾在暮色里她沙哑着嗓子唤着它的名字。

那个下午小卓告诉了璟很多事。原来这几年里陆逸寒和曼一直在争执,频频吵架,而陆逸寒一直在忍耐和维系。这是璟能够想到的,因他那么地爱着曼。可是争执渐渐不再是因为一些琐细的小事,曼不断挑战着陆逸寒的忍耐力,终于,她要让陆逸寒忍耐她和别的男人勾结在一起了。

"你知道那个男人是谁吗?"小卓问。

璟茫然地摇摇头。

"记得郑伯伯的吧?常来我们家的那个,爸爸最好的朋友。记得吧?就是他了。"小卓努力地提示璟。璟当然记得。那个叫作郑鹏的人已经开始谢顶,脸上总是很多油,这种皮脂分泌过剩的特征泄漏了他欲望的泛滥。郑鹏是陆逸寒的朋友，原本常常和陆逸寒在画室交谈至深夜。那时璟还曾羡慕他们促膝长谈的那份默契和亲近，可是自从曼开了那间西餐厅，他便只是去曼那里了。这个人身份颇多，他与陆逸寒相熟因着古董赏鉴和拍卖的生意，而他筹办过舞蹈大赛，后来又开始做电视剧导演。想来，他最后的身份才是真正对曼构成诱惑的。

郑鹏在筹办过舞蹈大赛之后，决定制作一个讲述舞蹈演员故事的电视剧。他说剧中的女二号是个成熟又不失活力、艳丽又不失端庄的女子，曼正合适，因此他想要邀请曼出演。曼几乎不敢相信这个事实——这是真的吗，她将出演一个电视剧的女二号，美丽的舞蹈演员。曼立刻接受了邀请。他们每个夜晚都坐在"曼陀铃"畅谈剧本。于是他们就这样走到了一起。他们并没有因此感到羞耻。相反地，他们还要骗走陆逸寒的钱。郑鹏帮陆逸寒购进了一大批字画，那时因小卓生病，陆逸寒无暇分身，于是全权委托他。因着他是陆逸寒最好的朋友，并且也是鉴定的行家。然而却是一批赝品。全都是一文不值的废物。当陆逸寒知道这一切的时候，已经太迟了。他的公司破产了。不过璟猜想令他更加痛心的是，欺骗他的是他的挚友和钟爱的女子。

璟听到曼的背叛，心中并不惊奇，因为她觉得曼从来都是这样的女子。然而事实上，那个时候璟并不完全了解曼。曼并非一味喜新厌旧的人。她对陆逸寒并非没有感情在，甚至后来曼再回头去看的时候，觉得陆逸寒大概是她这一生最爱的男子。曼一生与无数男子交往，每一次走近一个男人，便会觉得失望，在他们身上有着那样多的自私和贪欲。包括她死去的丈夫，也是令她渐渐失望，曾经也爱过，但是那爱终究被失望消磨了，剩下的是十足的厌恶。所以曼对于男人不再有任何幻想，她只是愿意享受那段情浓的时光以及他们所给予她的物质。她以为陆逸寒也不会例外。自来到桃李街3号的第一天，她便觉得幸福来得太突然，不敢相信，所以每一天都过得有些心惊。直到后来看了璟的日记，她开始猜疑丛微仍旧和陆逸寒有往来，他们旧情未了。再后来曼偶然间代陆逸寒收到了一封寄到桃李街3号来的信，正是丛微写的，信从美国寄来。丛微说，她想很快回来看他，并打算留在中国。信写得非常简单平淡。但是在曼看来，却是无比心惊。她骤然间感到，自己所拥有的一切都在剧烈地震颤，好像顷刻间都会坍塌。

于是她销毁了那封信，并开始给自己寻找一条妥当的退路。她并非不爱陆逸寒，只是她更爱自己，为了保护自己，她必须未雨绸缪。只怪这郑姓男子出现得恰是时候，又要圆了令她众人瞩目、光艳照人的梦。陆逸寒虽不是乏味的人，然而却是喜欢安静，终究不会理解曼的明星梦。曼也不会懂得他的内心想着什么，也许他正在想念丛微，也许他正在想着抛弃自己……可是起先曼并没有想把事情做到如此决绝，她只是想以郑鹏为退路的。然而曼却不知，郑鹏是个空有大话、实则无能的庸人。他对于陆逸寒的财产早有图谋。曼渐渐发现事情越闹越大，已经到了不可挽回的地步。她最后也只能随着那个男人走，因为所有财产都已在那个男人手中，陆逸寒已经是身无分文的穷光蛋了。至此，作为诱饵的"女二号"的剧本不知下文，曼的明星梦再度破灭了。

陆逸寒此后便开始酗酒。他夜晚常常坐在客厅里喝酒,一直喝到深夜,对着已经是雪花屏的电视发呆。或者开着放出冷飕飕爵士乐的音箱,一个人站在窗户前面看外面。或者把自己关在画室里,机械地调着颜色,一遍一遍,凌乱地涂抹在画板上,然后把画布扯下来,抛弃,再调颜色……他也不再和小卓一同吃饭。小卓给他留出来的饭菜他也不吃,放在客厅的桌子上直至变了味道。有时忽然感到饥饿,他就在深夜起来站在厨房里嚼着刚从冰箱里拿出来的面包片。不再做任何采购,如果不是小卓去,冰箱里必然空空如也。也不再去照顾花园里的植物,看着它们凋零,表情也是毫无眷恋的冷漠。甚至,第一次,和人有了争吵,他为了一件小事对着来做工的钟点工大声训斥,最后把那人赶走了。就连他最疼爱的儿子小卓,也很少再去看,他仿佛活在一个完全只有自己的世界里,自己和自己说话,安慰自己,却又厌恶自己,决心放弃自己,放任自己。自他的拍卖公司破产后,画廊也关掉了,几乎全部的时间都是这样消磨在家里。

大约就是三天前,曼最后一次回来这里——自从她和那郑姓男子的事情被陆逸寒知道,陆逸寒破产之后,她就不再回桃李街3号。那天她回来取衣服搬行李。陆逸寒和她在房间里谈了很久,尽管她帮别人拿走了他的一切,他仍是无法恨她,还是竭力地挽留她。曼还是拎着箱子离开了。陆逸寒看着她走出了大门,钻进那男人的车子——他知道这是她最后一次回来,最后的希望破灭了。他是这样的心灰意冷,那么多年的付出,最后仍是一场空枉。他目送她走出去,门在他们之间半合着,他听到砰的声音,她关上门走出了他的世界。

璟轻轻地走进他的卧室。门半敞着。她想敲门的手放下了,那一刻璟百感交集——又见面了,亲爱的陆叔叔。

陆逸寒坐在床边的一把椅子上。脸背向璟,朝着窗子。他身上穿着一件白色的棉布汗衫,圆领,他露在外面的脖子显得很长。他又瘦了很多。应该有几天没有刮胡子了,但是始终觉得,他留起胡子也不会难看,因为他那苍白的皮肤以及络腮胡子,有一种东欧人在寒冬天气里的气韵。他手旁的烟灰缸扎满了烟蒂,以前那么讨厌烟味的人终于也吸上了。璟慢慢地走过去,跪在他的椅子旁边,碰一碰他。他转过头,才看到是她:

"你是小璟吗?"他蹙着的眉头打开了。嘴唇从胡子茬中间被动地牵着动了一下。

"嗯。"璟点点头,把手放在他的手上。那双手是璟熟悉的,芦笋般清洁凉滑。

"我差一点儿认不出你了啊!小璟,你完全变了一个人呢!我们——我们有三年没见了吧?"陆逸寒又惊又喜,他内心深处却还多着一种不安的震颤。眼前的女孩看起来竟然有些熟悉——她像极了多年前的丛微。多年以前那个拿着大箱子来投奔他的丛微。那时丛微也是如此年轻的女孩,站在他的面前,满脸委屈。他曾经的心疼在看到璟的这一刻又都回来了。陆逸寒竟然有种想要拥抱住璟的冲动。

"嗯。是三年。"此刻璟就跪坐在他的腿边,是这么近,甚至可以听到他起伏的呼吸,像是一种发不出声音的乐器,让人忧愁和焦虑。

三年,多么长的三年,他们没有好好地单独相处。璟开始觉得自己不再那么拘谨。妈妈走了,她告诉自己。没有人会再干涉她和陆叔叔见面。璟,不要怕,她对自己说,落下了一行眼泪。

"孩子,别哭。你瞧,陆叔叔都不认得你了。你真是越长越好看了,是个小美人了。"

璟只是哭,把脸栖在他的手背上,眼泪弄湿了他的手指,他的衣袖。他用另一只手轻轻拍拍她的头:

"你这三年,一定受了很多苦。可是陆叔叔觉得你变得好了。变成一个光彩夺目,让大家都羡慕的女孩子了。陆叔叔领着小璟出去,多骄傲啊。"

"不,我还不够好,"璟连连摇头,"再给我一些时间,我会变得更好。我本来想晚些再回来看你,等我能够做出点什么成就来,可是我太想念你了,我忍不住要来看看你……"

"傻孩子,搬回来吧。陆叔叔最需要的,不是小璟多么了不起,而是小璟在陆叔叔的身边,我们能天天见到。虽然我和你妈妈会离婚,可这并不会影响我们之间的感情。"

璟点点头。抬起头来,看着他——璟好像从来没有用这样放肆的眼神看过他。他的话鼓励了她,并且这想念也太久了。璟问:

"我可以一直留在你身边吗?"

"当然。陆叔叔只有你和小卓了。"

"小璟一直都爱着陆叔叔,这个陆叔叔知道吗?"璟说出这句话,似乎并无任何障碍,也没有感到后悔。仿佛一条光明大道,就在她的前面。

"是吗,孩子?可是你还这么小,甚至都不懂得爱呢。"陆逸寒并无太多惊讶和尴尬,只是很耐心地想要抵挡回去。

"是。我确定。陆叔叔是小璟从很小的时候就爱着的,这爱一直伴着她成长,一直到了今天。所以陆叔叔也是小璟长大后爱的第一个人。这样的地位,别人不可能取代。"

"都是些傻话。谁说的呢。你那么年轻,最好的年华刚刚开始,可是陆叔叔,都已经是一个老头了。"

"不是这样……你在拒绝我。你不喜欢我……"

"不是这样,璟,陆叔叔很喜欢你。但是这有别于男女之间的喜欢。这个喜欢可能包含得更多一些。男女之间的喜欢,总是太霸道自私。"陆逸寒叹了一口气,又继续说,"小璟,你以后会遇到真正的爱人,那个时候,你回头再看,便会觉得现在你所谓的爱,并不是真的爱……"他说着,眼睛却触到璟绝望的眼神,便忽然止住了。他掉转头去,看着窗外的夜色。很久才又说:

"去吧,小璟,太晚了,去睡觉吧。"

这是璟回来的第一个晚上。这是多么久之后他们可以第一次靠得那么近。璟站在那里,不肯离开。璟想肯定是那些许久以来一直被压在最低端的欲望忽然之间就直冲上来。所以必须要求什么,即便那看起来是无理的,又是把自己逼上死路不留余地的。可是那一刻却是无畏而义无反顾,像是一个必然要完成的生命的过程。璟轻轻地问:

"你要赶我走吗?"

"不,不是这样,小璟。我不想让你将来再回头看的时候后悔,何况陆叔叔现在已经一无所有了,又怎么照顾你呢?"陆逸寒恍若站在一片废墟里,想要挽留什么,却又无能为力。他低下了头。在这间璟曾十分迷恋,充满幻想充满神秘感的房间里,一切都好像逼近静止了,只有寥寥地落在窗帘上的灯影,随着窗帘的摆动,像是盘旋的落叶。时间终于停住了它那只残忍的飞奔的脚,而这是不是在给她一个契机?她一直疲于奔跑,只是一味地想着去赢取,去抓住,去持有。此刻有一只手伸向几乎不支的她,她不愿意再把它放过去。

这个时候璟十九岁,她尚未了解生活这条道路上,常常有在拐角处潜伏着的危险,它会出其不意地冲出来。她也不知道一无所有有多么可怕。她以为只要有爱,还有什么可担心的。

璟的手轻抚他的头发,看到了白色的发丝。他老了。她悄悄长大,却不自知。直到这么近地仔细看着他,才知道,原来已经过去那么多年了。她钟爱的男人,他在这几年里,像是在渡人生最险恶最艰难的桥,而走到对岸,看过去,人生已走过了半程。璟触碰到他的脸颊,那皮肤很凉,它在随着她的手指轻微地起伏。陆逸寒低下头去,他的安静像是一种沉郁的期待,她终于吻在他的脸颊上。

哦,亲爱的璟,不要害怕,这是你一直要的,你这几年来所做的一切,就是为了来走近他,并且永远留在他的身边,不是吗?璟身体里的声音在说话。很多年过去了,璟仍旧不能知道,那到底是捣蛋的魔鬼,还是赶过来帮助她的神?

璟的脑子里飞快地闪过白花花的影子。她很清楚,那是常常在她的幻觉中出现的陆叔叔和妈妈,就在这间房子里,身体的交缠,原来身体可以像藤蔓,甚至比藤蔓更加柔韧,而白色的光芒曾经灼伤了她的眼睛。

璟也想起在学校读书的时候和优弥说过这些。她们两个懵懵懂懂地讨论着女孩儿的第一次,那该是美好的,疼痛的,飞翔的。她们曾经憧憬又害怕着。此刻璟就像被冲上海滩的贝壳,终于感到自己登上了岸。

一幕幕就像是生满锈的齿轮,忽然之间,冲破了所有的蜘蛛网和灰尘,飞快地旋转起来。女孩亲吻着他的脸,他的眼睛和垂下来的睫毛,他的胡子茬和他的鼻尖。在嘴唇将要触碰的一刻,他推开了她。

陆逸寒双手握住璟的双肩,把她和自己分开。璟知道发生了什么,这种可能性她早已猜到。她想过无数种可能性,因为这之间实在有太长的时间让她去幻想。所以,这一种,也在她的预料之内。可是在真的抵达的时候,她却还是那么难受。璟自始至终闭着眼睛。房间里有灯光,有拒绝了她的他,还有上一刻还在肆意妄为充满幻想的女孩。而她什么也不想看到,她只是觉得,忽然又要上路了,不能再留在这里。她的眼泪掉了下来。她听到窸窸窣窣的声音,是他拿出烟来抽。她仍旧跪坐在他的面前,不肯起来,宛如一个被抓住的小偷。她的确有罪,她冒犯了这高贵的爱,不是吗?

"我不能,小璟。我不能这样做。在我的心里,你是最宝贝最特殊的一个,而这种独一无二的纯净,是我不想失去的。你懂吗?"

"求你了,你可知道,要有多么大的勇气,才能让我这样做。我既然这样做了,就不可能退回原地……我以后会不知道怎么面对你。我怎么在这里住呢?"璟泪流满面,这可能是她一生中最难堪的时刻,可是却不想回头,不想就这样掉头灰溜溜地跑掉。

"小璟乖,听话,这样也让陆叔叔为难。来,快起来吧。回去睡觉,明天还要把行李搬回来呢。"

"不行的,就这样回去,以后再也没有办法面对陆叔叔了,不要这样让我走,好吗?"

"不行。来,起来。陆叔叔要生气了。"

"你让我留下来吧,我只是不想一个人睡在房间里。我肯定睡不着。我只是在这里和你说话,好不好?"

陆逸寒不再说话,好似应允了。他们两个人便这样郁郁地坐着。这时璟已不再有希望,只是想,也许留下来待上一段会能够把这种难堪消解掉。多么希望回到她刚进门的一刻,她一定不再冒险跨出这一步,让自己困在这里进退两难。

然而事实上,直至后来璟更加成熟,更加了解自己的性格和感情,她才清楚地知道,那年的那个夜晚,那件事情的发生,是必然的。退回一千次,她也会一千次那样做。那么不顾一切地冲向自己的所爱,完全是她的心性使然。她一直向前冲,像上了无数圈发条的玩具娃娃,过了终点线也不知该停下——这爱压抑了太久。

璟把头靠在陆逸寒的手臂边,抽泣的声音逐渐平息。她就这样变得很安静乖顺,像一只栖在他脚边的猫咪,那么卑微那么眼巴巴地等待着他来宠爱。也许是太累了,坐了大半天的汽车,回到家,又没有吃一口东西,加之见到小卓和陆逸寒的兴奋以及刚才受挫的悲痛,她渐渐地睡去了。

璟正睡得迷蒙,却感觉有人抱她起来。这似乎是在她此前的生命里从未发生过的事。抱起来,这该是怎样的疼爱。璟立刻清醒过

来,睁开眼睛,就看到陆逸寒把她抱到了他的床上,他一边把被子盖在她的身上,一边说:

"睡在地上怎么行?现在你好好睡吧,肯定累坏了……"

璟知道他是要走出去,却再也没有办法留住他。她忽然又委屈又绝望,腾地一下,把被子蒙在了头上。她想,这样就可以听不到他的脚步声了吧。大约觉得他应该走出去了,璟才慢慢把被子掀开,再露出半个脸时,忽然就看到,他还站在床边,正看着她。

"为什么没有走?"璟惊奇地问。

"这样的夜晚很熟悉。你也很熟悉,小璟。"陆逸寒温柔地说。这是陆逸寒有些情不自禁冲口而出的话。他在抱着她看着她的时候,便又想起了丛微。很多年前好似发生过相似的一幕。虽然他肯定,这不会相同,但是当再次逼近从前熟悉又亲切的一幕时,他还是感到了温暖。这温暖,在这样一个时候,在他心爱的女人刚刚背叛,在他财产尽失的时刻,显得格外重要。因此他竟然有些失态地沉溺于此。

"为什么会熟悉呢……"这把璟弄糊涂了。

"没什么。小璟的爱很让陆叔叔感动,"陆逸寒立刻回过神来,"陆叔叔留下陪着你,可是你要赶快睡觉,不许胡思乱想,知道吗?"他说着就绕到床的那一边,然后躺上去,背向璟。

璟翻过身去,从后面拍拍他:

"你会不会从此以后都躲着我?"

"怎么会,如果那样,我就不会留下来陪着你了。"

"不会因为今天的事情讨厌我?"

"怎么会,小璟在陆叔叔的心里,永远是最值得珍惜,最宝贵的。"

"为什么？——因为我是妈妈的女儿吗？"

"当然不是。因为小璟本来就是个与众不同的姑娘。"

"那你说说看,怎么不同了？"璟从小就有咄咄逼人,喜欢撒娇的一面,只是很少有机会表现。

"你很勇敢,即便是在自己很不好的情况下,也能反败为胜。当初把你送走,并不是因为什么日记。你和妈妈不和,这个我早已知道,而你对陆叔叔的依恋,我也能看出。所以并不会觉得那是什么大的罪过。我把你送走,是我的确下不了狠心阻止你吃东西,甚至把你关起来不让你在半夜走去厨房。这些,我都做不到。可是也不能继续纵容你,好多年,病都没有好。你其实天生坚忍顽强,一定可以站起来。所以我决定把你送到寄宿学校。我当时也想了很久。真的很害怕你再和同学不和,他们对你不好,令你内心更加痛苦。可是我觉得那总比让你在家里继续待下去,越来越自闭的好。所以还是决定让你去试试。如果你并不能适应,也不会有什么改变,我肯定会把你再接回来。"

他转过身来和璟对视,她的眼瞳如深亮的潭水。璟靠过去,头枕在他的手臂上。他又说：

"可是你不见我,令我很伤心。我曾以为离开家令你更自闭了,正想着怎么来改变这种情况,你却写了信给我,托小卓交给我。我看了信,你说,你想用一段时间来证明,你可以变得像丛微一样出色,令我能够喜欢你。我觉得这话很好笑,但是却又有你的力量在里面,让我相信,你会好起来的。只是这代价有些沉重,陆叔叔是多么想见到你啊。"

璟以为身体里面的眼泪都已经流光了,可是它又不绝地涌出来。他用手指轻轻地帮她拭去脸上的泪,又说:

"后来呢,我就通过你给我的信,还有——你知道吗?你和小卓交换日记的那个本子,我也有一份。你没有想到吧?是因为我跟小卓要来去复印了一份。所以我知道你日常生活中的点点滴滴。我就是这么看着你,一点点强大起来。我看着日记,常常特别感动,觉得我的小璟真是一个不同凡响的孩子。而你的文章,我也很喜欢。尤其是写爸爸和小面人的那篇。"

"啊,原来是你把它投到报社去的⋯⋯"璟终于明白,原来不是优弥。

"嗯。所以你说陆叔叔不知道你哪里不同,怎么会呢。你和我的女儿没什么分别,所以我会认真地看着你每一步成长。我为你感到骄傲。"陆逸寒说。

陆逸寒也感到了久违的温暖。对于璟,他的确不知付出了多少爱。他对她像是对亲生女儿一样地宠溺,希望她能够得到最好的教育,最健康的成长。而此刻,他发现,璟已经长得这样大了。不再是那个在红黑格子日记本上写着懵懵懂懂爱情的小丫头。她已经变成一个丰盛的女子,是这样地引人入胜。他想,这样的女孩会有很多人爱慕吧?就像当年的丛微。而她对自己的那份爱竟然还在,令他吃惊,却不知是喜是忧。他原本以为,这爱只是小女孩霎时间的冲动,待到这段萌动的岁月过去,便也消散了。但其实他也知道并非都是如此。丛微不是，现在璟也不是。他遇到的女孩，都是这样坚决果敢。

"你希望我成为作家，像丛微一样吗？"璟忽然问。

"唔，陆叔叔只能说，希望你做你最喜欢做的事情，其他的都是命运的事，不必为未来过于担心。"

"那我可以不离开陆叔叔吗？"

"当然，陆叔叔也舍不得小璟。你明天就搬回来住，我们三个一起开开心心地生活。"

"好！一言为定。"璟钻到陆逸寒的怀里，说。

那个夜晚仍旧保持了它的纯洁静谧。璟很快睡着了，她好像从未睡得这样香甜。以前她经历了太多个噩梦接踵的日子，而这一夜她心里想着陆逸寒，手里还攥着陆逸寒的衣襟呢，噩梦怎能不远离？

日后想起，璟要感谢陆逸寒，他是不是在努力使自己留在她身上的印记浅一些呢？

这一次，以及她初潮那天，璟都一直记得。因为这两次，璟能感到她和他是如此靠近。他的娇宠让她觉得自己活得像个小姑娘，花儿一样被呵护着。璟的生命里充满粗糙和荒凉的风沙，她不像大多数女孩那样视娇宠为寻常，对她而言，这是细腻沙滩上璀璨的珍珠。所以，这仅有的两次就足以让她终生难忘。

24

然而陆逸寒还是骗了她。他又出去喝酒了。第二天上午，璟走下楼来，楼下一盏灯也没有亮。这片废墟并没有表现出一点重建的迹象。

　　小卓把自己关在房间里做石膏——他和爸爸出奇地相似,喜欢用关闭自己的方式驱遣痛苦。他觉得外面的一切都是荒寥的,于是躲起来,用窗帘裹住房间,不必在意晨昏。

　　他现在看起来是这样憔悴。璟抱住他,发现他在发烧,额头滚烫滚烫的。璟用冷毛巾敷他的额头,又找药来给他吃。待璟忙完这些事,在小卓的身边坐定,他才看着璟说:

　　"小姐姐,我忘记对你说,欢迎你回家。你回来了,真好,我好像看到一切都好起来了。"

　　璟鼻子一酸,掉下眼泪来。她说:"小卓,你好好休息,我来给陆叔叔打电话,让他回家。一切的确都会好起来,都会的。"

　　璟下楼到客厅拨了陆逸寒的手机。电话响了很久,没有人接。待了一会儿,她又拨了一次。这一次终于通了。那一边传过来破碎沙哑、含糊不清的男声:

　　"喂?"

　　璟的心在听到他的声音时,只觉得猛烈一震,那是醉酒后的声音。她委屈地说:

　　"你骗我。"

　　"是小璟啊……"陆逸寒的声音略微清晰了一些。

　　"你还在喝酒吗?"

　　那边不说话。

　　"为什么骗我?你说好我们要重新建一个家的。你答应我的!小卓在生病你知道吗?你是父亲,你是我们的依赖,你怎么能丢下我们不管?"璟哀怨地说。

"小卓……病了?"

"他胸口又在疼了,而且还发烧。你回来好不好?什么都能重新开始的。你有我和小卓。"

"你和……小卓……"陆逸寒还是断断续续地重复着她的话。

"是啊,小璟和小卓会一直陪着陆叔叔。小璟和小卓会和陆叔叔一起在花园里种花,一起画画,一起买菜、烧饭。"

"是吗? 好的,我马上回去。"陆逸寒终于说。

挂了电话,璟跑上楼去告诉小卓,陆叔叔就会回来了。小卓坐起身子,勉强笑了一下。高烧还是不退,她又给他吃下药,盖好被子。

璟跑下楼去,开始打扫房间,把所有的灰尘都赶跑,把玻璃擦得锃亮。然后璟出门坐上出租车去了最近的超级市场。她买了陆逸寒最喜欢吃的法式长棍面包,买了新鲜的芦笋,松鼠鱼,碎玉米,还有小卓喜欢的墨鱼丸。她也没有忘记买了一束新鲜的马蹄莲——放在客厅的大花瓶里正合适。她用最快的速度做着这些事情,希望能在陆逸寒回来之前把午饭做好。可是回去的路上,因为交通事故,一整条马路都塞车。璟于是中途下了车,跑步回家。她在烈日下拿着大包的东西奔跑。她是多么开心,她要为他们做一顿丰盛的饭,从此给他们做饭。她飞快地跑着,又有了飞起来的感觉。那一时刻,她感到她是那么接近幸福。

璟回到家。陆逸寒却还没有回来。她立刻跑去厨房做饭。松鼠鱼炖芦笋,柠檬蔬菜蒸墨鱼丸,田园色拉,玉米甜羹。这些都是优弥教给她的,优弥从前在酒店做过女招待,学了几道精致的菜肴打算将来做给她的夫君吃。她把教会璟做菜也列为"训练"璟的课程之一，现在看来真是有前瞻性的。

璟从未有过这样的满足，在如此宽敞的厨房里，给喜欢的人做饭。是那么的专注。

璟找出橘色和淡绿色相间的台布铺上——有意选了当中最艳丽的一块，倒上半瓶清水，把素白的马蹄莲插好。

然而等璟做完这所有的事情，陆逸寒仍是没有回来。她坐在沙发上等待。桌子上的饭菜凉透了，可是他仍旧没有回来。璟开始感到不安。打过去电话却又没有人接听。只有继续等待，把饭菜小心地用塑料膜罩好。

到了下午一点多的时候，小卓从楼上走下来。他惊异地发现，家里焕然一新，也看到桌上的饭菜，露出欣喜的颜色。可是转而他也焦急地问：

"爸爸还没有回来吗？"

璟摇摇头。他们在沙发上坐下来，继续等待。璟隔几分钟就打过去电话，可是一直没有人接听。璟坐在沙发上，身体越来越冷。她靠过去，抓住小卓的手，他因发烧而浑身炽热。他感到璟的手冰冷，于是攥紧。他们依偎在一起，守着电话。璟忽然想起他们曾经依偎在这里看恐怖片，转瞬他们已经长大，而长大之后的忧愁，竟然是这样绵长，像是一座一座不得不翻越的山峦。现在他们唯有紧紧地抓着彼此，生怕再走失——他们已经离开彼此太久了。

渐渐地，小卓靠在璟身上睡着了。

事情的确奇妙，并且充满玄机。璟的确在电话铃响起的前一秒感到了一阵无端的晕眩。就像在绝望的山顶感觉到一片盘旋在头顶的黑漆漆的鹰群,越来越低地迫近,你能看到很多犀利的带着尖钩的嘴。它们要伏栖在你的身上,要撕裂你,要吃光你,直至见到骨头。

你已看到它们,可是你根本无法躲。

然后下一秒,电话响起来了。她的手颤了一下,像是被巫婆设计的纺锤刺破了手指。璟终于,拿起了听筒。

……

陆逸寒死于车祸。他的确曾答应璟要重新开始,然而璟怎么会知道,要重新开始谈何容易呢?璟还不知道,他们所居住的这曾爬满蔷薇种满夹竹桃的大房子已经不再是他们的了。拿什么重新开始呢?当然,陆逸寒要感谢璟,因为她描绘了那么美好的新生活给他听。他感到了欣慰,并答应她回家。他于是立刻驾车回家。可是他喝了太多的酒,他的头是这样地晕,眼前蒙蒙的一片花。他不顾这些,他必须马上回家。他的两个孩子在家等他。他猛踩油门疾驰。车子在半途与卡车相撞,陆逸寒当场死亡。

璟在那个时间,正是经过了他的身边。她因为着急回家做饭,中途跃下被塞在马路上的出租车跑步回家。她在那段路途中路过了围观的人群,有交通事故发生,因此导致堵车。可是她脚步丝毫没有放慢。她以为那和她毫无关系,她对看热闹毫无兴趣,她只知道她要快些回家给他做饭。

女孩抱着放在纸袋里的长棍面包,抱着一大束马蹄莲,拎着买来的各种陆逸寒喜欢的食物,在那条大街上疾跑。那时她心中充满喜悦,她感到幸福像块越来越低的云彩,就要触碰到她的眉角。她就是这样,心中想着他,经过了他。那个时候他躺在血泊里,身体正像一道要永远关上的门一般慢慢合上。他眼睛里的最后一点辉光黯淡下去,他张开了嘴,他要叫她吗？他感到她的经过了吗？

可是他们终是错过。他身体完全冷去的时候,她正额头冒着汗珠在厨房给他做饭。她不会知道,他正越升越高,永远地永远地道别了这人间烟火。

璟和小卓赶到医院的时候,他已经走远。璟感到身边的小卓喉咙里发出一种迸裂的声音,转头去看他,他已经倒在地上。小卓一直高烧不退,努力支撑着来到医院。他见了父亲最后一面,心脏病忽然发作,昏死过去。这昏过去未尝不是好事,可以把突如其来的噩耗暂时搁浅,宛如一场奏效的催眠。所以他也不必像璟一样面对葬礼,不必像璟一样彻头彻尾地体味着这场死亡。

那日璟站在陆逸寒身边,向他最后道别。她一只手轻轻抚摸着他的脸,另一只手握起他的手。此刻,她感到陆逸寒的手是湿热的,忽然晃动起来,她仿佛看到那只手向着自己伸过来。那是秋日的午后,她躲在窗帘后面。他走进她的房间,看见她打破了镜子,了无生趣地坐在地板上,自己怨恨着自己。他走近她,伸出他的手,把她拉起来。他看到了她裙子上那片令她惊慌失措的血迹,他说,璟长大了。

然而他到死都不知道,璟长大后的第一件事情就是爱他。他不知道,璟长大之后一直在做的事情就是努力去赢得他的爱。他不知道,璟为了赢得他的爱,残酷地饿自己,让自己变得美丽,她那么刻苦地读书,为了去他曾进的大学。她写文章,画画,学习舞蹈,完全都是为了让自己变成一个值得他来爱的完美的女子。他不知道,璟那么顽强地一步步走来,变得越来越好,不是为了赢得人群所给予的赞美的言辞和目光,不是为了自己的光芒四射卓尔不群,她所做的一切,不过是为了赢得他的爱,只此而已。这即是生活的全部依托。

那么现在,她还可以为了什么延续下去?

这个时候璟突然明白,幸福的到来,远远没有人们想的那样简单。当你感到幸福在接近你的时候,其实不过是那些困顿和苦痛短暂的离席,它们躲在暗处浅吟低唱。然而因着你对幸福过度的渴慕,你忽略了它们的叫声,你以为它们像早晨起床时弥漫的雾,此时已经散去。然而它们定然会再窜出来,攻其不备。

璟离开医院后走去电话亭。她拨通电话,对那边的优弥说:

"一切努力都是白费的,现在可以结束了。"

25

陆逸寒死后第二天,璟病倒了。优弥把她送到医院。连续几天,她都在高烧昏迷中度过。稍一好转,她立即跑去看小卓。出事那天小卓的心脏病发作得很严重,幸亏抢救及时,才脱离了危险,已经没有大碍。只是他的目光总是看着一处发愣,也会落下伤心的眼泪。他更加依恋璟,总是抓着她的手,让她的手指去摩挲他的额头,他的耳垂,他的手心。

"小姐姐,"小卓坐在病榻上扬起脸看着璟,"你是不是觉得生活充满愚弄?那天你回来,我以为一切就此好起来了,我以为我很快就会获得幸福。可是真相不是这样,完全不是。"

"是的,他们一定是搞错了。你知道么,小卓,陆叔叔已经答应我了,亲口答应我,他说会为了我们振作起来,我们要重建一个温暖的小家,他真的是这样说的。可是他们就这么把他带走了……我才和他重逢了一天啊。如果我知道是这样,我一定不会躲他两年的,我如此又都是为了什么呢……为什么不能给他多一点时间,为什么留下那么多那么多遗憾?"璟前一秒还十分平静,说着这些话忽然就变得激动。

"那么为什么我们还要继续屈辱地活下去,被生活愚弄?"小卓问璟。他终于这样问了,这个关乎为什么要活下去的问题。璟一直在回避这个问题,在陆逸寒走了之后的这些日子里,再没有任何事情可以换来她一丝一缕的激情。每天她在做着什么?接受优弥的安慰?机械般地吞咽着食物?失神地流着眼泪?璟被生活愚弄了,可是她无力还手,时间拖着她勉强地向前走。然而事实上她仍旧沉湎于那个下午,她抱着食物和鲜花赶回来做她有生以来做过的第一顿饭。她也仍旧不能走出那个前夜,他温存地抱着她入睡,她那么强烈地感到自己作为女人的欲望。他是她一直以来的全部的梦,唯一的家园呵。

所以现在当小卓问起,璟以为她根本无法回答,可是令自己都吃惊的是,她居然非常坚定地回答他说:

"活着是为了让自己更加强大起来,等我们足够强大了,我们就可以转而羞辱和愚弄这世界。"璟回答得是这样咬牙切齿,她才忽然知道,原来自己内心已有那么多的怨恨。

小卓微微地抬起头,用迷蒙的眼睛看璟。他仿佛一瞬间被她的话说服。他或者也愿意不动声色地留在这世界上观望,等待反击的机会,可以羞辱、愚弄这世界。

大约是陆逸寒离开一周之后,璟离开了医院,回到桃李街3号。小卓仍在住院,她打算拿些换洗的衣服给他。璟让优弥陪着她,因她感到没有勇气回到那里。这是家,这是等待或期待的地方,可这也是他的遗宅。

璟和优弥来到桃李街3号,却发现大门换了锁。她们都进不去了。璟感到十分惊讶,却立刻想到应该是曼回来过了。璟有不祥的预感——她一定收走了这房子。

璟和优弥开始坐在大门口等。夏日午后,太阳炙烤着地面,这样坐着,就感到脚底在不断升温,好像有巨大的热流要把人从地面顶起来。璟坐在那里,眼睛平视着,发愣,一言不发。优弥起身跑到对面的小超市买回大瓶的冰冻矿泉水以及新鲜的李子。优弥执意要璟喝水吃李子,担心她刚刚痊愈又因为天气炎热昏过去。璟也不接水和水果,仍是那个姿势坐着,双手抱着膝盖,咬着牙齿,内心像是在渡过一个难关。

"很恨你妈妈吧?"优弥重新在璟旁边坐下来,咬了一口李子。

璟听到"妈妈"这个词,仿佛被针刺了一下,身体轻轻动了动。璟当然恨曼,倘不是曼的离去,这个家怎么会坍塌?但是她同样也气陆逸寒。为什么陆逸寒不能为了她和小卓好好地活下去?难道她和小卓对他都不重要吗?而那个她和他那么靠近的夜晚,他的眼睛里分明有一种灼亮如爱情的东西,难道那是假的吗?为什么他就是不肯给她希望,从前不能,让她远走,现在还是不能,她好不容易回来了,他却走了……这场她和曼的战争,她彻底地失败了。陆逸寒到最后,都是爱着曼的。

优弥看到璟紧闭双唇,只是缄默,便又安慰道:"其实有个人恨着未尝不是好事。你不觉得有个人恨着,心里就不会觉得空吗?以前我在西饼店打工,有个长着龅牙的姑娘总是找我的麻烦,我偷吃一块小点心她也要打小报告。我就特别恨她,每天和她打架,偷吃了没有被她发现,我就会洋洋得意,一天都会有好心情呢。就这样,我在西饼店干得很带劲。后来她不干了,一个下午我偷着吃下了一大盒子曲奇饼,然后我觉得再干下去也一点意思都没了。"

璟微微侧过头去看她——优弥还是很懂得她的。这些日子以来,璟似乎并不仅仅是以不舍的爱来维系着生命和生活,还有恨。妈妈,是她把璟带到这里,可又是她,毁了这里。璟现在站在这里,不知道该进该退。对妈妈的感情,已经宛如身体上的一块死皮,再也不会滋生新的细胞,哪怕你用锥子去刺它,用刀去划它,也不会感到痛楚。只有这恨早已在那里,一直在,像是一柄高高悬挂的剑,夜色阑珊的时候,她总是会和它对峙。

其实恨也是一种缘分。就像璟和她的妈妈,她自生下璟就憎恶璟,而璟在成长中,终于也生出一份相当的恨来回馈她。她们之间所有的感情,用恨连接,倘若不是这份恨,她和妈妈怕是早已成了陌生人。

璟喝了一点水。优弥就开心地笑了。璟已懂得给那关爱自己的人多些安慰。

一直到天黑,璟终于看到曼的车远远地驶过来。她站起身来。优弥也随之站起来。

这是三年之后璟再次看到曼。曼也看到了璟,于是让开车的那姓郑的男子停车,她走了下来。她看着璟,惊呆了。眼前的女孩,她几乎不敢相认。

璟穿了一身黑色。黑色的半袖阔领丝织长衫,露出她那两根格外出色的白生生的锁骨,衣服很轻,下摆随风飘舞。而黑色的长裙也是一番飘逸的姿态,下摆是漫不经心的参差的蕾丝。衣服有几分萎败的气味,和她现在瘦削的身体恰是格外相称。穿着黑色很多条带子的凉鞋,身体微微倾斜地站着,倦怠却又有着当仁不让的矜傲。现在的她有一张尖尖下巴的脸,因着得病和营养不良,脸色纸白。而她那双长而大的眼睛,有着格外分明的瞳仁,令她至为出众。嘴唇带一点苍紫,可是却使人以为她特意配以如此颜色的口红,正有意想不到的美。

曼已经来不及掩饰,她的脸上流露出因妒忌而诱发的苦楚。这是她的女儿,她厌弃她鄙夷的女儿。她一直以为,这女孩得不到她身上的一点美丽,她是一个失败的产物。可是她错了,三年不见,她已然变成一个美得炫目的姑娘。她也只能在心里苦笑,感叹时光之神妙。

而璟,也是在用直接而锋利的目光看着曼。她仍是美丽。瘦的身体,光滑的皮肤,柔媚的姿态,完全超越了她的年龄。她穿着一件冷紫色大幅下摆的连衣裙,连衣裙刻意地束腰,敞开的领子,也露出美好的锁骨。她们的锁骨是这样地相像,像是一棵树木上嫁接出了新枝。可是璟觉得她仍是有变化。大抵生活并不能总是尽如她的意,看起来已经没有了从前和陆逸寒在一起时淡定坦然的神情。衰老也是有一点的,嘴角不似从前那般上扬,轻微地坠下来,或者也是没有了从前的那般自信。

璟走过去。那车里的男人很知趣地开车从她们旁边经过,先回到院子里去了。璟和曼仍旧站在门口。璟走上去,问:

"你为什么把锁换掉?这房子不是你的,它是陆叔叔的。你已经离开。"

"这房子是我的。从前你陆叔叔就把它过户到我的名下了。你们必须搬走。"她说话也是淡定,似乎早想到有一天会和璟对峙。要说有什么没有料想到的,大抵是璟现在的样子让她很是吃惊。

"不可能。你没有权利这么做,小卓是陆叔叔的儿子。"璟气得发抖,嘴上强硬,可心里已经觉得希望渺茫。想到最后自己和小卓落到无家可归的地步,璟心中狠狠地疼了一下。

"你可以去问律师。"曼说。然后她从璟的身边走过,轻轻地擦过璟的身体。

曼走进了桃李街3号的庭院。她此时内心很不平静,看到这个她一直厌恶鄙弃的小女孩已经长大成人,变得如此美丽,她忽然觉得,这是不是报应……对陆逸寒的死,她也不是不伤心的。她曾深爱过他,也深知他的爱远胜于她。离开陆逸寒当然完全是为自己,她那么害怕失去已经到手的奢华。她想着,也觉得一阵心酸,然而一切终究不能回头。曼觉得生活便总是这样一环扣着一环的,有时你决定的是一步,可是却会牵连到所有此后的路,便再没有可能重新开始。

这便是曼和璟的不同。曼每次都能把自己的情感压下去,让她拥有的物质的东西来做出判断和选择,但是璟不能。璟总是用她的情感来做决断。

我们走吧。璟深知要不回这房子了,蹙着眉转身,淡淡地扶住优弥的肩。优弥正愤懑地看着远去的曼。

她们缓缓地背向桃李街3号,离去。璟听到大门合拢的声音,她想,那一切眷恋,都被合在里面了。

璟和优弥去了桃李街尽头的一家咖啡店。优弥给璟买了热的牛奶,姜味饼干。优弥说:"你可以去我那里住——我刚刚租了间屋子,小卓出院也让他过去住。只是有些远,他上学可能不太方便。住满这个月我们就再找合适的房子搬走。"璟不说话,也觉得她是唯一可以依赖的人,却不知道如何表达自己的感情,只是低头喝牛奶。一直坐到天黑,几次优弥提醒璟该走了,小卓尚在医院,可是璟仍旧不说话,也不起身离开。于是继续这样坐着。把盛着牛奶的杯子抱在手心里。直到牛奶冷去,只是看着,却咽不下一口。优弥于是再给她要一杯热的。

天已经彻绝地黑了。咖啡店里出售简单的晚餐,加热过的三明治以及松饼,空气里弥散着甜面粉的香。璟忽然对优弥说:

"优弥,我想去桃李街3号看看。"

"你要做什么?"优弥愣了一下。

"我只想再看看那房子。想拿一幅陆叔叔的画走。现在我一点关于他的东西都没有。这对我和小卓都是不公平的。我得去,我得有一点他的东西。你懂不懂?"

"嗯,嗯。那么怎么进去?你妈妈肯定不会让你进去吧?去求她?"

"我不会再求她。我知道一面很矮的墙。"璟说。

璟的确是太想念那房子里的东西了,那些和陆叔叔息息相关的东西,那些盈满他味道的物件。所以璟终是决定再回去看看。也不管这是多么不可思议的方法。

桃李街的后面是一个小山坡。她们绕到后面的时候已是半夜。那的确是半面不高的墙,只是因着很少有人知道确切位置,所以很难翻过小山坡找到。可是璟和小卓曾绕到这里来"露营"。房子里的灯已经都灭了,他们应是都睡了。她们就开始垫些大块的石头,优弥先扶着璟爬了上去,并没有费多么大的力气,就爬上了那墙头。璟探下身子一跳,就进入了院子。优弥瘦小,擅运动,很轻易就进去了。她们一直摸索到门。璟有些忐忑,心中祈祷但愿里面这扇门的锁不要也被换掉。她小心翼翼地掏出小卓的那套钥匙,插进锁孔。扭转了一圈,门动了一下,就被她推开了。

璟和优弥进了门。璟带领着优弥摸索着前行。她很清楚整个房子,即便是在这样的黑暗中,仍是可以辨清方位。璟想去画室。璟曾一次一次偷偷地溜进画室看陆逸寒的画。她牵着优弥的手,径直来到一扇门前。这门也是上了锁,可是小卓的钥匙仍是可以打开。她们进去,关上门。璟打开灯。

终于又回到了这里。这房间里已经变动了很多,应是被曼他们整理过了。地上凌乱的颜料,丢着的排笔都不见了。陆逸寒的那些画也都不见了。只有原来的陈列柜仍是在。璟一阵心酸。走到陈列柜前,上面的大片玻璃隔屏里是唐三彩,银器,瓷器。每个大抽屉里都放着不同的物件。璟从下面的开始一层一层打开寻找。有卷着的字画,有折叠扇子。璟没有找到陆逸寒的画,失望之极。忽然璟看到一块靛蓝色的缎子裹着的长条在抽屉的最里面。那缎子看起来很熟悉。她拿起它,打开,里面是一幅卷着的中国画。璟打开,看到它正是从前陆逸寒拿给她看的,他至为喜欢的那幅山水。璟一直记得他拿给她看,说这是他最喜欢的画,画面上是淡薄的远山,青色的静默的水,以及坐落在山脚下的草屋。那山高而直入云端,草屋环在云朵之间。他曾抚摸着这缥缈的房子,对璟说,去这样一个地方住下来,多么好。他说的时候眼睛里溢满光辉,那是多么久之前的事,而现在,他是否找到了这样一个地方栖身下来?他是否已在这样一个白云缭绕的地方住下?璟手抖了一下,却仍旧紧紧握住那幅画不放。仿佛她的陆叔叔已经进到了这幅画里,这不是画,这是一扇门,从这里可以走进去,走到他的那个世界。

有一种强烈的潜意识在指引着她,令她那么执着地想要回来看一看。然而此刻她站在画室里,打开最上面的一格抽屉,看到那个熟悉的铜制相框的时候,她便知道,她是为了什么而来了。那沉甸甸的铜制相框里面,丛微还是笑意浅浅,还是那少女皎洁如月光的脸颊。这镜框里压住的人,好似不会老一般,仍旧在最好的年华里向外眺望。

璟轻轻地用手指抚过镜框上丛微的脸。一层尘埃簌簌地落下来。她感到很心痛,想起从前陆逸寒总是隔一段时间就来擦拭这相框,从来不会让她的脸落满尘埃。璟用手指一点点拂去丛微脸上的尘埃,她好像听见镜框里的女子发出了一声叹息。

人面不知何处去,桃花依旧笑春风。

璟忽然想起这两句。而这屋子里仍旧有他的味道。这味道和她如此接近,好像他就在她的面前,近得就像那个他们在一起的夜晚,她跪坐在他的椅子旁边,仰面去看他。

璟拿到镜框,便觉得不必再寻找什么。她要的东西已经足够了。

璟和优弥原路返回。却在院子里找不到那么多砖石垫起来,以便翻越那道墙。好不容易找来几块石头垫好,璟先翻过去,优弥翻越的时候石头却忽然塌了下去,发出一片哗啦的声音。声音很响,璟看到二楼的一盏灯亮了起来——里面的人听见了动静。好在优弥已经越过了墙。她跳下来,她们飞快地奔跑。

夜色下她们大步奔跑。没有人追上她们。璟抱着画和镜框不停息地跑着,大口地喘气,终于痛哭出来。

26

璟搬去了优弥那里。那是在非常简易的四层居民楼里的一间小屋子。只有一间,不过二十平方米,房屋的顶子很矮,而墙壁是暗浊的黄色,给人很压抑的感觉。有小小的厨房和洗手间,所有的照明工具都是赤裸在外面的圆形灯泡,宛如一片工地一般毫无家的气息。

优弥在靠窗户的位置摆放了一张单人床。房间里还有一张方桌,一只单门的衣橱。优弥说,等小卓病好了,搬过来,我们就再放一张小床,喏,就放在那儿。不过你只好和我挤一张床了。她看见璟神色黯淡,仿佛对这一切根本无法在意起来。她于是碰碰璟的胳膊说:"这其实恰恰说明我们伟大的友谊有了质的飞跃——高中的时候我们是睡上下铺,现在我们干脆睡一张床了呢。"

璟转过身去抱住她。优弥的脸上有一种泉水般的湛澈,她拍拍璟:"我一想到我们要一起生活,白手起家,就感到兴奋激动,你是不是呢?"

璟和优弥去买了简单的家具,给小卓的木头小床,铺在桌子上的暗花的台布,还有三把椅子。璟坚持要买一只落地灯,因为无法忍受光秃秃的灯泡带来的如工地般的生冷。此外是一些厨具,碟子、小锅,还有保温瓶。优弥还非要买三只小金鱼,于是还顺带着买下了给它们当小家的圆形玻璃鱼缸,又买了鱼虫和几棵鲜嫩嫩的水草以及鱼捞——牵牵连连就买了很多无用的东西。

买了很多的布,深红色和草绿色相间的格子布,浅蓝色带着洋红色小碎花的绒布,深土黄色带着参差的抽线流苏的麻布。布是最便宜而好用的装饰,等璟用这些布把房间贴起来,这屋子仿佛有了一块块新植上的皮肤。把落地灯打开,橘色的灯光宛如狡黠的姑娘流露出来的灵动目光,让人感到可触摸可感知的温脉。鱼缸就放在窗台上。三条小鱼张着分明的红色小嘴,大口地呼吸,贪恋着这白日里炽莽的阳光。优弥说:"三条小鱼代表我们三个。黄色尾巴的是小卓,其他两个红尾巴的是我们两个。小卓生病了,要多吃一些哦。"优弥说着,对着鱼缸里的那条黄色尾巴的小鱼撒了一把鱼虫。

生活终于又重新开始了,它没有让璟等太久,因它知道倘若等待再长久一点,璟怕是不能承担了。所以它派了优弥来,让优弥在坍塌的时候及时地帮璟支撑起,纵使狂风暴雨,也是能看到优弥那张不沾半点风雨的脸,镇定自若,这样稳妥地把璟托起来。

次日璟去病房看小卓。她已有几日没有去。因着离开了桃李街3号的变动,也因着搬进优弥这里所要做的各种杂事。璟决定去看小卓并告诉他,他们已经失去了房子,她希望他和自己一起承担,这于璟虽是不忍的,可她想他也是坚强的孩子,何况她可以因着优弥的扶持而恢复生气,小卓也是可以因着她的存在而好起来。他应是明天就可以出院了。璟想,此间的一切都可以告一段落,新的生活虽不算丰厚,却也不乏小的温馨。璟去给小卓买衣服,他的衣服都留在桃李街3号了,她不想再去取。拿着所剩不多的钱给小卓买了一件白色T恤,一条淡蓝色的布裤。买裤子的时候自己也是陡然一惊,想起原来小卓已经长得那么高,不再是少时那个她可以抚摸他头顶的小孩。

璟去了医院,也没有隐瞒和躲闪地告诉小卓,他们回不去桃李街3号了。他看起来并不心惊,淡然地拿起璟给他买的衣服,起身出门到洗手间换上。衣服对他有些宽大了,可是裤子却仍是短了——他竟已长得那么高。他从外面走进来,站定,让璟看。这是第一次,璟懵懵地有了那样的错觉,他是他的父亲。他有他父亲的脸,他有他父亲的身体。他站在那里,忧郁也不妨碍他的微笑,眉宇间带着温脉和包容。璟想走过去抱他,可她又怯惧着,因着她并不能确定他是谁。他是他还是他父亲。璟感到他又回来了。和善的眉目,淡然却不冷漠地叫她,璟。她终还是忍不住了。她跑过去,抱住他。

小卓只是拍着她的背,放任她哭泣。

璟在医院待了整整一天,傍晚才离去。已和小卓讲好,明天会来接他。璟慢慢坐公车回家,内心却一直不能平静。她无法说清那是不是喜悦——他回来了。原来他一直都在,他在小卓这里,他在她和小卓之间。璟抱住小卓的那一刻感到了团圆,他们三个终于团圆。

璟到了家,慢慢打开门——却很黑。优弥不在吗?璟叹了口气,去摸墙上的灯的开关。却听到啪的一声,灯已经亮了。优弥站在那里,笑盈盈的。璟环视房间,优弥在方桌上放了蛋糕。圆形的生日蛋糕,插着几根蜡烛。还有大盘的草莓,她做的几个简单的菜,其中也有她新学来的红豆双皮奶作为甜点。甚至有一瓶红葡萄酒,已经打开,倒在两只锃亮的玻璃杯里。红色的液体在灯光下是这样的好看。房间悉心打扫过,床单也换了新的。璟惊奇之极,问:"怎么了?"

优弥说:"给你过生日。"

璟摇头:"前几天离开学校的时候你不是刚给我过了吗?"

优弥仍是很坚定,表示自己完全清楚,并非搞错:"当时没有吃蛋糕呀。也庆祝新的开始嘛。一切都不一样啦。"

璟淡然一笑:"优弥,我搬过来你跟我说,那是新的开始,我们庆祝了一番。买好家具,布置好这里,你又说,新的开始,我们又庆祝了一番。今天好端端的,怎么又是新的开始了啊?我们不能天天庆祝的呀。"

"只要你愿意,天天都是新的开始呀。"优弥晃晃头,反驳道。璟这才发现,她剪了头发。原来是和璟相仿长度的长发,束在脑后,可是现在却剪得非常短,后面的头发甚至剪得过分短了,像个男孩子。她一向不喜欢短发,尤其是这样的短。

璟指着优弥的头发问:"这个,剪去头发,也是为了迎接新生活?"

"当然!"优弥利落地答道。

"可是不好看呢。"璟摇摇头。

优弥忽然很黯然。沉默了一会儿。

璟于是岔开话题,说道:"我好饿啊,我们可以吃了吗?"

优弥便又渐渐恢复了欢喜,把璟拉到桌边让她尝那个红豆双皮奶。她第一次做,就十分成功。暗红色的红豆颗粒分明地嵌在雪白的奶膏里面,宝石般诱人。味道甜滑,奶香足溢。

璟说十分喜欢。优弥便非常开心。要细细地跟璟讲做法。

"首先要煮红豆,嗯,煮到红豆都烂下去,加上白糖,对于你来说,要少加糖——多吃糖还是容易胖的,然后嘛,继续煮,把汤汁都煮干。"她非常详细地说,像是在吩咐璟,在手把手地教她,"然后你要煮开牛奶。把牛奶冷凉了,再——"

"好啦,我说喜欢也不用这样急着教给我啊。再说你可以做给我吃啊。我喜欢吃你做的。"璟觉得优弥认真得可爱,也感到轻快起来。

优弥却忽然脸色一沉,看着璟,叹了口气,说:"我觉得还是自己掌握比较好。凡事都不能靠别人你说是不是?"璟抬起头,看着优弥,觉得她的沉重也是因着担心自己。于是点点头。优弥看到璟点头,觉得她领会了自己的意思,转而又变得开心:"喝酒吧。哈哈,我真想喝醉。不过那需要好多的钱。"

"以后我们有钱了买好些酒,喝个醉。"璟鼓励地说,她很少说慰人的话,而优弥却总是给予她安慰,她于是终于开始学着说安慰的话,给优弥一点温暖。

"嗯,璟,加油啊。"优弥过来碰碰璟的脸,"从明天开始,新的开始,你要记得,我们今天已经庆祝过了。所以你就像被抽起来的陀螺一样,不能再停下来。"

璟笑着点头。

璟并不擅喝酒,虽然喝得并不多,却渐渐昏沉。

再醒来的时候,房间仍是黑的。似乎仍是夜晚。璟感到头脑昏沉而滞重,勉强撑着身体坐起来。她叫了几声优弥,没人应。璟起身,打开灯。走到窗前,拉开窗帘,窗外果然是夜晚。她有些迷惘。环视房间,桌上却没有昨日庆祝后剩下的饭菜和酒,应该是优弥已经整理好了。璟前几日换下的脏衣服也已经洗过,平平整整地挂在阳台的挂绳上。用过的拖把也冲洗过,高高地晾着。没有任何不妥帖。

房间里整齐得让人有些觉得害怕。仍是头晕。璟给自己倒了一杯水。站在窗台边,看到鱼缸里有只小鱼在激烈地游弋,仿佛是被抓住了被束缚了,在极力地反抗。它的尾巴绝望地甩着,挣脱,挣脱,几乎要一跃而出,离开水面。另外两只小鱼沉默地看着它,茫然失措。璟一阵心悸,却感到自己什么也无法做。然后她就看到了那封信。那封压在鱼缸下面的信。

璟看着,心中已感到那漫过来的惊惧。它被压在那透过鱼缸浸了夜色的暗蓝色水体下面。小鱼不放弃地上下跳跃,溅出的水大滴大滴地落在信封上。

璟还没有看,鱼缸已经代替她落下了眼泪。

27

优弥说这是她第一次那么认真地给人写一封信。她伏在桌子上写了那么久那么久,并且还要叠得平整,塞在信封里。可是我必须要给你写一封信,亲爱的璟,优弥说。

璟,我在你的酒里面放了安眠药,所以你要睡整整一天一夜才会醒。你醒的时候我已经在一个想也没想过的地方,那就是监狱。哦,璟,你别慌,不要害怕,听我说完。你要懂得,当你看到这些的时候,一切都已经发生了。你知道吗?那幅画,就是从桃李街3号拿出来的画,是非常非常值钱的名画。那个镜框也是名贵的镜框。那天我们翻墙逃出来的时候就已经惊动了你妈妈他们。他们发现丢的是那些东西,就报警了。你妈妈一定很快就想到是你拿的了。所以昨天你不在的时候,警察来过,来调查。我虽然说得也没什么大漏洞,但是他们掌握的证据不少,有人看到我翻墙了,而且能用钥匙打开门的,肯定只能是熟人。所以怀疑对象已经集中在我们身上了。他们走之后,我很害怕,也想了很多。后来我决定,还是由我去自首。嗯,这是最好的解决办法。我了解你家的情况,我和你那么亲近,所以我去招认说是我拿了你的钥匙去作案的,他们一定会相信的。你就当作对这一切都不知道。其实我想好这些并不觉得有什么为难,我本来就是个碌碌无为的人,没有大学读,整天在外面混日子。不像你,你还要当大作家呢。再说,小卓还需要你照顾啊。真的,你相信我,我觉得这是非常自然的解决办法,一点也不为难。不过我觉得为难的是,我怎么对你说这些呢?以你的倔强脾气,我们肯定会打起来的,谁也不让谁。思来想去,只能用安眠药让你睡,等你醒了,这些事情就都解决了。

　　璟,我与你真正走近是因为丛微的书。当我看到你在读她的书,便感到你和我的缘分在那里。我像你一样喜欢丛微,喜欢她的书。我没有对你说,开始喜欢她的时候也曾懵懵懂懂地做着梦,将来希望成为她这样的人。然而我没有那样的才华,遇到了你,才发现,那个能够做像丛微一样的人的,是你啊。我一直觉得心中会对这样的人心存妒忌,然而我却并未妒忌你丝毫,亲爱的璟。我想这是因为爱吧。因为那么深的爱在,能够消灭掉所有不够洁净的念头。我只是想帮你做一点事,因我知道,你将来会是了不起的人,便觉得我这微薄的力量因为你的伟大而放大了,会很欣慰的。璟,今生今世,我不可能成为一个令人尊敬的女作家了。但是你可以,并且你一定要。我最希望的一幕,是你和丛微一起出现在一个笔会或者什么地方。然后你们像两个老朋友一样亲切地交谈起来。倘若以后你当真见到丛微,不要忘记告诉她,你曾经的小姐妹也是那么喜欢她啊。会永远地喜欢她。

　　璟,你看到这封信的时候,我已经在监狱里了。你知道我最害怕什么?我最害怕你跑来非要认罪,非要来陪我。璟,你是聪明的孩子,你想想看,你来认罪,我们谁也逃不了干系,一个是主犯,另一个是从犯,我们两个人都要坐牢,你能帮我减轻刑罚吗?不过是多一个人被关在这里。可是你在外面,就是希望,你能做好多好多的事情,等我出去的时候,给我大大的惊喜,比方说,你收回了你的桃李街3号,你出了自己的书,你的东西就是我的,我也会特别开心。所以,你千万不要来认罪。你若是来了,我会很生很生你的气,你进了监牢我也不会跟你说一句话的。

璟,我今天攥着手里所有的钱想给你买些东西留在这个家里。我看上一个小冰箱,上面还有热带鱼图案呢,可好看了,可是钱差远啦。我又看上一块地毯,大花的,真好看,也买不起。最后我想,只能买些吃的了。我知道不是你的生日。我就是想找个借口庆祝一下。不过我控制得还是不大好,说话乱七八糟的,还非得教你做什么红豆双皮奶。我其实就是心急,想把我会的所有的本领都"传授"给你,嘻嘻。

好了,璟,天亮了,我得走了,一封信写了一夜。你好好保重。

哦,对了,头发剪得是不大好看,不过到了里边这样比较方便。还会长起来的嘛。

优弥

璟把信重新放进信封。站在窗台边,忽然觉得全身涌出一层热气,仿佛是被紧紧地束着,捆住了,不得逃脱。璟开始在房间里乱跑,像是意念绝灭的困兽,到处乱撞,要找到门和出口。她在房间里跑,摸索,眼睛里涌出了泪。

后来璟冲进了厨房。那情景就是一直在她的童年和少年时发生过的。它再次回来了,在痛绝的时刻。她拿起了桌台上的剩饭——优弥吃剩下的半瓶牛奶,冷的米饭。璟大把大把地向嘴里塞。心底又有人问自己,璟,你饿不饿?你饿不饿?

璟大把大把地把食物塞进嘴里,米饭沾满了她的脸颊和衣服。忽然她想起优弥曾说的话:

"璟,当你想吃东西的时候,你就想,这些东西由优弥负责帮我吃下去啦,反正我跟你那么好——好得像是一个人一样,所以我吃了和你吃了没什么两样啊。"

优弥,你现在在帮我吃东西吗?你真得吃得很饱了吗?璟慢慢地停下手中吃东西的狼狈动作。

璟去医院接了小卓。小卓知道定然是出了事,她没有按时去接他。小卓等了璟整整一天。天空下了雨,他撑着伞,他们走进雨里。他并没有开口问她,只是顺从地跟着她走。路过一个集市,璟看到了有人在卖热辣辣的烧烤乌鱼,还有烤香肠以及金黄色的番薯饼。璟知道小卓一定很久没有吃饭了,可是她没有钱。他们装作急急穿过人群的行色匆匆的路人,对两边的食物视若无睹。这让璟想起了小的时候,每一次放学回家,她背着背带长短不一的破书包经过那些小摊,她非常地饿,可是身无分文。璟对于它们有憎恶和鄙夷,想着终有一天可以随便地享有它们。然而十年过去了,十年中很长的一段时间里,她都在挨饿。现在她仍是一个被饥饿欺负的人。或者可以忍耐,可是她不能也给小卓这样的生活。

非常远的路,但是因为没有钱,只能步行,所以他们走遍了大半个城市。在快到家的一个路口,璟指着一个粉红色招牌的咖啡店对小卓说:

"你看到那里了吗?从明天起,我要到那里去工作了。"

他们都不再说话。雨还在下,而璟忽然发现,小卓为了给她撑伞,左肩整个露在外面,此时已经湿透了。

璟和优弥从桃李街3号拿走的画,是宋代沈周的山水画,价值超过了六十万。明代镂空花雕的镜框,价值超过了三十万。优弥因为主动自首,被判入狱四年。

璟去见优弥的时候,她已经穿上了深蓝色的制服,踩着一双灰色的布鞋,全身上下没有任何鲜亮的颜色。这是璟第一次看到优弥穿深色的衣服,把她整个人衬得那么清楚。璟第一次发现,这个姑娘越来越清澈洁净了,像是一块好玉,渐渐便透出不能掩灭的辉烁。她生有清楚的眉眼,虽是粗糙的衣服,却反而显得清秀了许多。优弥在璟对面坐下,她们隔着一面玻璃墙。拿起电话,优弥就问:

"你来啦。"那语气仿佛她在家,而璟是登门造访的客人。

璟点点头,低声对她说:"我很乖,我没有来认罪。"

她立刻说:"这才对嘛。好好照顾小卓啊。"

璟又点点头:"你在里面的生活可好?有没有人欺负你?"

"谁能欺负我啊?我在里面过得可好啦。喂,你知道吗?别的女犯都要去编篮子,组装零件,可是呢,因为我做饭做得特别好,我现在在食堂帮忙,嘻嘻,至少肯定能吃饱的!而且,肯定手艺越练越好,将来出去做给你吃吧!"优弥说得眉飞色舞,可璟只觉得她瘦了许多,仍是无法好受半分。优弥见璟不说话,又问:"你呢?你找到工作没有?"

"嗯,在咖啡店做事。"璟说。

优弥听了很开心,问:"嗯,他们给你多少钱?"

"五百块,一半是夜班。"璟说。

优弥立刻叫了起来:"给那么少!还一半夜班,要累死人啊!"

璟摇摇头,连忙安慰优弥说:"没事,等找到更合适的工作就不干了。"

优弥这才点点头。在她的心里,全世界的人都会欺负璟,尤其是她不在。虽然璟不想说沉重的话,却仍是觉得有些言语还是说出来才会心安。于是璟终于说:"优弥,我仍是得说,谢谢你。谢谢你一直为我做的事情。"

优弥愣了一下,旋即说:"啊,这是做什么?好像要跟我算算清楚一样!这几天我待在这里一直想,嗯,我很满意自己做了这件事情,"她非常得意地说,"我从来没觉得像今天这样,找到了自己的人生价值。我觉得我从前过得太没意思了,可是现在不一样了,我终于做了一件大事情!"

她所谓的"大事情"就是帮璟坐牢,璟听了无法不恻然,扬起脸,吸住了差点流下的眼泪。

"我可没说我不求回报的啊。你得补偿我。"优弥看见璟快要哭了,就开始心急,用手啪啪地拍着她们之间的玻璃。

"你要什么回报?"璟问。

"红豆双皮奶,嘿嘿,你要做给我吃!"优弥笑嘻嘻地说。

28

优弥入狱之后,璟开始了她艰难而辛劳的生活。那个时候她和小卓尚住在优弥的那间小屋。璟永远会记得,那些细微的哀伤,像是皱纹一样,同样是伤口的一种。

璟成为一名咖啡店女侍。穿粉红色的制服,无限度地微笑。平稳地端热的咖啡或者奶茶再或者花草茶,时刻记得提拉米苏松饼小曲奇饼的价格。工作时间都是站着,没有时间吃饭。常常在半夜下班的时候才能得到一小盒当日过期的蛋糕。她留一半给小卓,剩下的她在下班的路上就抓起来,边走边吃。从前因着一直在乎体重,蛋糕这样的东西已经彻底戒掉。可是现在,璟常常感到饥饿,饥饿在心里滋生,就会感到无比委屈。她为了抑止自己的委屈,唯有用食物来添补。而食物已经不是她可以选择的了。

小卓也想出来打工,璟怎么也不肯。那个暑假里,他就一个人待在那间二十平方米的小房子里,常常站在窗台边发愣,一遍遍喂着小鱼。不过他学会了做饭,每天最开心的事就是做不同的饭给璟吃。而璟仍是常常看着小卓感到怅惘,他的长大对璟是危险的事,因他越来越像他的父亲,越来越引领着璟回到从前的光阴以及迷恋中去。也许也是因此,璟不能够和他有过多的言语交流,甚或有时她在刻意疏远他,只是担心内心的错觉渐渐扩大,使他们的情谊变得不再纯挚。

那死者变成了一条沟壑,横亘在璟和小卓之间。他们谁也不能靠近。彼此沉默地在两岸前行。

璟甚至不知道,小卓的梦游又变得严重,如今他的爸爸也变成了一个远不可及的灵魂。小卓原本就是一个一只脚踩进了梦幻虚空中的人,而陆逸寒的死,像是又狠狠地拽了他一把,令他彻底悬浮在梦境中了。不再会为了梦游的事而焦灼,他现今真的盼望着爸爸或者妈妈能把他带走。小卓方才明白物质的重要,他如今变得身无分文,竟连关心抚慰一下璟,他都做不得——他每每要开口劝诫她不要这样辛苦,便会转念问自己,你又凭借什么来说这个呢?贫穷封住了他的口,一切安慰性的话语都会显得虚伪和滑稽。他唯有日日祈祷自己千万不要生病,给璟添更多的麻烦。他们都变得缄默,犹如同一屋檐下的两个陌生人,这难道就是他想要的吗?他们曾经不是一起坐在月光影子拼成的"木筏"上,巴望着长大吗,因为长大了一切便会好起来。

他们渐渐习惯了这间小房子,尽管它每隔几天就要停水,倒垃圾也是要走下去很远,而隔壁住着一个摇滚迷,常常放着非常响的音乐,像一个烂掉的伤口泄放着自己的激情和愤懑。可是这小房子里也有彩色的墙壁,深红色尤其令它十分温馨,有暖橘色的落地灯像是一个甘甜的橙子,散发着清新和气的味道。有小小的厨房,小卓穿着拖鞋睡衣站在炉灶旁边做饭,小锅子里闷着一锅香甜的水果粥。有茁壮成长的小鱼,顽皮地用尾巴顶一下水草,然后像个闯了祸的小孩,迅疾地跑开。后来璟和小卓还发现,在顶层的阁楼上,有个简陋的露台,上面养着一群灰色的鸽子。他们常常在晚饭后爬上去看它们。这孤寂的动物,已经失了主人的宠,它们经常在夜晚深鸣,想要一些温存的问候及照顾。璟和小卓带着米去看它们,它们落在手心也是坦然,仿佛是与他们有着缘分的动物,相处毫无隔膜。

然而假期结束的时候,璟还是决定让小卓去她所读的高中寄宿。他们现在所住的房子离他的学校和璟的S大学都非常远,况且璟仍要打工,加之学业,应当没有时间照顾小卓。她希望他可以在学校里安心读书,做个心智简单的小孩。而璟自己也打算到S大学的宿舍去住,那里会便宜很多,省下的钱可以给小卓更好一点的物质支持。她对小卓说了这个决定,小卓只是沉默不语。璟开始整理房间,把可以带走的东西分成两份,她和小卓分别带去学校的宿舍,但是更多的东西,比如家具等等,只好留下。小卓抱着鱼缸,站在门口。璟说,你要好好读书,没时间养鱼了,我们把它们送人吧。小卓仍是不肯说话。璟又给他整理好衣服,他并没有太多衣服,只是几件璟买给他的衬衫仔裤。她把它们都洗过,整整齐齐地叠好。又给小卓一沓钱,放在书包的内层,提醒他好好保管。

然后璟说,我们可以走了。小卓还是抱着鱼缸,伤感地看着璟,一动不动。璟叹了口气,心中怪他不知体谅。璟把他的书包拿起来,给他背在肩上,推推他,小卓,我们得走了。小卓仍是不动。璟的心中是这样难过,她感到他这样做是在为难自己,他一点也不能谅解她。璟忽然变得暴躁不安,担心他们这样纠缠下去两个人都跌入颓丧绝寂的境地。于是璟对着小卓大声说:

"你要懂事,知道吗?我没有时间照顾你了,你知不知道?"

小卓用失望的表情看了看璟,把鱼缸放在桌上,转身跑掉了。璟心中感到委屈,却已经没有人能给她安慰。优弥不在了,陆叔叔不在了。璟把鱼缸和他的书包,她的行李,一件一件搬到外面的走廊上,锁上门。却不知道该去哪里。于是她就坐在走廊的地板上,等房东上门收回钥匙。

在走廊的地板上,抱着腿,璟渐渐睡着了。几个月以来从不停歇的劳顿终于让她不能承受了。璟不写小说,不阅读,不逛街,更不买任何个人的奢侈品。她除了在咖啡店上班之外,空闲的时间还要去一家超级市场上班,粉红色制服,深蓝色制服,各种点心的价格,白菜和青豆的斤两,每天的生活都是这些。璟以为她会频繁地迎来噩梦,陆叔叔、优弥,甚或爸爸和奶奶。可是其实她一个梦也没有做过。做梦是奢侈的事,需要端平身体,安静地等待,然后梦才会像一块云霞一样慢慢浮到你的上空来。可事实上璟根本没有那些时间,她躺下不一会儿就要腾地跳起来,跑去上夜班或者接早班。所以她的生活是多么的粗糙,这也许是它为她精心选择的生存之道,根本不留给她任何凭吊和伤心的时间,正如优弥所说,璟是被抽起来的陀螺,无法再停下来。

璟在心里说,小卓你可知道,我也不想和你分开。璟想起他那张看她的忧惧的脸,他对她是这样深深地怨着。璟就这样睡去,直到后来有人拍了拍她的肩膀,她立刻醒过来。看到是来取钥匙的房东。璟于是连忙站起来,把钥匙拿出来给他。他愣了一下,对璟说:

"你弟弟刚才把下月的房租交了,说你们会继续住下去。是这样吗?"

璟看着他,说不出话来,只是机械地把那只伸出去给他钥匙的手又慢慢收了回来。她把钥匙放在口袋里。它一到璟的口袋里就发出哗啦啦的一阵响声,像是迷失的小动物终于被送回家而发出的活泼雀跃的声音。璟不再说话,对他点点头,因着她已经看到,小卓就站在他的身后。

房东走了。小卓慢慢地走过来。璟问:"你哪里来的钱?"

"帮人做雕塑赚的。"他说。

璟忽然想起他常常在家做雕塑,她先前单以为那是他美术班的作业,原来如此。璟不再说话。

小卓走得再近了一点,对璟说:"小姐姐,昨晚我梦到爸爸了呢。"

"是吗?他还是偏爱你的,你看,他就从不来我的梦里。"璟酸酸地说,心中有诸多不平和委屈,仿佛真的在和小卓争宠。

"不,他来是为了你的事。"小卓说。

"哦,我的事?"璟心中一动。

"嗯。他跟我说,小姐姐已经太累了,你要好好听小姐姐的话,不要惹她生气。你们要一起生活,相亲相爱,知不知道?"小卓学着父亲的语气。他和父亲本就有着相似的眉眼和表情,他站在这里如此说话,忽然让璟觉得无法分辨他究竟是谁。

璟终于再次掉下眼泪来,点点头:"你帮我告诉陆叔叔,璟会好好地照顾好小卓,和小卓相亲相爱,不会分开。"

"爸爸说,他听到了,很欣慰。"小卓很快地回答璟,微微地笑了一下,像个穿梭于两个世界之间的精灵。小卓帮璟拿起放在门口的行李,璟从口袋里掏出钥匙,重新打开门。环视房间,深红色布墙,长柱形纸制落地灯。鱼缸里的小鱼还在不谙世事地欢乐嬉戏,生活于它们,只是一场和睦的游弋,没有欺压,没有隐瞒。所有的真相对它们而言就是水,阳光和食物。

这是他们的家,它像是在暴雨中无声无息钻出地面的蘑菇,虽然只能抵御微薄的雨水,却也是可以慰人的伞。璟看到窗台上落下几只他们楼顶上住着的鸽子,它们无限温柔地看着他们,这是他们最亲切友好的邻居,它们要一直看着他们,看着他们学会不离不弃,相亲相爱。

29

璟每日奔波于S大学、咖啡店以及位于谷川路的家,每个清早坐第一班公车赶去学校,但是通常只能上完半天的课,然后赶去超市上班,超市下班之后再去咖啡店。咖啡店打烊是凌晨一点,所有的公车都没了,璟步行回家。她不许小卓等她,可他仍然常常等她至下班,起先还走来咖啡店接璟,璟就会很生气,一路上都不理他。于是他只好不来了,可是仍旧不肯先睡,在家里煮好粥等着她。璟却总是催促他上床睡觉。但他仍是坚持陪她坐着,看她喝下粥去。

然后他们疲倦地睡去,把闹钟设定在清晨六点。

璟和小卓相处的时间,不过是一碗粥的时间。他们的言语都不多,尽管都知道彼此有很多苦楚,可是却很少倾诉。

S大坐落在城市的东北角,校园非常大。因为学校历史悠久,校园里的梧桐树都非常古老,脆弱的树皮常常被忧伤的孩子们刻下伤感的言语。樱花树和丁香也是繁盛,使这校园总是充满女性的温情。

很多教学楼都已经多次翻新和重修。璟只是格外喜欢图书馆,它作为不多的旧建筑,一直保留了下来。璟常常走进去,一直踏着漆色褪去、磨得光滑的地板走上最顶层。那里有小小的阅览室,收藏有很多不外借的画册。她喜欢它们陈旧的味道和已经破损的画面。璟一直告诉自己,这里陆逸寒来过,他也许就坐在这个位子上,拿着这本画册翻看。他最喜欢的蒙克和夏加尔。璟抚摸着画册,感到他就在对面,在这个早晨的晖光里看着她。璟伸出手去,手在桌子上,被从外面射进来的太阳光打上了一道明耀的光,对面却是空的凳子。而这早晨的图书馆里只有她一个人,再无其他人。

她只是去上课,去图书馆,除此之外几乎和学校没有什么关联。璟也喜欢看那些穿得漂亮的女孩,烫着咖啡色的卷发,穿着斜斜的格子裙以及高领的单色毛衫,浅口的皮鞋中露出纤细的脚踝。她们抱着厚厚的书本,不紧不慢地穿越晨光里的草坪,轻浅的微笑恰到好处地表现着她们的矜傲。有时和心爱的男孩同行,也把自己的欢喜隐藏好,只是在看似漫不经心的言语中打探着对方的心思。璟喜欢看那些女孩,她曾以为她的大学生活是这样的,在她那每天像赛跑一般的高中生活中,璟无数次想到她的大学,那即来的幸福。她以为她可以成为她们,心思单纯地享有这最美好的年华。然而现在,她连好好照照镜子的时间都不能给自己,何况是那样闲神淡定地漫步校园?

同班的女生一定觉得璟十分奇怪,总是很紧迫的样子,坐着听课也感到不安,更多的时候则是非常疲倦,用一只手臂撑着头,渐渐地跌入睡眠。常常忘记带课本,桌上只是放着几张零散的白纸。她如果醒着,大抵会发愣,然后就会有想写一点文字的冲动。于是她从书包里拿出两张白纸,一支钢笔,在纸上凌乱地写字。有时候会突然想到某个细节,就十分急切地写下来。诸如思念起从前的人,或者脑中忽然飞掠过一件旧物。璟把笔捏得紧紧的,飞快地在纸端乱划。这是她唯一可以写的时间,它是这样的宝贵。璟确信她仍旧有着强烈的倾诉欲,在那么多的事情发生之后,总是有太多郁结的感情压抑在她的胸口,她不能说,甚至也不能写。生活的劳顿使她根本没有时间去写。然而仍旧会有字在她的心中聚集,凝结,好像是璟所特有的一种疾病。在一种几乎没有朋友,没有交谈和倾吐的生活中,写也许是她将这种漫渺的生活延续下去的唯一凭借。

璟有时候会在纸上写大段不知给谁的话。然后在下课之前把它们都撕掉,扔进字纸篓。有一天璟身后坐着的一个女孩子在上课的时候忽然坐到了璟的旁边,她甜美地对着璟微笑——她是个美丽的姑娘:弯弯的眼睛,微微翘起的鼻子,小小的嘴唇,肤色白而透明,穿着玫红色阔领的绣花衬衣和靛蓝色毛线中裙。应该是非常富有而出自书香门第的女孩,带着生来俱有的优越感,虽然对人也是十分和气,骨子里却有着不能放下的矜傲。她对璟说:"你在写什么?"

"没什么,随便画画。"璟立刻把纸抓起来撕掉。

"我叫林妙仪。你呢?"她用亮晶晶的大眼睛看着她说。

"陆一璟。"璟对于陌生人始终有抗拒。大抵因为小学时候和小朋友们相处的经历,"同学"这样一种角色始终令她十分警惕。

"你每天都很忙碌的样子。你不住校吗?很少见到你。"林妙仪热情地询问。

"我比较习惯住在家里。"璟仍旧冷冷地说。

"哦,我也不住在学校的。学校的宿舍太糟糕了。我住在桃李街……"

听到桃李街三个字,璟便觉得浑身颤抖了一下。而这个时候老师在讲台上说,下课了。璟对她说了一声抱歉,就急匆匆地冲出教室。

每一天都如此,下课后璟一定是第一个冲出教室的。背很大的书包,用一根没有花纹的单色皮筋束着头发,穿肥大的T恤仔裤,非常普通的球鞋。

有时候璟经过一面玻璃,匆促地看自己一眼——她是这样的粗糙,生硬。没有女孩子理应的柔美温婉。如果优弥看到她,优弥一定会叫她不要穿这样简陋的中性棉恤,不要穿这样脏兮兮的仔裤。可是优弥,优弥此刻又在穿着什么做着什么呢?璟似乎看到了她穿着油腻腻的白色宽大制服,站在监狱食堂的操作间里,手上拿着不断淌下热油来的铲子。她的脸上掉下大颗的汗珠。可是她的表情是多么认真,充满惊恐的认真,像是刚刚从炉灶旁边爬起来的睡眼惺忪的灰姑娘。璟想到这些就要掉下眼泪来。那个一直喜欢把自己打扮得粉嫩可爱的小姑娘,那个一直那么渴望自由的小姑娘,她现在穿着一成不变的白色或者藏蓝色制服,规规矩矩地生活在铁栏杆圈起的小世界里。

她不再看自己,匆忙赶路。

冬天来到的时候,璟辞去了超级市场的工作,开始在一间书吧工作。一则因着咖啡店和书吧离得近,璟白日里就待在书吧,晚上转去咖啡店十分方便。二则因着书吧里有很多书,外国原文小说,中国小说,还有丰富的杂志期刊,不忙的时候也可以拿起一本站着看看。这时候他们已经有了少量的积蓄,璟给小卓买了一辆红色的单车,他不用匆忙地赶去挤公车了。不过因为上学路途遥远,一路总是很寒冷。她陪他去挑了一件白色的羽绒服,一双灰色带着天蓝色格子的手套。早上她和他一起出门,她赶公车去 S 大,他去高中。他总是骑车带她一段到车站,然后璟跳下来,看着小卓骑车离去,渐行渐远。小卓已经是个一米八二的男子,肩膀宽阔,穿着白色的压着蓝色边角的羽绒服和灰蓝色仔裤,背一只深蓝色的 Jansport 的书包——那是璟送他的生日礼物,骑着崭新的红色山地车飞驰而过。很白皙的皮肤,眉目清秀,带着一种与生俱来的温雅气质,是这样好看并且可以信赖的男孩子。璟喜欢把他打扮得很好看,他是她的全部希望,她要用双手紧紧呵护的小火种。所以她可以允许自己邋遢粗糙,却不能看到他有半点不妥帖。她要让他拥有和其他伙伴一样的东西。让他永远也不被别人瞧不起,甚或可怜。事实的确如此,小卓一直是品学兼优的英俊少年。陆叔叔在高高的云端看见,也会心安。

一个略微温暖的冬日,璟在书吧里又读到了《悲惨世界》。那时她倚在一个距离洗手间很近的不透光的角落里,读着可怜的女人芳汀的遭遇。她读到芳汀是怎么失去了她的一头金发,是怎么心甘情愿地被人打掉了两颗门牙只为了她亲爱的小女儿。璟慢慢落下眼泪。她将是我最好的榜样,璟小声对自己说。

然而璟的情况却越来越糟糕。紊乱的生活使她的暴食再度来袭,而在此之前,她一度以为自己已经彻底结束了和食物那如此漫长没完没了的战斗。

璟渐渐在这样一种机械化的生活里变得缄默和甘愿。白天她总是那么匆忙,没有时间按时吃饭。整个上午都在奔波,通常是在下午从书吧离开的时候才吃一点东西。紧接着是在咖啡店上班的时间,那个时候璟总是感到非常饥饿,可是侍者没有休息时间,也不能消失片刻。他们都说,在咖啡店上班的人渐渐都会对新鲜出炉的面包的香气感到麻木,闻到那种甜腻的味道就想要吐。可是璟却是个没出息的姑娘,自始至终,她都没有厌倦甜腻的面包香,它们对她是持续的诱惑。璟不知道是不是有顾客发现,这个表面看来十分平静,面无表情的女孩,其实在晚上咖啡店下班之后,她拿着咖啡店分给雇员的当日剩下的牛角面包或者蛋挞回家,一边走一边吃,是冬天,寒风凛冽。走在深夜的人应当紧紧地裹着外套,把手塞在外衣口袋或者厚实的手套里,可是璟却拎着一只塑料袋,一只手拿着生冷的食物,大口大口地塞进嘴里。她不能等到回家,她是这样的饿,吃得是这样的狼狈,不想被小卓看到。现在的璟已经不是从前和他彼此安慰的小姐姐,她是撑起他生活的女子,她需要尊严,不会再把那么不堪的形象暴露在他的面前。每次走到家的时候,璟的胃都痛得抽搐。可是她不动声色,小卓坐在桌前等着她,桌上是热腾腾的鱼片粥或者糯软的蛋羹。她不说话,先冲进洗手间,洗净布满泪痕的脸。然后安静地走出来,坐下来吃他为她做的饭。其实胃已经这样地胀,却只是吃,食之无味地吃。可怜的小卓,只是能看到璟冷冷地板着脸,不怎么说话。他也许以为是她太累了抑或他精心准备的晚餐并不能让她满意。可是太多的事情他不能看到,不能得知,小卓所看到的只是璟沉默地闷头吃饭,然后背身而去。

　　对不起,小卓,对不起。可是她能够怎样做?现在已经不再是那个时候。他们两个不再是陆叔叔臂膀下宠溺的小孩,那个时候璟吃了一冰箱的食物,缩在角落里难过。其实那个时候她并非绝望,并非一个人。她有小卓,有陆叔叔,有一幢可以藏身的大房子——如果在暴食的第二日发现自己脸庞肿胀,十分狼狈,那么她可以逃课躲在家里,可以把自己藏在落地的窗帘后面,这样便没有人会看到她。那些痛苦会在这个小的空间里自己慢慢挥发,直至她渐渐好起来。那个时候璟也欢喜小卓的关怀。他会在璟难受的时候忽然出现,静静地跪坐在面前,像是溢满和光的雅典塑像。她也从未忘记,那个冬天的午夜,小卓打碎了储蓄罐,牵着她去买散装的巧克力。然而璟是最无能为力的小姐姐,现在也是。就是这几近简陋的生活,已经让小姐姐几乎透支了体力。所以小姐姐已经没有力气停下来,和小卓说说心里话,那将会是一次彻绝的坍塌。她知道的,她一停下来就再也走不起来了。哦,他不会知道,她在夜里幻想他父亲的怀抱,他亲吻她的额头,他赞许她说她把小卓照顾得很好。

　　就这样,璟在暴食和挨饿之间来来回回,她的情绪也随着起起落落。她不清楚谁可以承受她的忧郁和暴躁,所以她只好把自己藏好,把自己关在房间里。那样的时候,璟顾不得去想这样的隔绝是不是已经离间了她和小卓的感情。日子就在这样的沉默中继续。她和小卓变得越来越无话可说。小卓悄悄看她写小说的本子致使她暴跳如雷。他对她的反应十分吃惊,因为从前璟是喜欢小卓看她写的小说的,她喜欢看着他读那些落在纸上却仍旧深深叹息的字,他的嘴唇轻轻地一张一合,那温软的声音是对女孩不幸遭遇的最好安慰。可是现在却不行,她不能让他知道她是多么脆弱,如果他读出那些文字她将会再也忍不住地潸然泪下。她凶狠地抓起她的本子,把它放进自己的包里。对于小卓委屈而充满疑问的眼神璟只能装作熟视无睹。

　　璟和小卓,都是倔强而内向的人,这种相对沉默的状态倒像是最好的稳定。这样的日子一晃就是一年。这一年的变化其实还是不小的:成绩优异的小卓进入了重点班,他那拿去参加画展的油画得了个全国大奖。璟成了一本通俗杂志的固定撰稿人,那本杂志关心的永远只是这一季的时装和名人生活的隐私,专栏里喜欢给你讲授风水或者探讨性生活的重要。但是它的稿费颇丰。璟往往需要写一些影视明星或者歌手的访谈,这是离她很远的事,不会探进她的内心,这让她感到很安全。并且璟对于这样的文章倒是驾轻就熟,常常得到杂志主编的嘉许。此外璟用一个不为人知的名字写的小说登载在她喜欢的文学刊物上,那里面所写到的奢华的庭院是那常常令她魂萦梦牵的桃李街3号。眼睛闪光的那个人是优弥,她在监狱里对着炉灶轻声唱歌,春天又来了,可是她的头发又被剪短了,有一天她悄悄拿出璟给她捎去的口红,对着镜子在裂开口子的嘴唇上细致地涂抹,然后就心满意足地笑了,她说她开始喜欢这样浓烈的颜色,因为很喜庆。而这种快乐足够维持她一周的乏味生活,甚至被神经质的老年女犯欺负,她也不会有半点伤心。璟把书吧里的书也看得差不多了,于是辞去了书吧的工作。咖啡店在靠近她家的位置开了一间分店,这样她上班近了许多。为了写稿子的方便,璟买了一部二手的笔记本电脑,非常笨重,但是厚实的外壳给了她无限的安全感,何况她只是需要打字。璟总是很迅速地工作,努力用尽可能短的时间完成。此后的夜间时光,她就可以写自己想要写的东西。小说渐渐让她着迷,因为它半真半假,那勾兑了虚妄梦想的现实抑或那填充着斑驳现实的虚构总是令她有了离开地面的错觉。在那样的时候,璟总是以为有个人要把她带走。小说于她,字字都像是雨滴,看似毫无颠覆的能力,可是当雨滴悄无声息地聚集在一起,壮大成一块松软蓬松的云彩的时候,璟才发现,她竟已经在云端。这在不知不觉中被送上云端的快感常常令她有一种灰姑娘顺利被王子找到的快乐。沉溺于此。璟渐渐习惯了在午夜把一行一行字键进她的电脑,机器发出的轻微的声音像是一种对她的倾诉的回应。因此而感动。

30

遇到小颜的时候是初春。如果不是她的到来,璟一定还安于那种慢得几乎停滞不前的日子,以为她和小卓就会这样平安到老。

后来小卓和小颜都说是璟心善,才会救下小颜,可是璟却一直觉得,是小颜天生一副惹人爱怜的模样,让她动容。再后来,璟觉得这是奇怪的缘分抑或是债。她好像停在小颜命运的那个路口等待着她,小颜也在璟的人生路口张望等候。她们终究会遇上。

那天她从咖啡店下班,已过午夜,走在回家的路上,就看到迎面横冲直撞跑过来的小颜。她披散着很长很长的头发,穿着一件旧兮兮的浅灰色的长睡裙,裙子很长,跑起来牵牵绊绊,几次差点摔倒。他们住的一带大都是不怎么富裕的人,丈夫对待妻子往往相当粗鲁。

被丈夫追打,在街上奔跑的女人也见到不少,可是这一次却和之前大不相同。从前的,璟总是相信是家庭内部纠纷,表现得十分漠然。而这一次,当她看到小颜的眼睛时,她毫无原因地相信这女孩一定有着格外复杂和凄楚的境遇。

那双眼睛,璟一直记得。它们因为太圆太明亮而不像人类的眼睛,倒像是比人类要纯真的动物的眼睛。璟想起了小鹿,当她又看了她那总是蕴着水的大眼睛时。那双眼睛,总是让她相信,那是善的,那是最清澈见底的。

璟注意到女孩赤着脚,三月的夜晚,还十分寒冷,她一定冻坏了。女孩也许就要倒下了,她跌跌撞撞冲上来,正好撞到璟身上。璟扶住她,一只手拉住她的手,飞快地奔跑。璟感到她就要停下来,就要倒下去了,还好这时前面停下一辆刚刚卸下客人的出租车,璟立刻拉着她跑过去,坐上车。车子开动的时候,璟回身看到那个追过来的黑影在后面徒劳地追赶。

璟要车子开去很远的城市的另外一端,为了彻底摆脱那个追赶的人。那女孩坐在她身边,大口大口地喘气,瘦小的身体缩成一团。璟看着她,忽然很心疼。她把璟带回了过去的某一段时间——璟也是这样小小的女孩,彻绝的寒冷一层层包裹住她,更糟糕的是,她感到没有爱,无爱的恐慌像是湿漉漉的蛇一样缠在她身上。此刻璟感到自己像是忽然有了温度,不再是冰冷的固结的。她从包里掏出一把小梳子,然后轻轻放在女孩的头发上,一点一点梳下去。她的头发浓密漆黑,又那么长,跑过之后蒙住了大半个脸。璟帮她一点点梳到后面,一只手拖着她沉甸甸、盈满光泽的发丝,心里在想,这是多么好的头发啊,像为织最好的锦缎而预备的丝线,根根都这样炫目。璟总是会羡慕这样的头发,因为她已经很多年如一日过着紊乱的生活,熬夜,饥一顿饱一顿。很多个早晨她梳头的时候都发现,大把大把的头发掉下来。夜晚她常常在梦里听到头发断裂的声音。头发总是被她一再剪短,当它们长得稍有模样的时候。所以璟的头发永远是刚刚到肩,半长不长的处境尴尬。

璟给女孩梳头的时间里,她们都没有说一句话。可是这细小动作已经带着她们跨过了好多年。所以她们说第一句话的时候,好像已经认识了很久。

"谁在追你?"璟问。

"我的继父。"女孩说话的时候声音沙哑,璟猜想她一定很久没有喝一口水了。

"那么我现在要把你送到哪里去?你妈妈呢?"

"我妈妈死了。我不能再回去了。他们会打死我的!"她激动地说,可是声音却仍旧很微小。璟拍拍她的背,示意她不要害怕。她靠在车窗上,闭上了眼睛。璟以为她会睡着,可是却发现,她蹙着眉,身体仍旧在不停地发抖。璟伸出手摸了一下她的额头,才发现,原来她在发高烧。璟把她揽在怀里,轻轻地说:"不要怕,我们回家去。"

璟忽然觉得,自己不再是弱者,现在她肩负着责任,要照顾好这个柔弱的女孩。

璟就这样把小颜带回了家。璟让她和自己睡一个床,隔几个小时给她吃一次药,做营养丰富的汤给她喝。小卓对这个陌生女孩也十分疼惜,他从放学的路上买了一束粉紫色的小花插在花瓶里,放在小颜的床头。

小颜昏迷了三天,璟没有去学校和打工的咖啡店。可是她不许小卓旷课,他只能在放学后来接替她。这三天里,璟忽然感到了已经久违了的世间最简单的幸福。温暖的小家庭,一个人病了其他的人都为她忙碌。这套住了好几年的暗仄的房子,好像忽然明亮热闹起来。

小颜醒过来的时候璟不在家,药吃完了,璟去医院给她拿药去了。小卓在家看着她。小颜有些迷惘地看着小卓。她还以为是做了个梦,这个高高瘦瘦有着贵族气质的男孩是救她于水火的王子。他们就这样僵着,默默地看着彼此,像是两个悲春怀秋的小动物,在濒临灭绝的森林深处相遇。

等璟回去的时候,女孩已经坐起来了,和小卓缓慢地聊天。小卓把严严实实的窗帘拉开了,下午正在渐渐变弱的日光照进来,让人怅惘地觉得,阳光是在变得强盛,日子不经过夜晚就将过渡到下个早晨——让日子变得没有夜晚的想法,是璟对于理想生活的一种表述,它源于在桃李街3号的日子。以为夜晚到来就意味着见不到陆叔叔,意味着陆叔叔会和妈妈在一起,意味着璟又可能夜半惊醒,意味着她又会躲在厨房里以疯狂的吃东西来抵抗自己的恐惧和激动。所以璟总是想,夜晚能够消失,总是白天,她不必因为失眠,躺在床上听见钟表滴滴答答的声响就觉得好像有人在敲门。

小颜看到璟走进来,就把头转向璟,表情怯怯的,可是目光却一点也不游移,璟多么喜欢这女孩明亮而诚恳的眼睛,她于是微微一笑,说:"我们已经认识了,不是吗?"

女孩点点头。璟同时看到小卓惊诧地看着自己,他一定是太久没有看到她笑,觉得奇怪了。那天他们三个人一起吃了晚餐,饭后小颜还非要帮璟洗碗。她们两个便在厨房里一起洗碗。璟和小颜都是不大爱说话的人,谁也没有说话,可是璟想她一定和自己一样,觉得气氛很愉快,内心感到平安和静谧。

小颜的遭遇与璟有些相似。不同的是,她的妈妈是很爱她的,正是因为爱她,才必须改嫁想要给她一个完整的家。只是她选错了人。继父是个粗暴的鳏夫,他迫切地想要娶回来一个女人,而并非对她妈妈有什么感情。起初他对小颜很好,因为小颜长得好看,一双宛如梅花鹿眼睛一般的眼瞳总是让他春心荡漾。小颜的妈妈在嫁过来不久就得了乳癌,恐怕全家倾家荡产也没有办法治好她。她于是坚持不住医院,回到家里听天由命。可是她一回到家,就看到骇人的一幕,她的男人压在她的女儿身上。女人疯了一样冲上去,却被男人重重的一掌打倒在地。她在此之后大约只活了一周,就死去了。小颜已经没有力气再去伤心,她成为男人手掌中任意凌辱的玩具。然而在男人看来,他娶了女人回来,就是为了让她伺候自己,既然她早死,那么她的女儿理应代替母亲伺候他。

小颜的反抗从来没有断过,直到这一次终于成功地逃了出来,距离她母亲的离开已经三个月了。这些事是她在和璟单独聊天的时候告诉璟的,这个和小卓一般大的女孩虽柔弱,却很好强,不想对别人提起她的不幸。所以璟也从来不再对人提起,包括小卓。

"你就住下来和我们一起生活吧,像一家人一样。"璟对小颜说。

小颜走近璟,轻轻地靠在璟肩上,小心地问:"我可不可以像小卓一样,叫你小姐姐?"

璟已经很久很久没有哭过,以为自己再也不会被什么事弄哭,可是这一刻,不知不觉之间,眼睛却已经蒙上一层水。

以后的日子里,璟和小颜常常一起刷碗,做家务。有个伴总是好的。小颜虽没有读过多少书,可是骨子里却带着一种优雅矜持的气质。而这是璟所喜欢的,因为是她没有的。璟首先学会的是怎么抵御一些基本的生活困难,让她和小卓过得舒服一点,还要随时防备那些从生活的街角冲出来的袭击客。小颜会女红,璟不会,小颜喜欢小动物和花花草草,可是璟只是想着赚多一些钱。

有时候璟会觉得小颜像是从古代工笔画上走下来的女子,每一条轮廓的线都是那么细致,充满了线条变化的柔韧,令人不敢轻易触碰,生怕弄破了这个透明玻璃纸做的小人儿。但是因为她境遇坎坷,却也没有娇纵的坏品性。璟常常感动于小颜的善解人意,因只有她留在家中,她便担当起一些家务和做饭。小颜不仅做得一手好菜,而且她也不问,便很快知道璟和小卓分别喜欢吃什么。尤其是小卓,身体不好,从前又有陆叔叔的娇宠,所以很是挑食,吃得非常少。小颜便每天炖不同的汤给他喝。那些味道浓郁鲜美的汤被小颜装在小小的煲里,盛在小瓷碗里,看着都叫人愉悦。小卓非常喜欢那浓汤,脸色渐渐也红润了许多。璟不得不承认,同样多的钱,小颜便能做出更加丰富多样的饭菜,甚至还用余下的钱买枝鲜花插在花瓶里。小房子一下温馨了许多。

31

由于璟和小卓的家离小颜继父住的地方很近,所以璟和小卓总是有些担心,最后还是决定搬家。其实这个地方璟和小卓也住得久了,房间屋顶很低,还漏雨,周围环境也不好,所以搬家几乎是一件根本不必费神考虑的事。

他们搬去的地方在城市东面,房子虽旧,却非常宽敞。阳台很大,小卓第一次来到阳台上,就开心地回身对璟说,我要在这里种一园子的夹竹桃——他一直记得璟喜欢夹竹桃,喜欢摘下它那汁水丰沛的花瓣擦在指甲上,让整双手都流淌着花儿甜美的气味,一点一点在空气中晾干,那香味和绯红的颜色会像是永远凝固在指甲上。

璟看着那个盛满春天阳光的阳台,觉得如果在这里种满夹竹桃会是一件十分浪漫的事。浪漫,这是一个多么遥远的词。璟记得在桃李街3号的时候,她刚刚长成一个少女,钻进陆逸寒的书房,像是忽然发现桃花源一般,一边读那些小说,一边不由自主地把自己放进去,让自己站在那个美好的女主角的位置。她开始憧憬也有那么浪漫美好的事发生在自己身上。

在那之后,璟住到寄宿学校,和优弥在一起,如果说还有一点和浪漫沾边的事,也许就是她们在后山种的那片向日葵。而在那之后,优弥进了监牢,璟一个人开始照顾小卓和自己的艰难的生活。自此之后,她便与浪漫绝缘。

那一天是璟和小卓、小颜第一次去看这新房子,当小卓说要在阳台上种满夹竹桃,璟逆着太阳光看着小卓——有多久,她甚至没有好好地看一眼小卓了呢，他已经长这么高了啊，他和陆叔叔越来越像了，他越来越接近璟第一次看到的陆逸寒的样子，他站在那幢悬挂着巨大的雕花吊灯，墙壁上挂满昂贵的油画的大房子的客厅里，像一个高贵的伯爵。小卓的气质完全像他，虽然后来生活艰苦，可是仍旧有着较之陆逸寒毫不逊色的高贵的气质。

璟有些失神地看着小卓，想要说，小卓，你过来，让我好好看看你。她脑子里忽然闪过从前的一刻，曾经她和小卓并排坐在客厅的大沙发上，看着恐怖电影，两个小人儿越靠越近。然后他亲吻了她。她在那一刻带着小惊惧闭上了眼睛，可是她的心里又有多少的企盼呢。她并不是贪心，想要这两个男子的爱，只是她始终都觉得，他们是一个人，他们是一个人的两面，一个是她可以依靠的，她想要始终跟从的，另一个是让她心疼的，让她永远不忍放开的。

然而璟看着小卓却没有叫出来，悬在空中的那只已经伸向她的手又慢慢放下去。她看到了他鼓励的充满期待的目光，然而璟却仍旧掉身走了。

虽然这套房子的租金要比从前那套贵很多，可是璟还是决定租下来。只是心里暗暗对自己说，只有想办法再赚些钱了。

所以后来璟很快就和一个名声不大好的书商签了出书的合同，这也是她唯一的选择。因为房东坚持房租要一次交齐半年的。可是璟确实喜欢这套房子。她一直记得那个阳台，以及小卓那么开心地对她说的话，还有小颜的到来，这些都让她相信，一种新的生活要来到了。所以璟觉得搬到一个满意的新房子，是作为一个好的开端最好的标记。

而那个书商恰在这个时候出现了。他是通过璟常常联络的那个杂志编辑找到璟的,璟刚好打算回到咖啡店工作,并且想着要问谁借一些钱比较合适。他约璟在一间叫作"红罗阁"的餐厅见面。璟赶过去的时候还不知道究竟为了什么,只是想着见过这个人之后立刻去咖啡店试工,然后还要去借钱……所以穿着随便地就钻进了这家玻璃顶、落地玻璃窗外能看到大片草坪的餐厅。这是璟久违的环境,记忆中,上一次到西餐厅来是初中的时候,陆逸寒带着她和小卓。那个时候,她也是乍然到这样豪华的地方来吃饭,可是不知道为什么,却一点也不胆怯。也许是因为陆逸寒在,璟就感到自己也随着高贵起来。在那之后,她和小卓再也没有去过西餐厅,她也终于懂得,灰姑娘的故事永远只可能发生在童话里,自己还是落到了和从前相差无几的生活里。

西餐厅里那个书商看起来有五十多岁了,眼神不太好,看菜单的时候要离得很近。菜单上有半数以上根本无法通过名字判断出来是什么,保险起见,璟只好点了一个Pizza。他的东西很复杂,只看到上面下面都是黏糊糊的奶酪,他用叉子挑起来的时候,奶酪就变成一丝一丝的,但他吃得并不狼狈,也许唯有从这儿,能看出他是体面的人。他说读过璟发表在杂志上的小说,可是当璟问是哪一篇的时候,他却说不上来了。很快璟就发现,他对自己的了解非常少,甚至连她还在读大学都不知道。璟有些失望,因为脑海中所有关于出版书籍的想象来自于丛微。她是多么高不可攀,然而现在出版一本书却可以这样轻而易举地实现。像个孩子的把戏。

可是璟对于这雪中送炭的人还有什么挑剔呢。

宽敞的房子以及半圆的阳台就可以勾勒出一个温暖的家的轮廓。温暖的家是璟来来回回失而复得得而又失的东西。璟像一个渴求毒草的人那般成瘾地需要它。

书商的要求是,两个月内完成一个长篇。要求写一个女孩子对爱情的不断追求和失落。他答应先付一半的钱,璟决定签那份合同。

璟低头签合同的时候,书商忽然说:你要写得曲折,不能太平淡,比方说,她最后屡次失恋,误入歧途……他没有说完,璟抬起头冷冷地瞪着他。他立刻说,哦,那你先写吧,写完我看了再说。

那天璟取完预付的钱,又去房东家付租金。房东对她一点也不客气。由于她暂时只租了半年,他一再叮嘱璟,不能在墙壁上凿洞啊,墙壁是刚刷过的,用的是很好的漆,你住半年走了人家还要接着住……

终于忙完了这所有的琐事,璟才坐末班车回家。头很痛,只想回家吃上安眠药就去睡觉。终于走到家门口,却发现,小卓和小颜就坐在楼梯上。小颜的膝盖上趴着一只白底黑花的小猫:它那么小,也许一个月都不到。

小姐姐,我们两个出去买小猫,忘了带钥匙。

璟不语,径直走过去,打开门,看着那只猫很生气:我们哪里有地方养它?

不是搬了大房子吗?还有很那么宽敞的阳台。小卓回答得很自然。

你怎么知道我们一定能搬过去呢？房租多贵你知道吗？你不知道，你还拿钱买了猫！璟大声说，心里怨小卓对一切都那么想当然，不懂得这背后的辛劳。

钱是小卓课余时间为学校图书馆打工赚的，小颜小声说。似在纠正璟，他没有花她的钱。

嗯，是你要他去买小猫的吗？把学习的时间都用来打工。你们觉得我不能养活你们吗？璟最不能经受他们无视她的辛劳，却还要显耀他们自己有多么了得。

小卓很清楚璟的脾气，所以站在那里一声不吭。保持缄默是他一贯以来消解璟的怨怒的办法。可是小颜却不同。小颜和璟的性格倒有几分相似，最受不了的就是别人对她的可怜和轻视。她负气地一个人向门口走去，似有一种在敌人面前视死如归的模样。璟更加生气了，对他们大叫：好，你们都走，你们一起走！璟恨恨地说。从小卓的手里抱过那只猫，走到门口，然后把它丢了出去。还站在门口的小颜充满怨恨地看着她，然后冲门而出。璟回过身来，哀怨地看着小卓：你呢，你走不走？你也随她走吧？

他摇摇头。转身回房间去了。

璟和小卓各自把自己困在房间里。半夜的时候璟听到开门的声音，直觉告诉她，小卓出门了。他是去找小颜了。此后房间就像坠入深海的船，璟坐在满是残骸的海底，一切逼近暗灭。

32

璟每一次去看望优弥，走在路上的时候，都觉得有很多很多话要对优弥说。她想告诉优弥,她真的觉得很累,常常想丢下所有的事情不管,不分昼夜地睡下去。她多么希望自己能够照顾好小卓和小颜:小卓身体一直不好,从前都是吃补品,三餐极为讲究,又需要骑车去那么远的学校,来来回回,璟担心他吃不消;小颜大抵是受了刺激一直没有好,有时忽然变得六神无主,像是丢了魂。璟真的不知道怎么去照顾他们。但是优弥现在连半寸自由都不可得,告诉她这些,除了让她更难受之外,还能有什么意义呢。优弥希望听到的是自己写作的进程,自己正在向女作家的身份步步逼近。优弥似乎也害怕伤到璟,她从来不问璟任何问题,只是等着璟来说,并且做出一副饶有兴趣地在听的样子。于是璟说她收留了小颜,说小卓成绩很好,也像陆叔叔一样擅长美术,说小颜是个可人儿,做得一手好菜,她又说大学都有什么课,有什么作业比较难做……唯独不提自己写作的事,她没说其实她只是给一些自己都不愿意再去看的言情杂志写情爱故事。优弥只是微笑地听,有时候表示欣慰和开心,她会说"真好"。但是璟能感到优弥的失望,也许因着她把自己的前程都用来做赌注,所以会那么心切地盼望着璟凭着斐然才华脱颖而出,令人刮目相看。璟于是很怕去见优弥,面对优弥期待的目光,她觉得自己是个罪人。璟去看优弥的次数开始变少,书、食品或其他日用品她也只是去邮局寄给她。几乎相隔一周多,优弥就会收到一个从可爱的小发卡到她喜欢的果汁软糖应有尽有的邮包,单凭这份心思,优弥也可知璟对她的牵挂从未改变。

这一次优弥终于盼来了好消息。璟去看她,坐在她对面,努力用兴奋和喜悦的语气说:优弥你知道吗,我可以出书了,已经签了合同,很快就可以出了！璟说完之后,觉得自己心中有什么太重了,怎么也不能装出喜悦万分的样子,刚才的表情显然有些夸张和矫情了。优弥表现得很开心,她连问,是吗是吗？真的吗？太好了。可是璟感觉优弥心中好似也有一种沉甸甸的东西,这妨碍了她快乐,使她的笑容很僵硬,似乎只是脸上的肌肉被她的指令牵引,机械地运动。璟又想,也许优弥根本不相信她,以为是哄她开心的。

一时间她们变得很安静。这个好消息并没有给她们带来预想的喜悦,她们已经在喜悦到来前的折磨中倦怠了,体会不到那尚在太远处的快乐。璟看着坐在对面的小个子女孩,她穿制服、戴着编号卡、头发齐耳、说话的时候也不看人,总是低头含胸……可怜的优弥已经习惯这样的生活,她关心的问题恐怕只有如何和几个尖刻的狱友搞好关系、找个合适的机会申请调去做另一种劳动等等。其他的问题,她纵然悲悯,纵然关怀,纵然感伤,也无计可施。就如璟只是关心着房费价格,书稿换多少版税。这真是残酷——人在努力想同情和理解一个自己活动范围之外的人时,总显得有些生硬和笨拙。

两个女孩默无声息地坐着,不去看彼此的眼睛。她们终于明白,原来想要掏出心捧出爱给一个人,有时候也会缺乏路径。

小卓找了小颜回来。他们很快便搬了家。大家没有一起商量如何布置半圆形阳台,大家没有好好坐下来吃一顿饭。整个家的气氛没有恢复到从前,璟才意识到,她错了,新房子,令人欢喜的阳台并不能构成一个家。而那只猫,被她丢出去嘴巴磕在了楼梯的铁管扶手上,两颗门牙断裂去大半,只剩下参差不齐的牙茬,尖利得可以划破舌头,所以它总是张着嘴,唇边一圈深深的黄色口水留下的印记——璟没有想到它会撞到铁管上,她没有想要它流血和失去最重要的两颗牙齿。

璟感到自己是个坏人。那个晚上她梦到小卓抱着受伤的小猫来找她。他说,小姐姐,你从前很喜欢小猫的呀,现在为什么不喜欢了呢。继而梦一转,璟又看到自己坐在满地都是凌乱牙齿的房间里,拼命从地上拾着牙的碎片,想要把它们再拼成完好。

然而璟没有时间去修正这个新家破碎的"牙齿",她必须开始写那个长篇小说了。于是她每天的生活就是写长篇小说,还要完成给杂志的随笔,不然就没有生活来源。开始的时候她对于这个故事并没有很多热爱,只是像是完成任务一样地对待它。它像是她每天面对的一片工地,每天和它相处那么长的时间,她甚至觉得厌倦。

小颜很愿意做饭,又做得比璟出色,璟便不再去管。她暂时什么也不用管,只需好好面对她的小说。除了小说里的事,璟的确并不知道更多的了。从前订的唯一一份报纸搬家之后就被她中止了,因为这幢房子里夏天有冷气提供,多交的电费要从好几个地方抵回来。璟也不买书——这曾是她慰藉自己的礼物,现在只是每隔几周会买书给优弥,自己也没有时间去阅读。而这些似乎都是甘愿的,渐渐地璟怀疑自己得了自闭症。

璟有时候这样关在房间里,隔段时间也会有很强的思念——她如何能不见小卓。从前每日从外面归来,都是小卓做好饭等她,虽然嘴上不说,但是心中却觉得有他的关爱在,那么所有都是值得的。但是现在,对外面世界一无所知、乏味无趣的璟,脾气暴躁并且神经质的璟,如何加入他们,和他们愉快地吃饭呢。每次看到那只在她的暴戾下失去牙齿的小猫,璟就提醒自己,要尽量少和他们在一起,不要再伤到身边的人。

没日没夜地写。太久的时间里,璟只在这间属于她的十平方米的房间里。厚实的窗帘关着,看不出白日还是黑夜。二手电脑常常死机,有时候她暴躁地拍打电脑键盘,可是郁怒之后终究还要继续写下去,只好等待它缓慢地重新启动。文件这样丢失多次,渐渐学会一边写一边存,也不会再感到那么生气——因为璟唯一的生活伴侣就是它。璟喜欢电脑胜于纸,因为在黑的房间里和白的屏幕彼此一眨不眨地对视,它的面色苍白,像是一个多病的女子,与璟彼此惺惺相惜,在死寂的夜晚互诉衷肠。

璟在小说里写到一个女孩对猫的复杂的感情。它是真实的,源于路易。在这些璟把自己关在房间里写作的日子里,她每天都听到猫的哀叫,非常大的声音,像是有人正要送它去死。但那声音又分明是充满预谋的,像是故意要激怒什么人,闹出点更大的事情来才好。璟很想冲出去把它从阳台扔下去,她很想听听在真正的危险中,它到底是怎么叫的。她的脑中幻化出一幕场景,那只猫宛若洁白海鸥在天空划过,然后嗖地直冲地面。璟不知道为什么自己这样厌恶这只猫,甚至总是生起要把它扔下去的念头。也许是因为它的眼神。第一次它从楼梯上看到璟,大概就意识到这个疲惫不堪的女孩才是这个家的掌权者,但她看起来那么冰冷,似是再无多一分的爱恋可以分给它。因此它看璟的时候流露出抗拒的眼神,充满本性中的邪气。

璟正是察觉了这种邪气,让她觉得它已经脱离了一只猫应当有的温驯依赖的品性,变成了一个小怪物。璟终于明白,并非所有的处于劣势的弱者都能令人同情。

璟忽然有些明白曼为什么那么厌恶她。她有一种潜意识的反抗曼的情绪,这种反抗,其实已经超出了被欺负时做出的合情理反抗,而是一种充满攻击性和杀伤力的姿态。璟一直努力掩藏自己的这股力量,可是眼睛里的邪气让曼看到了。曼知道璟藏着很大的危险性,于是想要制服她。璟终于相信,所有的感情都是有来有回,爱如此,恨也如此,她和曼走到今天,定然不仅仅是曼的缘故。自优弥入狱,璟对曼的憎恨到达顶点,但她决然不会冲去找曼吵架泄愤,她知道,这好比做个疯了的小丑,发疯的样子虽让人害怕,但是总要停息下来,那时她仍旧是她,还是小丑。因此,唯有她不再是弱者,她让曼难受、妒忌,那心魔的折磨是最熊熊的火。她承认在心中诅咒过曼,尤其是在优弥刚刚入狱时,她心中时有恶毒的念头产生,压在那里,化作对曼的诅咒,而这些天璟写着这只猫,心中渐渐平和了许多,她想,无论如何,自己再也不需要诅咒了。

这是璟第一次这样长时间集中精力地写作。她开始初尝此间的苦痛。"比想象的还要孤单。"璟对自己说。这种孤单并非因为远离人群,而是她发现在写作的这段时间,自己根本不能选择间断、中止、放慢,她完全不能融入其他的事情当中,比如说谈笑风生地吃一顿丰盛的饭,比如说给自己挑选一件心爱的衣裳。她不能集中精力于这些,哪怕没有灵感了,她唯一能做的是坐在电脑前等待灵感再度出现。这等待可长可短,无人可知。璟绝望地想,这几乎像是钓鱼,如果你只是做出钓鱼的样子,却心不在焉,鱼竿摇摆不定,鱼一定不会上钩的。但是即便你聚精会神,一动不动,鱼也未必会被钓上来。璟几乎不能忍受这种死寂般的空等待,她烦躁、不安,听见猫叫就想冲出去教训它。在这样的空虚中,璟再度开始暴食。她有时会忽然去楼下的便利店,买很多零食和方便食品回来。这样,她在那些焦灼的时刻不至于无所事事,茫然若失,她可以用吃东西来填充空虚,令自己显得忙碌、充实。然而她并不饿,吃的时候已经感觉它们恶心,却怎么也停不下来。璟的胃已经在这些年的节食中萎缩了,吃下这样多的食物,根本无法消化。并且长久以来,她用来克制自己的一直是曼。当她想要暴食时,就会告诉自己,这样会变得如从前那样臃肿可笑。你难道忘记了吗,清晨被曼打醒,她鄙夷地俯视自己,烟灰掉进她的头发里。她以极强的精神力量克制自己不听指使的身体,可是这样的精力损耗令她根本无法把小说写下去。

无意之间,璟在翻看她为之写稿的一本杂志时,看到一篇有关暴食症的报道。里面提到了包括黛安娜王妃在内的五个女子是怎么困囿在暴食症里。璟不知道为什么她对于那些可怕的后果毫不在意,却只是非常深刻地把"暴食催吐"四个字记在了心里。

璟第一次刻意令自己呕吐是在一个六月中的深夜。那天猫叫得很凶,不知小颜和小卓在做什么,小颜大声地笑起来,她显然没有认为猫的叫声有什么不妥。璟克制自己不要出去制止他们,她也许会伤害那只猫,也许会令小颜受委屈,于是她只能不停地吃。在吃下那么多的甜食之后,璟更加没有灵感。而那胀得可怕的肚子时刻都在提醒她后悔。她坐立难安,终于冲到洗手间,在马桶前弯下身子,把一只手塞进喉咙里面。手指一直探伸进去,很顺利地,璟呕了一下,吐出了一些还没来得及消化掉的食物。她竟然感到舒服很多,这种舒服也许心理上的要多过生理上的。在璟的心里,食物丑恶得宛如垃圾,它们塞满她,还不断膨胀,令她沦为和它们一样的"垃圾"。

那个夜晚璟在洗手间待了很长时间。一直吐到再也吐不出任何东西。璟抬起头从镜子里看到自己的时候,布满血丝的眼睛和涨得通红的脸使她吓了一跳。璟伸出一只手轻轻地触碰这张惊恐的脸,别怕,别怕。她躺在床上,很快地安然入睡了。这份心安来自璟相信她吐出了所有的食物,她的肚子是瘪的,明早她不会长胖。仿佛在这场和食物的战争中,她最终取得了胜利。

次日醒来,脸是肿的,嘴角有轻微的溃烂,但是她觉得肚子是平坦的,垃圾们没有机会害她。她于是满足地笑了。

她以为这是向她敞开的一扇门,这是救助。她再也不用和食物战斗。所以这成了另一个开始。生活递给她的是一个包装华美的炸弹,可她却浑然不知,还以为是一个可以渡江渡河的救生圈。

于是开始暴食催吐。每天买更多的东西回来,吃完了就吐掉。吃完了就故作镇定地从房间走出去,径自走到洗手间。打开莲蓬头,装作在洗澡的样子,开始俯下身子吐。事实上,大抵是第一次的侥幸,抑或那个诱惑她上钩的魔鬼,施了魔法让第一次那么顺利,而此后往往一次只能吐出一点。或者很多次的呕,可是都没有办法吐出任何东西。璟透过被水打湿的镜子看着自己,眼睛里全都是血丝,瞳孔突出,涨得通红的脸是扭曲的。可是还不能结束,不能让身体里留着任何食物,于是再俯下身子继续呕吐。

这样连续的呕吐一直持续到再也吐不出任何东西。璟慌忙扭转抽水马桶的把手,让那些耻辱的东西被水冲走。她开始洗澡。一遍一遍冲洗自己的身体。

璟,这是你吗?这样的事情你不会觉得痛苦和恶心吗。真的只有在这样的折磨中你才能得到愉悦吗?喷薄的水冲刷她的口腔,可是那酸味像是打进了她的牙床,怎么也不能消去。她因恐慌流出眼泪,也终于开始明白,她掉入了一个陷阱,自己已经被控制,做着机械的动作,怎么也停不下来。

然而每次仍旧如此。尤其是在当她吐出所有的东西,渐渐就忘记了痛苦,胃的清空让她很快陷入一种出发的状态。下一个过程很快开始了。

那天璟吐完,洗完澡惶惶地回到房间,小卓来敲她的门。她把食物塞到床底下,打开门。

小姐姐,小卓轻轻地唤着璟。璟把房间的灯光调得很暗,不让他看清自己的脸。

什么?

你就要过生日了,我也放暑假了。我们去郊外玩好不好?

陆叔叔的忌日也要到了,璟说——这两个日子永远连在一起。

朋友告诉我一个地方,有大片的指甲花,还有木头的房子。可以在那里野餐,还可以拍照。我们还没有合过影呢……小卓轻轻地提醒璟。

是吗。璟忽然很难受。的确,和陆叔叔,和小卓都没有合影。

嗯。是啊。在指甲花田里拍一张合影,一定很美。然后放到爸爸的墓上。让他看看,小姐姐现在有多好看。小卓对着璟微微一笑。

小卓……

嗯?

爸爸也会很开心小卓长得那么高了。璟轻轻地说,怔怔地看着他。这些日子璟就像沉在狭仄的井底,很久没有在夜晚单独见到他。而他,也似完全不同了。他真的那么高了,比他父亲还要高。不知道他是不是在蓄长发,头发已经很长,浓黑光亮,他的美好气质已经充盈着每一根头发,还有他那和石膏、画笔有特殊缘分的手指。他灵气逼人,和她在同一个方向逼近着当年的陆叔叔和丛微。她知道,他已经胜于他了。这是不是恩赐。他一直潜在离她最近的地方,在忽然长大的一天闪出令她信服的光亮,宛若阿拉丁神灯,照耀的那一刻,宣布罹难日的结束。

璟朝着小卓走过去——她不确定自己的身上是不是还有那股浓郁的酸味,可是已经不可顾及这些了。璟一直走到他的面前,伸出手,环住他的脖子。谢谢你记得我的生日,她想附在他的耳边告诉他,可是还未来得及,眼泪已经簌簌地掉下来。自陆逸寒死去,璟几乎从未在小卓面前哭过,连第一次去监狱看过优弥回来的时候,都没有哭过。也不懂得自己为什么在这个最亲近的人面前,仍旧紧紧捂住那伪饰的面具。

你总是那么焦灼,总是好像不能停歇。小卓伸出手,撩开璟刚刚吹干、盖在眼睛上的刘海儿——太久没有修剪了,已经阻挡璟的视线。

璟扬起头看着小卓,这几年来的沉闷,就是为了等待这一刻的到来吗?没有过渡,没有这其中的不断演变,他们之间的感情像是被冰冻起来很久,终于原封不动地还给他们了。

　　你坐下,我给你剪剪头发。小卓说。璟完全相信他的技艺,因为曾见过他给高中同学剪头发。他的手是那么灵巧,适合各种细微精密的工作。

　　小卓出门去取剪刀,然后搬过椅子让璟坐下。给她套上一件他的旧衬衫。璟听见剪刀和头发发出的嚓嚓嚓嚓的轻细声音,想象着他的手宛如海鸥一样从她头顶掠过。身上的格子衬衫上除了肥皂的香气,还有他的气味。这幽幽漫散开的气味也会开始令女孩子着迷了吧,她想。

　　璟的双手紧紧地抓住身上的衬衫,眼泪封住的视线里是他在左边,在右边,在她前边的身体。

　　很长了吧?璟还在哽咽着便问小卓,因为她不再想让他们回到无话的状态。

　　嗯太长了,是为了把眼睛藏起来吗,让自己永远那么神秘,谁也不会知道你心里在想什么?小卓说。

　　璟的心钝然地动了一下。从来都不知道,原来在小卓的眼里,自己是这样的。

　　小卓好像看出了璟的失望,俯下身子,轻轻对她说:我已长大,我们还能不能回到过去那段交换心事,彼此扶持的时光?能不能不要再把自己隔绝起来?

　　璟点点头。两人都不再说话。

等到小卓将她的头发修剪好,提着剪刀转身要走的时候,她才慌忙喊住他:小卓……

小卓回过头来微笑地看着璟。

有太多的话要告诉他,想告诉他,她在写一个非常长的小说,可是她一点也不爱它,它只是工作。它让她狂躁,紧张。她需要他的安慰和支持。她要他守着她。她想要告诉他,她现在可能比刚到桃李街3号的时候还要糟糕,不仅暴食,而且还会恶性催吐。周而复始,像是着了魔。

可璟什么也没有说出口,只是把身上的衬衫脱给小卓,示意他忘记拿走了。他过来拿了衬衫,忽然顿了顿,探过头来亲了亲璟的脸颊。

你要记得,你答应我了,不能再隔绝自己。生日那天去郊游,就这样说定了好吗?小卓看着璟的眼睛说。璟点点头。

那个夜晚的意义非同寻常。它好像把璟带回了从前。璟想,在最恐慌、最厌弃自己的时刻,他还是出现了。他站在他的儿子的背后,他们叠成了一个人,他强大而有力,他再也不会松开我。抑或是小卓抓住了父亲的灵魂,他把它放在自己的身体里,令璟没有任何理由不爱上他。

女孩一直在奔跑,放弃了所有的风景,因为她知道那些都是蛊惑、诱骗。她给自己穿上尖利的盔甲,不让任何人靠近,因为她发现,那么多的痛都是爱施与的。若她收起爱,那么便不再受痛。而最后还是小卓,这个一直潜在她身边的人,解开了她的盔甲,并且让她放慢了脚步。她也可以享受这美好丰盛的生活了吗?

此后的半个多月时间,应该是璟生命中屈指可数的好日子。虽然大多数时间里,她仍旧在房间里昼夜不停地敲字,却再没有暴食和催吐。她开始喜欢吃饭的时间,因为在这个时间,她能够看到她的小卓。她开始喜欢饭菜,因为那些是小卓做的,充斥着爱的滋味,是这样香甜。她盼望着快点把这个漫长的小说结束,然后可以好好和小卓他们庆祝生日了。

因为已是期末,璟有时也去学校复习。即便是复习的时候,她也拎着她的电脑。林妙仪她们都知道璟已经发表过很多小说。有时她们会靠近来询问她在写什么。倘是从前,她一定不会回应,可是这段时间,她一直记得小卓的话,她要努力做到不把自己和人群隔离开。

一个长篇,璟如实地说。

天哪,你已经写了十三万字?林妙仪看着璟的电脑文档嚷道——璟现在倒也不再觉得她的喜欢叫嚷有什么不好,如果世人都像自己这样沉闷,该多么令人扫兴啊。

此后的自习课,林妙仪通常和她坐在一起。她还总是给璟带来冷饮和她新买的书。虽然林妙仪喜欢读的,多是璟毫不感兴趣的温暖细琐的港台小说,可是璟也会饶有兴趣的样子拿过来翻翻。她开始懂得,这并非和她的真实原则有悖。有时她中午需要去附近的邮局取杂志社寄来的稿费,也是林妙仪,在教室替她看守着电脑。虽然她甚至不愿意把这定义为"友谊",但是她开始接受身边有一个人陪伴。

那也是她写作飞快的一段日子。因为有了动力,整个故事好像也显得不那么乏味了,似乎从此刻开始,她才真正把感情注入了小说。故事中的男女主人公开始变得可爱,和那些她爱的人有了几分相似。

生日前的一天,她完成了小说。小说的结尾她是这样写的:

"她听到潮水的声音,而事实上这里离海很远并且她从未去过海边。可是那潮水的声音逼真得令她完全相信,那就是海。她猜想,是那个她爱的男子抵达了——他曾打赌他们是心念相通的有缘人。她终于相信了。"

这是令人怅惘的悲剧结尾。璟喜欢悲剧。写到最后,她才觉得,有些喜欢上这个小说了。有些遗憾的是,前面的情节大都干瘪而没有她的情感在其中。她想休息几天,再从头改一遍。

但是现在,她只想出去走走。

很久没有在黄昏出去走走了。走出家门的时候,璟忽然心情很愉快。因为她想到了即将来到的生日。这本书算是她送给自己的礼物。她也要去送给优弥,这恐怕是最能令优弥开心的事。而她最盼望的,就是生日的郊游和难得的第一张合影。

璟一个人走去菜市场,忽然想要给那只猫买些鱼吃——虽然有时她有惩罚它的念头,但有时也会觉得它很可怜。何况她已经安排她小说中的猫死掉了,可以算作报了仇。她现在要给它买些没有太多刺的鱼,毕竟是掉了牙齿的猫,吃东西都感到吃力。回来的路上,璟买了一份报纸,想看看都有什么事情发生。她走在路上就拿起报纸随意翻看。她喜欢先翻看文学艺术的版面,不经意地看了几眼,立刻看住一条出版新闻。因为她看到了一个她熟悉的名字。新闻说,一本名字叫作《笑靥如花》的小说昨天召开了首发式,场面宏大,预计这本书会成为本年度的畅销书,而书的作者是一位只有二十二岁的年轻女孩,她叫林妙仪。

林妙仪。她看到这个名字的时候其实就猜测到可能发生了什么。但她是多么不愿意相信,于是跑去最近的书店,买了一本《笑靥如花》,站在书店门口,翻开了那本书:

"有关喜然的名字的解释有两个,一个是开心的样子,一个是喜欢大自然。喜然的父亲死得早,她没有来得及问过。可是她想,其实也没有太大不同。开心的样子宛若大自然中的事物。这便是笑靥如花。"

这正是璟在两个多月之前写下的小说开头。璟迅速地翻了一遍整本书,前面的十四万字和她所写的完全相同。只有最后的一万字和她的不一样。她很快回想起一定是在她去邮局取稿费的时候,林妙仪窃走了她电脑里的文档。而窃走的时候她还未写完,只有十四万字。

33

下一刻时间里,女孩在大街上疾跑。璟知道上门去找林妙仪不可能挽回什么,也许还会遭到羞辱,可是除却这件事情,她真的不知道还有什么事可以做。她认识林妙仪家,她也住在桃李街。她曾被邀请去林妙仪家参加她的生日派对,她当然没有去,这是她一贯的冷漠和自闭,并且桃李街,对于她,已是一个禁忌。

她再次来到桃李街。无数梦根植于此,像是召唤她的手臂,终于把她带来了。她穿越桃李街3号的时候还是不禁颤动了一下。她侧头不去看那扇门。这个季节,里面的指甲花一定开得如火如荼。

记得优弥刚刚出事的时候,她发誓,她要把这个房子再买回来。那个时候,她高中毕业,尚未真正体会人生疾苦,她以为一切都去得快,来得也容易。

林妙仪家的大门虚掩着。和桃李街3号完全一样的庭院里,鼎沸而绚烂。那么多彩色的小串灯像是价值连城的钻石,令璟不敢靠近。她看到觥筹交错的人们,他们大笑、抽烟、意兴盎然地谈论着彼此身上的绣花礼服。

此刻,璟看到了这炫目的舞台上的女主角。她穿着桃红色吊带的紧身连衣裙,肩膀上的两条带子以及狭窄的裙摆上都有夜光蓝色的蕾丝花边,像是天使的翅膀一样令人不能侵犯和亵渎。她的肌肤雪白而微微泛着紫色的光,应是用了某种高贵的香粉。而脸颊上涂着圆形的蔷薇色胭脂,宛若花朵形状的云彩不时掠过。原来华丽的衣服、品质卓越的化妆品就能把不堪的灵魂打扮得如此光艳动人。璟隔着大门的铁棂看着里面的一切,恍然觉得好像一个卑微穷困的人来这里向高贵的人乞讨,他们美好的裙裾花边,流溢着瑰丽之光的额头、眉角,都让她感到自己的羞耻。

这是她的欢庆会,大家都把祝福抛给这个前途一片光明的未来女作家。璟心下只是觉得寂冷,想要转身离开。并非因着胆怯,璟的心中总是有一股狂野的蛮力在的,可是她不愿意在众目睽睽下与她争执,不管有没有人相信她,结果都不会改变,人们都会认为璟是一个可怜的人。谁需要他们的可怜呢?难道她是来要可怜的吗?

但是林妙仪已经看见了她,于是缓缓地从人群中穿过来。她竟然毫无惧色,下颚微扬,小声对璟说:听着,书稿算我买你的,你签下这本书不就为了那点钱么?我可以给你。你没什么损失。可是如果你在这里捣乱,就别想要到一分钱!何况也没有人相信你。

璟看到林妙仪先发制人还理直气壮的样子觉得很可笑,她摇摇头:我只是想告诉你,结尾不是你写的这样,那么多事情发生以后,喜然和罗烨是不可能再在一起的,你懂不懂?璟说得非常悲凉,好似喜然罗烨并非书中人物,而是她的亲人。

你听到没有,你如果再不安静地离开,我会找人把你赶走!林妙仪低吼,同时她下巴向右面扬了一下——院子最右边有一张远离人群的小桌子,两个穿着保安制服的男人正坐在那里,无所事事地玩骰子。璟鄙夷地笑了,对于像林妙仪这样做贼心虚的人来说,当然已经早有准备,以防备璟上门来搅局。

你放轻松,不要那么紧张。我没想怎么样,只是告诉你,结局不该是那样的,喜然和罗烨不可能在一起了……

璟哀怨地一遍又一遍纠正着小说的结尾。因为她发现,在发现小说被剽窃之后,她首先想到的不是失去了这笔钱,没有办法交房费,没有办法应对书商。她最难过的是,林妙仪毁了她的小说,那个糟糕的结尾让她觉得心痛。璟忽然发现,她已经爱上了这个小说,这个原本她只是为了钱而写,本着情爱纠缠、通俗易懂来写的小说。

这时,林妙仪身边多了一个男人。也许他是察觉了这边的气氛有什么不对,便走了过来。男子大约三十岁左右,很高大,穿着咖啡色圆领的T恤,深陷的眼窝里有种锋利的光芒。看起来这男子应当与林妙仪关系很好,但林妙仪又似略有些怕他。

璟凄然一笑,问林妙仪说:你喜欢喜然吗？她像你吗？

林妙仪说:当然,但这不关你的事。

璟摇摇头,表示惋惜:你的打扮泄漏了秘密,喜然最讨厌桃红色这样艳丽的颜色,因为她小的时候,她妈妈每个晚上都穿着桃红色衣服出去跳舞,喜然觉得妈妈的背影像一团鬼火。她不仅不穿桃红色衣服,还把妈妈的桃红色衣服剪碎了……

林妙仪恼羞成怒地打断了璟:够了,你妒忌我的才华还到这里闹事！我绝对不会让你在这里闹下去！她说完就转过头对那两个仍旧在玩骰子的保安说:你们过来,把她给我赶走……

两个男人倏地站了起来,忽然变得精神抖擞。他们上一秒一定还在纳闷,好端端的一个庆祝会,为什么要把他们两个叫来呢,有钱人真是虚张声势。而现在,他们终于有了任务。虽然他们看到璟有些失望,原来要对付的就是这么一个小女孩啊。他们两个蛮横地把璟推出大门,他们一边一个夹着璟的双臂,抬她走了一会儿,然后把她放下。这个女孩怎么看也不像来闹事的,她显然太安静了,也不挣扎,也不叫嚷。反倒是他们感到不好意思,对着璟抱歉地笑笑,转身回去,大门被关上了。璟真的是太累了,她没有一点力气争执了。她也的确该走了。

为什么不下雨。为什么要有灯光。天不能再黑一些吗。她缩着身子,沿着桃李街的墙边走着。好冷,璟只是想找个地方好好休息。走去桃李街3号,大概只有几百米。可是却怎么走也走不到。她看到有一个人提着蛋糕经过。生日,她想到,明天是她的生日。她的二十二岁生日,她的指甲花田,她和小卓将有的第一张合影,她的第一本书,她的渐渐接近丛微的梦想,她和优弥的再重逢,她将要许下的心愿……

我要休息一下。我得休息一下。璟对自己说。她掉下眼泪来。她在桃李街3号那里停下来。透过铁门,她看到大片的花。那些花像是一直站在那里等她,年年都不变地妖冶,红色像是女人潦草涂上去的唇膏,深深浅浅地,让人有晕眩的感觉。

璟想起她第一次来的时候,是十二岁,明天她二十二岁。十年。可是她站在这里,仍旧两手空空。生活是一张千疮百孔的网,把所有激情的水都漏光了。

34

璟跌跌撞撞走到桃李街尽头的一间小咖啡店。璟不想回家。她如何能让他们帮自己分担,她要怎么去面对出版商,怎么去面对房东。她对于自己内心想要什么已经十分明了。她需要食物,需要酒。她坐下来,点了青柠伏特加以及一块核桃派。一个男子过来,看着她问:

我能在你对面坐下吗?

为什么?璟眼睛也不抬,仍旧伏在桌子上喝酒。

没什么。你看起来很糟,小姐。你的脸色苍白,嘴唇发紫。可能生病了——我在路上就注意到你了。

那你坐下,就能治好我的病吗?

不能。男子诚实地回答。

那就快走吧。璟厌恶地掉转头,不去看他。侍应过来给她添了酒。她一饮而尽。

男人不语,也没有离开。

这样吧,还有几个小时我过生日,你给我买个蛋糕我就让你坐下。璟感觉到他没有走开,忽然慢慢转过头,笑嘻嘻地对他说。她才发现,原来是刚才站在林妙仪身边的男子。那酒太烈,而她又喝得迅猛,很快就有浮起来的感觉。

好。男人问,还要什么?

蜡烛呀,你真笨。生日当然要许愿,不是吗?璟笑着大嚷了一声,引得周围的人都回头来看她——璟从未有过这样活泼畅怀,她的确是醉了。男人点点头,转身走出了咖啡店。璟有点悲伤地抬头看着被带上的门,她想也许男人就是逗着她玩的,他不会再回来了。

她以最快的速度吃下了那块核桃派,然后又叫了一杯伏特加,一块比萨。她预感到自己又要暴食了。她承认在纵容自己的食欲。可是欲望至少证明了一种尚未衰竭的生命力,不是吗。

甜腻的食物温暖着胃,软化了她的戒备。而酒的辣,就像乘虚而入的绵针,把身体弄得通透。她开始能听到胃里有风穿过的声音。而此刻她是打开的。

她喝下三杯酒,男人从外面进来。她尚有几分清醒,看见他觉得很开心,大声地招呼他过来。

男人提着一个方形天蓝色的盒子,盒子上有粉色的缎带——璟对于这样的缎带有着特殊的感情,童年时她没有好看的发卡,扎头发的就是逢生日时攒下来的缎带。看到那漂亮的溢着潋滟的光的缎带,就笑了。

她开心如小孩一般,伸手抓过蛋糕盒子要解开。可是动作已经不稳,险些把蛋糕盒子打翻在地。男人慌忙把盒子扶住,帮璟解开丝带。他以为璟要吃蛋糕,于是把蛋糕从盒子里拿出来——它长得也十分奇特,不算太大,正方形,上面像雨后的草坪一样,是潮湿的绿蒙蒙的一层。有着褐红色的斑点如小蘑菇一般插在蛋糕上。上面铺着的奇异果、杨桃,以及草莓使它看起来像个枝繁叶茂的森林。他一直盯着她,想要看到她看到蛋糕的表情,可是她却似乎对蛋糕毫无兴趣,只是从他的手里夺过缎带就去束头发。她替换下原本扎头发的那根皮筋——他注意到那根皮筋原本是缠着黑色丝线的,可是丝线已经磨光了,露出白色的皮筋本色。她的头发很长了,松开就散落在背后。头发和缎带都很滑,她的手又抖得厉害,怎么都绑不好。她为难地看着他。他便绕到她的身后,帮她绑上。她用手去摸了摸丝带,然后又甩了两下头发,确定它不会掉下来,才满足地对他说:

谢谢你送我的生日礼物,很多年没有人送我礼物啦。她指的是那系在蛋糕盒子上的丝带。

那不是礼物。礼物在这里。男人从口袋里掏出一块像果冻糖一样桃红色的手表。

啊!她叫了一声。从他的手里夺过手表——这太神奇了,她在《笑靥如花》当中写到罗烨送给喜然的生日礼物,正是一块手表。穷卑的喜然开心极了,她戴上手表把玩了一会儿,才对罗烨说:你知道吗,从小到大,我都没有手表,我习惯了猜时间,现在乍然看到这根秒针嗒嗒嗒地划过去了,心里竟然很是惊慌。

从小到大没有一块手表的,是喜然也是璟。璟也把手表放在手中把玩了一会儿,像是自语般地说:你比罗烨还要好,送电子表,我就不会看着秒针心慌了。

女孩抬起头来闪闪带着童真的眼睛。男人的身体颤了一下,说:就要十二点了。插上蜡烛许愿吧。

好呀。女孩说。

男人便拿出纤细的蜡烛一根根插在蛋糕上。却听女孩忽然冷冷地问:

你到底是谁?她吐字骤然清晰而没有半丝笑意,像是邪气逼人的女巫。

男人没有防备,吓了一跳。还未来得及回话,女孩就笑起来:不用告诉我你叫什么啦,反正我也记不住。

男人便不说话,继续插蜡烛。插好就掏出打火机点燃。女孩问男人要烟。她把烟叼在嘴里,深深地吸了一口,问:可以许愿啦?

男人点点头。女孩就闭上眼睛。她尝试了好几次,却心绪难宁,睁开眼睛又再闭上。最终她叹了口气,对男人说:我脑子里什么也想不到,你代替我许愿吧。

这个哪里能代替呢,男人说,可是他看看璟昏昏沉沉的样子,又忍不住说,好吧。男人闭上眼睛,开始许愿。璟看到男人闭上眼睛的时候,睫毛在灯光下的阴影是那么长。男人尖尖的下巴有凹进去的小坑,脸色很白。她认为这样的男人是极美的。他们的位置靠窗,外面有桃李街的夜景,璀璨的灯火和豪华汽车穿行而过。璟深深地看看男人,微微合上眼睛享受这一刻。

她好像听见陆逸寒好听的声音,生日快乐,小璟。

男人努力帮女孩想着愿望,用了很长时间才觉得算是周全。他睁开眼睛,看到女孩已经趴在桌子上睡着了。

35

璟十分艰难地醒来,发现自己在一间很大的房间里,房间的墙壁是晕染的天蓝色,像是整整齐齐裁下来的一块天空。她正躺在一张很软的大床上。猛然坐起来。担心这又是梦。她努力地回想睡着的事,猛然低头看了一下手腕——真的有一块桃红色的手表在。不是梦。下床,急急忙忙走出房间。

这应该是那个昨晚给她过生日的男子的家。并不太大的三间房子里,有一套非常简单的原木色家具。璟极喜欢这样纯简的材质。

头疼欲裂,应是昨晚的酒气仍未消散。璟走去厨房,看到有凉好的白开水放在隔开的饭厅里。旁边还有洗好的苹果和李子。有张便条压在水果盘下面:

"你先吃些水果,我中午回来看你。这房子没人住,所以不必感到不自在。"

璟搬了把椅子,坐在阳台上。大口大口地喝水、吃水果。上午的太阳光一点点繁盛,穿射过梧桐树落在阳台上,留下一片花嗒嗒的灰色阴影,像是凌乱的音符跳个不停。她就这样坐着,心乱如麻。小卓他们一定在到处找寻她。有关夹竹桃和合影的约定都宛若飞入草丛的斑斓的蝴蝶。她不知道小卓会不会如她这般悲伤。

她想离开,却不知哪里可以去。出版商、房东、尚需她照顾的小卓和小颜,她很久没有给优弥寄东西了,陆叔叔的忌日……

不能再想。她大口大口饮水,吞食水果。苹果里的酸汁充满整个口腔,她忽然一阵酸楚,连续工作三个月,封闭、沉默、焦躁、暴食、欺骗、掠夺、威吓……这些就像在口腔里变成了碎泥的一口口苹果,它们合力凝聚成一股令她不堪承受的酸楚。心中唯一一个愿望,有关那个美好的生日——指甲花田里同自己合影的少年,他们终于确知的爱,可是这一切一闪而过,如天景如海市蜃楼。此刻她甚至没有勇气回去面对他,赖在陌生人的房子里,却始终无法下定决心离开。

傍晚的时候房子的主人来了。他好像料定璟不会离开,买了很多食物和日常用品回来。璟给他打开门,看见他提着很多只袋子进来。她靠在厨房的门边看着他在冰箱和锅灶间忙碌。

男子穿棕榈绿的短袖 T 恤,上面有一些体现剪裁的彩色明线。璟从侧面看着这个男子,忽然觉得他有些眼熟,像是自言自语地说:

我好像在哪里见过你?

林妙仪那里。男子回答,对她微笑。

不,不是。

昨天晚上在酒吧?一起过生日对吧?男人提示她说。

不,不是……璟又摇摇头。男子实在想不起了,无奈地耸耸肩。他并不会做饭——这很容易看得出,他买的都是非常方便的加工好的食物,比方配制好的汤料,只消倒进小锅中,加热至沸腾。还有三明治,放在微波炉中旋即便可以吃了。但这些对他也不算太轻松,夏日傍晚天气又闷热,做好的时候他已经出了一身汗。

然后他招呼她来坐下。她和他,对坐在方桌的两边。他不是喜欢主动说话的人,只是看着她,递给她一个三明治。事实上她对于人生已近乎倦灭,或者只有对食物的贪恋,令她像一只简易的动物般存活着。她接过三明治——这中间的三文鱼应是罐头,几乎没有鱼肉的腥味和鲜美。可是因为咸,外加中间的芝士,当可算有分明的滋味。

她吃得很快。像是在完成派发的任务。吃完又带着用一种研究的姿态对着那个男人看了一会儿,终于放弃了,又迷惑地自语:你是谁呢?

男子笑,认真答道:我是昨晚陪你过生日的人,你怎么忘了?

璟听他答得巧妙,就也笑了。他又试探性地问:你昨天是和林妙仪在吵架?

吵架这个词听起来还是过于亲昵了,好像我们是两个闹了别扭的朋友。

不是朋友?

不是。

那是什么?

一本书的两个作者。璟说完,觉得他不会相信,就自嘲地笑了。

什么意思?男人忽然认真起来,问。

如果我说林妙仪出版的那本书是我写的,你会相信吗?除却最后那个糟糕的结尾,前面的内容全是我写的。但我昨天才知道。我是去闹事的,你明白了吧?璟说。男人没有说话,看着她,好像希望她继续说下去。璟于是又说:你是想让我拿出证据吗?我没有证据。

但我昨天迷迷糊糊收到你送的这块手表的时候,忽然激动极了,你记得吗。

男人点点头。

嗯,因为我想起罗烨送给喜然的生日礼物也是一块手表。喜然从没有过手表,我也是。不过他送的不是电子表,是那种机械表,喜然有时候看到秒针会眩晕——得了,这些其实都没法当作证据,你尽可以来推翻。

男人认真地说:其实我相信你。

为什么?

因为昨天你的脸色太难看了,站也站不稳。谁会在这样的时候跑去别人家大门外那么委屈地看着呢?你若成心去捣乱,早就大喊大叫了。但是你不能做到不顾脸面,所以你也没有吵闹。最有趣的是,你根本没有吵闹,林妙仪的反应却那样激烈,非要把你赶走。你被赶走之后不久,我就出来找你了。我看到你走得很慢很慢,跌跌撞撞的,很伤心。

看来我昨天没有白白去一次,我挽回了一个相信我的人。璟苦笑了一下,因为这男子的细心和好心而感动。

但你必须知道,如果你没有确凿的证据,恐怕很难扭转了。

是的,我知道。所以我没有狠狠地闹,把力气那么凭空耗尽。璟努力做出有精神的样子。

你是她的朋友?

我说了,我不是。只是同学而已。璟很抗拒用"朋友"二字来形容她和林妙仪的关系,如果这个也算友谊,简直是对于她和优弥之间感情的亵渎。

啊,对不起。

他们两个人忽然都陷入沉默。各自想着不同的事情。璟觉得自己应该走了。于是她说:我要走了。已经太打搅你了。

你为什么不问我和林妙仪是什么关系呢?男人一直看着璟站起来,走到门边,才好奇地问道。

我有猜测过几种可能,朋友、亲人、男友、追求者,或者不是特别熟悉,无论哪种,对于我都没什么分别。我又不是古代的暴君,再恨一个人也不会诛九族吧?何况你还给我过生日,送给我第一块手表。璟笑着对他说——她心中暗暗吃惊,她发现自己与一个陌生人交谈反而能够这样自然,大抵因为不需要彼此承担什么,聚散一场,面对一个可爱的好心人,多说几句也是应该的。

你的猜测很正确,但是你忽略了划分角色不止一个角度。我也许真的对于你和她之间的事有什么特殊的意义呢?男人缓缓地说,狡黠地笑笑。

璟愣了一下,她抬起头看着这个男人。

36

很久以后,当璟回头再去想,她变得非常疑惑。她搞不清哪件事情是因,哪件事情是果。她甚至怀疑,也许从出版商找她出书,她努力地完成这本书,而书稿偏巧被林妙仪窃走了,而她明知道毫无意义还是跑去林妙仪家,而那天又恰好是林妙仪的庆祝会……这一件件事都像是铺垫,并且它们都不是重点——是的,她痛失了自己的小说,这也不是重点,而重点是她被领到了这个男人的面前,这个男人便是沉和。

沉和与八年前的样子相差很多,至少头发剪短了,那时他是长发,一副漫不经心的艺术青年的模样。而现在他变得很清朗,略胖了一点,反而削弱了二十几岁时他尖锐、偏执的性格,显得和气了许多。璟忘记了用运动的观点来看问题,因为除却小卓是与她天天面对、最熟悉的人之外,其他的人都没有在璟的生活中长久驻足。每个人都来了又走了,来不及等到璟感叹时过境迁,物是人非。

但璟知道眼前的人是沉和的那一瞬间,非常想念陆逸寒。陆逸寒离开已经很久了,但身体里还是有很大的一个填不平的洞穴,她一直以来都像是缺少了什么至关重要的东西,勉为其难地活着。她常常想,陆叔叔既已不在,一切就都不重要了。这好像成了她逃避、宽恕自己的理由。

然而在对于陆逸寒的缅怀之外,璟还有几分安慰。因为沉和正是林妙仪的《笑靥如花》的编辑,而他说,他是的确因着喜欢这本书而编的。

"颇有几分当年少女丛微的伶俐。"沉和这样评价。虽然书稿已经不再属于自己,可是有了这句话,璟也很满足了。她对沉和说了声谢谢。

谢我做什么?我也被骗了呢,还帮她出版了这本剽窃的作品。

不,你喜欢这作品的感情是真的,不管它落在谁那儿,都会被你拣出来。这就够了。

沉和有点心酸地看着眼前这个憔悴的女孩,她很懂事,也在真心对待写作。原来她是陆一璟。假若璟不说,他肯定不认得她了。八年前璟是一个稚气的小胖女孩,好像很爱问问题,沉和努力地想,但是的确已经记不清了。陆逸寒的葬礼举行时,他恰好在广西和越南边境那一带旅行,因此未能参加。他赶回来的时候,只是听说陆逸寒已经死去,他也曾路经桃李街3号,心中暗暗感慨一番。他当然不知道这家庭内部的种种矛盾,自然也不会知道陆逸寒的遗孤过着怎样辛苦的生活。

璟与沉和"相认"之后,一直很沉默。沉和问璟:你在想什么?

璟说:我忽然想起八年前你来我家,你和我爸爸坐在客厅里,你们都不怎么爱说话,不过不说也不会觉得气氛很尴尬。我觉得很有趣啊,就看看你,再看看他。我觉得你们其实很有默契很欣赏彼此。但是你们好像不知道该说什么。

那我们后来说了什么?男人含着笑意问。

你说起了你的旅行。你去西藏来着,还看到了天葬。

你记性真好,我已经不太记得了。男人诚实地说,又饶有兴趣地询问:还有呢?

你还说要带我去旅行呢,等我长大了。璟说,这一刻的天真好像真的回到了八年前。

啊,是吗?我还说过这个?男人呵呵呵地笑起来。

是啊。历历在目啊。璟轻轻地叹了一口气。

璟和沉和用和当年沉和与陆逸寒交谈的缓慢速度聊了一个多钟

头。璟体会到了那时沉和与陆逸寒之间那种梗滞的存在。因为他们之间有个丛微。如果把丛微的话题提上来说，陆逸寒便应该很自然地说到丛微和自己的往事，可是他对此显然有些抗拒。沉和很尊重并且理解，他于是也不提起。所以，他们便不知道说什么好了。若是因为其他原因认识，却可能无所不谈。

如今璟也不愿意轻易提起丛微。对于丛微近况好奇的人又不是只有她一个。然而沉和如果想说便早就说了。何必令他为难呢。

璟起身走的时候，沉和对她说，他会替她去和那个签约的书商谈，帮她把问题解决。然后他有些沮丧地叹了口气说：我昨天还在为出版了一本自己满意的书而开心呢，现在我却觉得很惭愧，不知道还能帮你做什么，你写这本书的时候应该很辛苦吧……

他问到辛苦，璟的眼眶就红了。她摆摆手，示意他不要再提了：如果没发生这些事，我的书在书商那里出版了你也未必能看到，那么我们今天就不可能见面。也许这样的重逢对像你这样的人来说，一点都不算什么，可是你知道吗，对于我来说，它真的是很大的事——这些年来我一路走一路丢，到现在我的朋友和亲人都丢得差不多了。璟微微一笑，作为谈话的结束，她走出了他家的门。

虽然璟立刻就进了电梯，可是沉和还是在门口站着，又过了一会儿，他才像是从梦中醒来一样回身进去，带上了门。

沉和坐在刚才坐的沙发座位上抽烟。这房子很新，装修的气味还未散去，刚才璟在的时候他还不觉得，可是现在他一个人坐着，忽然觉得冷飕飕的。事情总是盘根错节，一点也不比小说乏味平淡。

璟让他再次想起了陆逸寒。对于一个只见过两面、通过几次电话,且每次都只有寥寥几句的人,也许怀念都是个太重的词。可是沉和想起他,心中还是有些不舒服。在沉和看来,陆逸寒那么好,做事有分寸,看事情很透彻,却不能得到上天的眷顾,未免是个遗憾。沉和旋即又想到了自己。璟的事情公平来说,并非他的责任,因此他若是不理,也可以坦然。可是他现在却觉得非常想要补偿给璟一些什么。并非因为璟的境遇令他觉得可怜,也并非觉得自己于她有什么亏欠,而是一种非常奇怪的使命感,让他非常强烈地想要帮她点什么。但令沉和遗憾的是,这种使命感并非因为他身为编辑的职业道德,这使命感来自人生道路。他于是决定陪她走一程,不过他立刻跟自己强调,只是走一程。

37

璟慢慢地步行回家。终于要回去了。算起来不过是离开了一天,但这一天里发生的事情太多了。她好像又很用力地把那八年重新过了一遍。秋天来了。天一黑下来,就变得很冷。璟缩了缩肩膀。她还穿着短袖衫,半截手臂在干燥的秋天空气里透出青寒的颜色,冷风吹至每寸皮肤,像是插秧一般地令汗毛齐齐地耸立起来。璟忽然很想快快回家,她非常庆幸在这个世界上还有那么一个地方,她在如此无望的时候还可以回去。但她忽然发现,不知道自己在什么地方了。她一边想事情一边走,却不知道现在这是到哪里了。

璟回家的时候已经是深夜,走了几个钟头,她拖着疲惫的身体缓慢地上楼。内心已经渐渐平复。她想要和出版商说一下,希望他能通融，也要先帮小卓交上大学的学费。她可以一边到咖啡店打工，一边再重新开始写小说。要去看优弥了，很久没去了，只是怕她问起新书。这样会令她失望吧。但是再给她几个月，这一次她会更快地写完。

她终于到了家门口。从口袋里拿出那把冰冷的钥匙，打开了门。

深夜的家里一片漆黑。客厅里没有人。小卓的房间紧闭着。她很想念他，迫不及待地想要看看他。璟推开房门，摸到墙上的开关。啪。

那声音像是一声浑浊的叹息。那很闷的声音嗡嗡地绕在耳朵里。璟一打开灯，便看到他们。是他们，不是他。这可能是她第一次看到他的裸体，在他长大之后。小的时候他们曾一起钻进浴室沐浴，她记得那个时候他的头很大而脖子细细的，像一只小鸭子一样昂着脸。她欢喜它的一举一动，并相信这身体能够变得更加溢满光彩。时间的确印证了她的话，他现在是一个美少年，可以和希腊神话中的光芒四射的神媲美。

小颜躺在他的怀里，宛若娇柔得将要被揉碎的花。她那漂亮的长发绕着脖颈，一直洒到胸前。他们是这样地缠绵，这样地彼此需要并紧紧抓住不放。

这骤然看到的一刻令璟几乎眩晕。她已经太久没有想过这男女之间的事情，她与小卓一起单独生活那么久，自己却总似被严冰包裹着，他们从未靠近或者有这样的冲动。她终究还是把他当作小孩子了。

璟又忽然想起小时候偷偷在桃李街3号陆逸寒和曼的房间门外

看里面的事。那是她童年时天空的一道闪电,如此亮,令人睁不开眼睛。现在便是另外一道闪电,在她如今的天空上划过。这难道是一种不能消止的折磨吗?

璟退出房间。那个动作,就像是彻底的谢幕。那扇门咯吱咯吱地合拢了,以一种令她和里面那个炫目的世界隔绝的姿势。

璟用最快的速度逃回自己的房间,果然,不多时小卓便来敲门。璟隔着门对他说,我太累了,事情留到明天再说吧。她听见小卓的拖鞋声音渐小,他走远了。

那天璟以为自己一定会彻夜不眠。可是奇怪的是她躺下之后,立刻睡着了。并且一直到天明。清晨她醒来睁开眼睛,把这些天的事情从头想了一遍。她对自己说,璟你应该觉得开心才是。别人的事情以后再也不会影响到你,牵绊你。谁也不会令你揪心,你真的是为自己而活了。了无牵挂是一种至高无上的境界。应该庆祝。

她打开房门,却看到小卓就坐在门口的地上,抱着膝盖睡着了。小卓看到璟,立刻醒过来,他抬起头看着璟。璟欲言又止,径自走去了阳台。小卓跟着她走过去。璟一推开阳台的门,就看到了大片的夹竹桃的红花。一盆一盆的,围了阳台一整圈。应当是小卓为她的生日买的。中间还有一张藤椅,仰面躺在上面一定很舒服。她一阵难过,站在那里静静地看着。昨夜竟下过暴雨——她一点都未察觉,现在看到每朵花上都有水珠,倒是更柔媚了,只有那不能担当负荷的,才会折了。她闭上眼睛,想,这样的早晨恐怕再也不会有第二个,阳光还没有变得刺眼,鸟叫声清晰得能够辨别出来自哪个方向。楼下的人在阳台上照料花草,抱怨昨夜的雨太大。

璟给自己点了一支烟——这时的璟还极少抽烟,偶尔在难过的时候拿出一根点上,她慢慢在藤椅上坐下,闭上眼睛,晃了几下。这藤椅很舒服,藤枝一点都不扎人。璟轻轻地说。

是个二手货,很便宜。小卓立刻说。他始终很胆怯,小心翼翼地站在一旁。

小卓长大了,懂得省钱了。璟没有睁开眼睛,笑着说。

小姐姐,你是不是在生我的气……我知道错了,我不应该不经过你的允许,就和小颜在一起……小卓的语气像是私奔的小儿女对封建家庭的长辈说话,璟摇摇头,苦涩地说:这是你的自由,你长大了。

不,我应该先问你的意见的。对不起。小卓垂头丧气地说。

我不是你的家长。璟烦躁地回答他。她睁开眼睛,坐起来,不再摇晃躺椅,叹了口气说:小卓,你的这个决定没错。只是我觉得我应该搬走了,你瞧,你已经长大,会照顾自己了。璟绝非与他怄气,只是觉得令自己表现得若无其事似乎做不到。女人的妒忌是最要命的东西。

不要。小姐姐。不要离开我们。小卓绕到她的前面,抓住璟的手。听到小卓说的是"我们",璟就黯然笑了一下,旋即又想,自己怎么对个别的字词还那么计较?她眼眶红了,委屈地说:我记得小时候你问我是不是长大就不会被恶鬼欺负了。我说是,你就很害怕,害怕我先长大,丢下你自己走了。现在看来,原来不是这样,原来是你先长大了。

不是,小姐姐。是你很早很早就长大了,已经走出去很远很远,远得我看不清你了。小卓在璟的脚边蹲下来,迎面紧紧抱住了璟。看到璟不置可否,小卓又说:小的时候,我也觉得,会一辈子和小姐姐在一起,心里不会喜欢其他女孩子。爸爸走后,我便和小姐姐相依为命,成了彼此的唯一亲人。可是,我们却没有办法像从前那样亲近了。小姐姐看起来是那么高,像云端的塑像,冰冷的,够不到的。怎么才能走近小姐姐的心呀,我常常想。

璟迷惘地看着小卓,问:是这样吗?

你像是我的一面镜子,可我从你这里看到的自己,是那么懦弱无能,我不能帮你分担任何忧愁,看着你那么憔悴沉默,但我唯一能做的,就是不要再给你添更多的麻烦。小姐姐,你知道吗,我每天都提心吊胆,害怕自己生病。我知道那很贵,而且也会让你更加辛苦。

璟一阵心绞,哽咽道:你做到了,小卓。自从陆叔叔离开我们之后,你一次也没有生病。可是我从来没有觉得你没用。你是令我继续生活下去的动力。

但我并不是你真正需要的人。你喜欢我的爸爸,不是吗?他让你觉得安全,温暖,不是吗?你在寄宿高中躲着不见他,努力去做所有的事情,都是为了他不是吗?爸爸死后,我很难过,但他一直没有离开我们。他在我们中间,因此你常常把我当成爸爸。小卓虽然语气淡然,可还是让璟愣了一下。她和小卓从未涉及这个问题。她不知道该如何回答他,但她必须承认,当她和小卓靠得很近的时候,她就能感到,陆逸寒也很近。但她还是否认道:不,不是这样的。小卓,我没有把你看作他的替代品,我能够分得清。

我不是替代品,但我这里也没有你的爱情。小姐姐,你喜欢给我买天蓝色的衣服,但你从来不知道,我不喜欢天蓝色,喜欢天蓝色的是爸爸啊;小姐姐,你以为我最喜欢的画家是蒙克,可喜欢蒙克的是爸爸而不是我;我觉得我们生活在一个怀旧的家里,周围所有的东西都是爸爸喜欢的……但你永远都不知道我喜欢的是什么。小卓说着,酸楚难当,埋下头去。

小卓本打算好好地给璟过一个生日。那日他给璟剪头发,与璟约定要她打开自己,令周围的人可以靠近。璟答应的时候,小卓很开心。然而那天下午她却失踪了。没有电话,没有任何留言。他们不能想象,只是去散步,怎么能那么久。而他们准备了野餐的小竹篮,午餐肉和金枪鱼做的三明治,小颜准备了好大一块橙色格子的餐布,铺在地上像一只小船。

诺亚方舟,小卓说。小颜就不禁抿嘴笑了。她凑过来,亲吻了一下小卓的脸蛋,然后轻轻说:那么我们就坐着诺亚方舟逃难去吧。

他们还有借来的宝丽莱照相机,是为了拍合影准备的。手里攥着去郊外的大巴车票。可是一直等到深夜,才接到她的电话,嘈杂的声音,只说不回来了,便挂断了。小卓和身旁的小颜回身去看了看他们那条生动娇艳的诺亚方舟,相濡以沫的念头就在那一刻变得更加深楚。再打过去电话,才知是酒吧。已打烊。

房东来要房费,开学了要交书费,还有一个出版商莫名其妙地来问姐姐要稿子……他们应对着这些最粗鲁、直接的事,无依无靠彼此安慰令他们走得更近。

事实上,小颜是一个颇为早熟的孩子。她的情又来得浓烈,对于爱因为匮乏变得谨慎而计较。她必须说出来,不会隐藏。她也需要回应,回应是荒原上的一堵围墙,能够让她听到声音,抵挡内心的惊惧。能够不再冷。

那个晚上他们看电视也看到了恐怖电影,但是这时小卓已经不会害怕,他是男子汉了。反而,他要护着小颜,张开臂膀让害怕的小颜依偎。看完后他们互道晚安,回房间去睡觉。可是忽然小颜抓住了小卓的手:可不可以去你的房间,我害怕。

她钻进了他的被窝。她咯咯地笑了。小卓看着她的笑感到迷惑。可是这迷惑是天下最美的蜜糖,没有人能够抗拒。当她把舌头塞进他的嘴里,小卓什么也看不见了,除了小颜浓密的头发像是一片溢满香气和爱欲的森林。

小颜与你不同,她看起来是那么娇弱,令人忍不住想要保护。她也是一面镜子,但反射出的我,是真的我自己,长大的自己,没有爸爸的影子叠在那里。小卓说。

璟只是觉得之前很久所做的,自己以为很漂亮的,原来都是错的。她努力给他最好的,令他感到充足,原来这些并非他想要的。她一直在强加给他,直到小颜来了,解救出他,他才快乐。

既然小卓快乐,那便是好的,而我也自由了,解脱了,不再为了别的人活。璟闭上眼睛,重新荡起了摇椅。

隐约中,她听见楼下的人在放昆曲《游园惊梦》,那女子声音像是搪瓷盆的碰撞一样尖利又情谊不绝。她倏地想起很多年前,奶奶喜欢听这些。奶奶坐在灯前给璟缝过冬的棉衣,小收音机里就是昆曲。现在想来,那是奶奶的动情时刻罢,心中仍是未灭的期许。她想起奶奶不声不语,年轻便守寡,半生都是孤单一人,心中也有许多哀怨。早早被梦惊醒的人自是难当黑夜漫漫,可是与其仍旧眷在那里佯装入梦,倒不如起身,尚且留得下半夜的清简自在。如今她觉得自己的梦也醒了,那么她也要洒脱起身才好。

璟伸出双臂,对小卓说:再抱一抱我吧。

小卓久久地拥抱着她,在这一片充满废靡的夹竹桃香气的阳台上,她失声痛哭,隐隐听到楼下的《游园惊梦》唱到了最哀婉处,小卓轻轻地抚着璟的头发:小姐姐,我是多么爱你。可是这爱是一条怎么也不能抵达你的绳索,半截的梯子。我在下面仰望太久,都无法触摸到真实的你。所以最终放弃了。原谅我的懦弱。

璟只是哭。这钻入云端的高,只有她自己知道,是多么可笑和虚假。她在多么低微的地方,她在寻期的又是怎样寻常淡泊的情谊。可是终究不能得。

楼下的昆曲戛然而止,像是提醒璟,该走了。璟的心惊了一下,忽然觉得世世不过是转瞬的几年,奶奶听过的曲子,现在已经到了她这里。而那对命运的渐渐松手渐渐冷漠,是与生俱来并随之繁衍的。

璟的坚持离开令小卓他们都感到为难。可是终是没有办法,只能看着她走。她整理自己的箱子,才发现,几乎没有什么属于自己的东西。没有几件衣服,几本书。多么可笑,我们的璟。搬家到这里的时候觉得怎么会有那么多的东西,搬也搬不完。可是要走的时候却发现,没有什么要带走。

璟只是用上学背的大号书包,装上衣服,一双拖鞋。然后把她所拥有的几本丛微的书放进去。就是这些。她走到门口。转头对随她过来的小卓说:

我走了。房费水电费我会帮你们付着。你们生活用的钱我也会打到小卓的存折上。有事你可以给我在的杂志社写信,我便会收到——她有意留这样曲折的联系方式,是想他们大概不会再联络,却又担心着他们,希望如果有什么需要帮忙的事,可以通过这样的方式让她知道。现在她该交代的事情都已经说完,可以没牵挂地走了。然而她的心里是多么不舍。如果一切是做一些事便能挽回的,她一定会竭力去做,她又对小卓说:待我再搬去一个有大阳台的房子,你要帮我去种指甲花呀。

璟凄然一笑,踏出门去。

38

那日璟离开家,就到山上去拜祭陆逸寒。沉和正在那里等她。他们一起在山顶的大风里站了一会儿,然后下山。沉和说:我已经帮你把那个书商的事情处理好了。他没有看过你的书稿,所以不会知道你写得那么好。因此只是给他些钱就应付了。

谢谢。我会尽快还给你。璟觉得这"尽快"显得有些虚渺,但还是如此说了。

你若想报答我,就用心写下一本书。我向你保证,它会改变现在糟糕的一切。沉和坚定地说。

你这样相信我。璟轻轻地说。

到了山下,璟与沉和道别,沉和问她是否回家,可以先送她回家,也可以见见小卓。璟说不,我不回家。我要另外去找个地方住。沉和问为什么。璟说,小卓长大了,他有女友了,我是个多余的人。璟说完自嘲地耸耸肩。沉和说,你暂时住在我的那套房子里吧。那里没有人住。璟摇摇头,说:不用了,谢谢。我一生中好像还没有像现在这样的日子,没有任何约束。刚才在荒凉的山上站着的时候,我忽然想,如果我在哪里找个隐秘的地方死掉,又没有人在意我的失踪,一定很久很久才会被发现。好了,让我走吧,我从来没有尝试过这样自由的日子。

璟背离沉和而去。

璟漫无目的地在街上游荡。她能隐隐地感觉到沉和在后面跟着她,但她也不回头去寻究。那个夜晚璟就像风尘仆仆的女侠客。她先是游荡到了曼的"曼陀铃"。她想,我竟然从来没有进去过。于是她走进去。好比一根弹簧,超过了极限负荷,便没可能再恢复到原有的状态。她现在好像完全打开了,任凭这样,不再防范,不再紧张。她从无这样闲散,竟然可以坐在酒吧快意喝着烈酒,大口吞吃芝士蛋糕。

呕吐。她很快陷入她的暴食循环。璟把自己关在酒吧的洗手间久久地俯身抠喉,想要吐出吃下的所有食物。然而在陌生的环境里,在那么炽亮的灯光下,羞耻也是加倍的。门的把手被人窸窸窣窣地扭转——有人试图进来。她发不出声音,她是这样地惧怕自己发出声音,惧怕门没有关好。那么这将是一场最没有回转余地的被捉被示众。她更怕在这里遇上曼。似乎是因为很久没有吐了,这对她变得更加艰难。喉咙像是一个锈住的阀门,怎么也无法冲开,哪怕她那么猛烈地去撞击它,却仍旧不能。她感到前所未有的眩晕,血压都冲上了前额、头顶,几乎令她失去了知觉,她只是感到眼睛肿胀,泪水机械式地涌出来。

门一次次被扭动——这是一个在夜晚非常热闹的酒吧。有很多很多的人。女人们扭不开门,在外面有轻微的怨怒。璟一次次提起心来,她怀疑门是不是锁好了,她们总是叫不开门,会不会去叫门卫,而他们,他们会不会破门而入……

璟终于再也无法吐出任何东西,倚在马桶对面的墙角休息。又过了一会儿,她才站起身到水池前洗脸,仍旧在狭仄却灯光耀眼的洗手间。她用喷出的水把脸埋起来,不断不断地冲洗,忽然抬起头——对视镜子的那一刻,她惊吓地险些叫出声音来。她看到自己的一只眼睛里充满了血。这种血,并非平日的充血,并非她已习以为常的血丝,而是鲜红的血液,整个裹住了眼球。她吓坏了,不知道这是怎么回事,从未看到过这样的眼睛,像是瞳仁被放了把火点着了。

她捧起水浇在眼睛里,她很快发现,想要淡化、稀释那红色根本是徒劳的。那血液并不在眼瞳上,而是在视网膜里面(虽然她的视力还算清晰)。她甚至伸出手指想要把那红色驱散,可是仍旧没有任何效用。璟忽然觉得很有趣,这里是妈妈的地盘,她果然不该来。曼一定在这里下了诅咒。

璟在放弃一切努力的同时,想到了"报应"这个词。她一次次告诫自己,要放弃暴食催吐,可是却一次次存有侥幸心理地想再做最后一次。这和一个戒不掉毒的病人并无区别。然而这一次,终于不再温和地纵容她,并且隐没在时间里而令她很快失去痛时的记忆。这一次,她终于迎来了暴戾的,令她终生难忘的——她不知道她的眼睛究竟是得了什么病,还能不能好,会不会忽然迸出血来。

璟跌跌撞撞地打开洗手间的门,从两个等在门口的女子中间闯过去。她把头努力地压低,只是看着迎面涌过来的一双双脚。头发散下来,遮住了整个脸,带着耻辱的红眼睛的脸。她径直就向大门口跑,忽然被侍应叫住:小姐,您还没有埋单……

她仓皇地站在那里,窸窸窣窣地去掏钱,头仍旧低着。忽然有一只大而有力的手从右边揽住了她。另一只手很快地付了钱,拥着她快步走出了"曼陀铃"。

出了门,沉和问她,你为什么这样慌张,出了什么事?

璟抬起脸,用那只通红的眼睛看着他。任谁看到那样一只眼睛都会心中一怵。沉和立刻问,怎么会弄成这样?你和别人打架了吗?

璟无助地摇摇头,喃喃地说:我中了那个巫婆的诅咒。

沉和看她神志不清,也知多问无益。于是拦下出租车,拉扯她去医院。璟不肯去,沉和便哄哄吓吓,终于带她坐上了车。

璟被诊断为"结膜出血"。出血是由于脑部血压过高,冲破了眼睛里的血管。那些破碎的小管子里的新鲜血液涌了出来。血液迅速流窜到整个眼球上面,可是却找不到出口。于是它们就淤在角膜里面。但因璟什么也不肯说,医生无法判断出血的原因是什么。可能是与人打架,也可能是酗酒过度、呕吐等等……这些血没法清除,只有等它自己慢慢消失。末了,医生总结性地说。

　　璟浑身酸痛地从睡梦中醒来,看到自己又在沉和那套房子里。她想起自己的眼睛,腾地跳起来,跑去镜子前面,真希望那是个梦。可是右眼的眼球却真的像是一颗红色玻璃球一样突兀地嵌在眼窝里。这时沉和推门进来,看到她醒了,说:我想这只眼睛发生的问题是对你的自由自在肆意妄为的行为的惩罚。并且我想它也希望你留在这里养病,而不是带着血红的眼珠走到街上吓人。

　　但我有很多事情要做,不能留在这里。璟沉吟道,此时她已决定留下,但竟有点贪恋他为挽留她而说的话,想要多听几句。

　　都是什么事情,告诉我吧,我代你去做。沉和说。

　　要开学了,你要代我去报到,领书本,帮我去杂志社索要稿费,然后寄东西给我的一个小姐妹——吃的呢,她爱吃小核桃,嗯,是带着壳子的,还有开心果,话梅也要的,嗯,带核的那种。另外要给她买奶粉和麦片,我等下给你她的地址,你帮我寄过去。你若是有空,再帮我去看看小卓……璟毫不客气地说,看着沉和努力记住的表情,她一阵感动。

　　璟在沉和的这套位于公寓十一层的新房子里住了下来。她重新坐下来安静地写小说。沉和下午来,晚上走,陪她吃饭,给她带来许多书。沉和又给璟买了一副墨镜,这样,她可以遮住自己鲜红的眼睛,在傍晚的时候与沉和一起出去散步。有时他们一人一只手柄对着大屏幕的电视机打游戏。两个人都很进入状态,像是雌雄大盗,一路横冲直撞,无所顾忌。每次通关之后两人默契地击掌庆祝。这简单的游戏竟能让人如此快乐,璟想。抑或一起看影碟,整个房间便是黑的,两个人都借着屏幕上暗淡的光偷偷看彼此。她从来好像都不懂得如何"娱乐"。生活对于她来说,就是"解决"一个又一个的"问题"。

写作对于璟来说,似乎不再是一件那样紧张的事。没有时间的限制,跳出了"情爱故事"的框框,她轻松了许多。并且她有了一个新的习惯,当脑中产生一个新的构思的时候,就会特别想要说给沉和听。她并非要让沉和给什么意见,只是那份喜悦特别想要与他分享。渐渐地,无论什么时候,她想到好的构思,如果沉和不在,她就会打电话给他。有时候是夜很深的时候,她也不假思索地拨过去,沉和已经睡下,声音含混地应声。璟其实并不介意他是否在认真听,她只是想告诉他。就这样简单。有一日拨去电话时又很晚,璟自己说了很多,那边沉和都只是睡意蒙眬地应声。璟说完沉默了一会儿,又说:沉和,对不起。我已经过多地进入了你的生活。这并非我本意。她叹了一口气,挂上了电话。

沉和连续几天下午来的时候都见不到璟。他坐在不开灯的房间里等。近午夜璟才回来。她穿着一件水红色吊带裙,没戴什么首饰,脖子上空空的,有股清冽。大概璟很少穿这样的衣服,整个身体在裙子里不自在,透出小女孩的笨拙。高跟鞋也不适合她,令她一颠一倾的,几欲摔倒。但她是这样动人,沉和想,却又怨她:早知道留给你钱,你就去喝酒,我不会给你了。

黑暗中,沉和看见璟的眼睛中的血斑已经褪尽,而那颗瞳仁倒像是被打磨了一般,格外地亮。她有些醉了,坐下来脱鞋子,笑着说:你知道吗,这是我第一次穿这样的衣服。我第一次去跳舞。你知道吗,沉和,小的时候,我妈妈常常在夜晚打扮得很漂亮出去跳舞。我透过二楼的窗户看着她走远,她很美,像一只狐狸,跳跃着不见了……我偷过她的裙子穿,还有白色蕾丝胸衣。因为我没有,又不愿意开口求她,就悄悄地拿她的来穿一穿……

　　沉和看到璟流出眼泪,默默地走过去,把璟拉起来,抱住她,轻轻地拍着她的背,把她的头按在自己的怀里,像是哄小孩似的哑声道:嗯,我知道了。这是璟的第一次,不责怪。

　　璟挣脱开沉和:你与我走得这样近,会后悔的。

　　沉和不说话,但仍把璟紧紧地拉过来。抱住她。璟又絮絮不止地说:我不像正常的人,有爸爸有妈妈,有很多朋友,爱是分成很多份的。可是我不是的。我只有一份爱,所以如果给,就会那么紧紧地抓住别人,依赖别人。那么重的爱,你要得起吗?

　　我不知道。沉和坦白地说。他已经过了说甜言蜜语哄女孩开心的年龄。他也不再若莽撞少年那般激进,对于没有把握的事,他就会说不。但实话总有些残忍,璟觉得一片凄冷,她转身走进睡觉的房间,关上了门。

　　沉和点了一根烟,又坐在沙发上。周围是一片厚实的黑暗,穿也穿不透。

39

璟说,其实我常常梦到丛微。沉和心中凛然,与璟相处多日,好像都对丛微避而不谈,但她终于还是提起了。沉和一早便知道璟会提起丛微,她们像是被很多条微细的线牵着,走着走着定然会遇上。

梦到她什么了?

梦到她跟我讲陆叔叔和她的故事。

是吗?那故事是怎样的呢?

不记得了。我当时很努力想要记下来,却还是不记得了。

嗯。

她在哪里?带我去见她吧。璟忽然恳求道。

为什么要见她?好奇?

当然不。她是我少女时代的偶像。我知道陆叔叔喜欢她这样的姑娘。因此要像她一样。

为了让你的陆叔叔喜欢你吗?

嗯。

你和她,的确有一种神似。

真的吗?

真的,如果陆逸寒没有死,也许他会很喜欢你。沉和感慨道。

璟忽然想起最后那一晚,陆逸寒迷茫的眼神。他看着璟,说,我觉得很熟悉。原来如此。她如愿以偿与丛微相像,但只不过是她的一个赝品。璟叹了口气:但那是一个梦了。

璟忽然又问:你对丛微的感情又是怎样的呢?

很多年来的好朋友。

你一定也喜欢她。因此你收留了我。璟似玩笑非玩笑地说。

她比我大七岁,我很敬重她,也很珍惜她的才华。沉和没有生气,淡淡地回答。

她是你一个没有抓住的梦。

渐渐进入冬天,这座城市的污染很严重,早上那黏稠的冬雾让人绝望。璟偶尔去学校——已是最后一年,同学们已然开始各觅出路,璟也看到过林妙仪,有一群低年级的学妹跑过来让她签名,她一脸好脾气,柔声细语。那几个女孩在和她讨论《笑靥如花》中的情节,说她们很喜欢喜然,纵然处于逆境,也总是很坦然,心中不会有记怨。璟缓缓走过去,她只是微笑地站在她们旁边。待到她们尽数散去,林妙仪立刻转了一张凶狠的脸,问璟,你到底想干什么?璟笑着说,其实我只是想听听她们是怎么评价那些小说中的人物的。你知道吗,这是一种非常幸福的感觉,可惜你永远都不会知道。璟说完便怡然而去。

而璟和沉和,他们除却写作之外,似乎只剩下有关陆逸寒和丛微这一个话题。璟和沉和都感到了那重令他们不能靠近的阻隔。他们中间总是有陆逸寒和丛微,沉和总是觉得璟仍旧紧紧抓住有关陆逸寒的记忆不放,而璟觉得自己无论对于陆逸寒还是沉和,都是一个可悲的替代品。骄傲令他们轻视彼此的感情。于是他们有时因为这份计较就吵起来。

比如一个好好的晚上,璟念这些天写过的小说给沉和听。沉和称赞道,不错,这些写得很好,让我想起了丛微写过的……

璟打断他,冷冷地说:你只会喜欢写得酷似丛微小说的小说,对吗?

沉和怔了一下:没有,我只是说出我的感受。

璟说:是的,这感觉是最真实的。你首先想到的就是她。

沉和说,你有些不讲道理了。你不是也很喜欢丛微吗?

赝品没有权利不喜欢真品,不是吗?

沉和觉得再说下去也不过是更加伤人。他站起来,夺门而去。他接连几天都不再来。璟也不怎么出门,她有时告诫自己说,璟,你要写一本比丛微还要好的书。可是她对着电脑,却一个字也写不出来。渐渐伏在桌子上睡着了。到了下午,她常常跑出家门,坐在楼梯处孤单地抽烟。地上是黄色白色长长短短的烟蒂,像是雨后冒出的一片毒蘑菇。

沉和几天后再来,璟不在。他坐下等她,过了不久,璟便提着蔬菜、鱼和熟食从外面回来了。好像知道他会来一样。她也好像忘记了吵架的事情,笑吟吟的,认真告诉他,晚餐打算做什么菜。那样的时候,沉和也觉得什么也没有发生,甚至丛微陆逸寒书稿所有的一切都是不存在的。他们不过是世间一对寻常的小夫妻,日子充满了油烟味和小口角。

但她不与他做爱。每一次他吻她,都这样长久,像是要把从前她所欠缺的都补回来。他带领着她,穿过荆棘,遨游云际。并且,他还想要她。可是他们来到床边,她忽然非常恐慌。她的脑中如一闪一闪的闪电,掠过曼和陆逸寒做爱的情景,小卓和小颜睡在一起的情景。那些肉身碰撞出的欢愉只带给她无以复加的痛苦。她的眼睛已经被那些白光所伤。伤口像是沟壑一般无法填平。她忽然好像被击中一般，猛地挣脱开沉和。她连连后退，缩在墙角哭泣。沉和无限怜惜，只是慢慢地伸出手，把她拉起来。然后让她在床边坐下来。他轻轻地抚着她的头，让她不要害怕。她把头藏在他的怀里哭泣。夜晚他们只是相拥而睡。抵足取暖。

可是璟的性格越来越阴晴难料。也许是因着童年少年时一直都在压抑，而今却不再需要，便漫纵地生长，沉和必须承认，这漫纵，自是最令人着迷的地方，然而却也毫无章法，完全都在掌控之外。有一次吵架，沉和发现璟用刀片在手臂上划上了记号。他心痛地问她为什么，璟却笑嘻嘻地说，丛微年轻的时候也是这样的呀——她是指丛微小说里的将名字刻在手臂上的事。沉和非常忧心，他感到璟和丛微越来越像，不仅迷人的地方像，就连这骇人的地方，也如此相像。沉和终于对璟说，我想我应该带你去见丛微。等到你写完这本小说，我们就去。

40

十二月，璟终于完成了她的"第一本"书——《良辰好景》。里面的男主人公叫梁辰。女主人公叫郝景。其实，"璟"和"沉"是分别嵌在她和沉和的名字里的。沉和很聪明，立刻参透了璟取名的用心。然而有诗词云"良辰好景，只是虚设"，"良辰好景奈何天"，璟念起来，心中一片怅惘，觉得这是冥冥中对她的暗示。

沉和对《良辰好景》也是倾注了颇多心血。他总是很尖锐地指出一些缺点，璟嘴上虽不服气，心中却是认同——最懂得她的，还是沉和。一直到书稿送去印刷厂，他们才松了一口气。那天他们狂欢庆祝，夜晚走到了桃李街3号。璟和沉和站在铁门外面。这房子已经很多年，现在有些破旧了。璟看到二楼亮着的灯，那是曾经陆逸寒和曼的房间。璟对沉和说，你相不相信，一个人的灵魂会被种在一处，绕来绕去，都离不开。璟又说，迟早，我要把这房子要回来。璟忽然想起房子背面墙上的缺口。那里葬送了优弥的前程。她一阵心痛，从地上捡起一块大石头，用力向着那白色的楼砸过去。玻璃哗啦啦地碎了一地。璟拉起沉和的手，说，快跑。他们像是逃犯一样地拼命奔跑，璟这才注意到，桃李街已经矗立着很多座金融大厦，她的中学夹在中间像个沮丧的矮子。

璟觉得这样的奔跑很熟悉，与几年前的一样。她好像一直在奔跑，只是周围景物变迁，牵着的那只手，也不再是同一个人的了。

这本书收到好的反响，虽然是在沉和的意料之中，可是反响之强烈，还是出乎所有人的意料。《良辰好景》讲述了两个青梅竹马一起长大的男孩女孩，他们童年的时候都经历了一些不寻常的经历，给心灵造成了巨大的创伤。而这创伤一直在，等到他们长大成人了还时时出来作怪。他们两个彼此疗伤，自幼，直到成年之后。"也许这不是最奇妙的爱，可是对于一些幼年受创的人来说，这是有奇效的爱。"沉和知道，这本书其实暗藏着璟的一个梦：她曾以为会和小卓交换能够疗救的爱，亲密无间地一起长大。璟把两个孩子因童年受创而改变的性格写得细腻感人,每一分心灵小小的触动、感伤都那样动人,没有如此经历的人,恐怕永远也不能写得如此真切。沉和觉得,如果说丛微像是傲慢自恋的水仙,那么璟就像夹竹桃,在野地中,即便无人关怀,也能艳放。

读者和评论家一片盛赞,璟一夜间变成最引人注目的文学新人。全国的报纸、杂志都在争相介绍璟,很多出版社找上门来,希望与她合作出版下一本书。璟变得很忙,她需要接受采访、参加座谈会、到各地签售……

璟终于可以带着这份礼物去看优弥,她知道优弥一定很开心。

优弥果然很开心,她的手一遍遍摩挲着封面。那个时候璟太高兴,忽略了优弥的感受。她急于把此刻她心中那份巨大的成就感告诉优弥,特别是她获得的荣誉,她拿出那些介绍自己的报纸、杂志,跟她说自己都参加了如何盛大的活动……她太急于分享,却忘记对优弥说之前她的生活是什么样的,发生了多少事。她们太久没有见,优弥不会知道,璟的第一本小说被剽窃时的绝望,她也不会知道璟离开小卓时的心灰意懒,她对于这段时间的璟一无所知。她只道璟是太忙碌,无暇来看她。可是那么多日的毫不联络,优弥是多么为璟担心啊。璟完全忽略了一个毫无人身自由,把她当作精神支柱的姑娘,多么盼望能得到一点关于她的消息。如今的璟变得那样高,宛若在最耀眼的塔楼顶端,并且无可攀援走近之路,优弥只能仰望璟,对于这样一个光鲜动人的璟,她一无所知,她唯一可以确定的是,如今的璟不再需要她。那便是璟最后一次在监狱里见到优弥。优弥坐在璟的对面,还是齐耳短发,还是那样瘦小,穿着一件蓝色褂子,套在原来那件土黄色毛衣的外面。毛衣洗得很旧,线络已经不能分辨,倒似硬邦邦的麻片。璟觉得非常难受,对她说:我下一次来看你给你买件新毛衣。优弥摇摇头,笑着说:不用的,反正是套在里面穿。如果你真要买,就给我买些毛线吧。我在这里太空闲,自己织还可以打发时间。

璟说好。璟又兴奋地对优弥说:我现在住的房子很好,十一层,能看见很远以外的景色。等你出狱,我接你去住。并且,迟早,我要把桃李街3号要回来。还有还有……我猜想很快我就能见到丛微了,现在我终于能以一个女作家的身份去见一个女作家了。

优弥微笑地点点头,说,终于守得云开见月明了。

璟开心地说,是的,优弥,我一定要让你住在好大的房子里,过最舒服安逸的生活,无忧无虑。优弥说,真好。

走的时候,优弥忽然叫住璟:璟。

此时她们隔着一张桌子,能够触摸到彼此。她们双双站起来。优弥伸出手,轻轻地拂过璟的头发:你的生活可以慢下来了,不用再像打仗那样风风火火的。你瞧,头发都乱了。

璟的心在优弥触碰到她头发的瞬间狠狠地收紧了一下。她想起从前优弥给她梳头,站在她的身后,轻轻地,梳齿滑过她的头发,像是最温柔的小风。璟忽然感到,这感觉已经忘记很久了,它显得这样陌生。

她们这样坐在那里,而中间那曾经千丝万缕的牵连却断了。此后她们越来越远,终于归于两个世界。

璟对沉和说:如今你该带我去见丛微了吧。

沉和说:好。但你要知道,我之所以要带你去见她,并非因为别的,只是你和她似乎有着千丝万缕的联系。你可能正沿着她从前走过的路走,而她或者可以让你有所领悟,也许很多事情可以就此放下。

璟疑惑地问:放下什么?

沉和耐心地说:放下过去。你不觉得,你一直都不肯放下过去吗?你太累了,也不会快乐。

璟说:也会连累身边的人,对吗?比如说你。

沉和说:我决定帮你,鼓励你写下一本书的时候,我就已经知道了。但我不怕这个。我只是心疼你。

41

十二月末,沉和带璟去见丛微。他告诉璟,丛微就在这座城市。

临去,沉和叮嘱璟说,别对她说陆逸寒已经死了。她并不知道。

璟一脸疑惑:既然她就在这座城市,为什么不去找陆叔叔?又或者她回来的时候陆叔叔已经去世了,那么她应该已经得知。

沉和摇摇头:她受不得这个打击,你记住,不要说。

璟说好。

丛微到底是什么样的呢?璟对她的印象,是从陆叔叔那里看到的照片里的少女模样。十几年,丛微一直没有露面。在她后来的书中,只有黑色粗笔凌乱勾勒出的一个梳着乱髻的女子的侧影。女子有高高的鼻骨,眼角很尖——据说这样的人是挑剔的。她穿着一件高领的衣服,因为脖子长而十分好看。她一直仍旧那么神秘,那么若隐若现。没有人知道她在哪里,她是否结婚,她的生活究竟是怎么样的。璟对此有过各种猜想。她猜丛微没有结婚,还在国外一个人独居。她的脑中总有这样的画面:丛微穿着长至脚踝的浅灰色风衣,头发松松地在头顶挽个髻,面色白皙甚至有点苍冷颜色,穿一双细高跟的鹿皮靴子,踩着深秋时节地上厚厚的枯黄树叶,走过一个欧洲城市的广场,身后一群白鸽飞起来。璟想,也只有丛微,可以这样淡定地走在孤独里。

那天当她真的要去见丛微时,变得兴奋又紧张。丛微虽是她与沉和之间的一道阻隔,她也感伤于自己是丛微的赝品,可是她对丛微却仍是十分敬重、迷恋。是的,她觉得丛微是一个美丽的谜,倘她是男子,也会喜欢丛微吧。

那个冬日,璟跟随沉和去见丛微。就要到达目的地时,璟以为沉和疯了。因沉和带璟去的是这座城市郊区的一座盖在山坡上的疗养院。沉和对璟说,丛微就在这里。璟几乎不能相信自己的耳朵。她如此崇敬的偶像这么多年来居然一直躲在精神病医院里,是一个犯起病来就得被关在有铁棂的房间里,不能照顾自己起居的疯女人。

沉和带着璟走过暗仄的走廊,璟看到四周有头发散乱的女病人冲她嬉笑,还上前来要抓她的头发。有个护士仓皇地跑过来,抓住那个女病人,拿出橘子剥开给她吃,才哄着她回了病房。璟此时已经几乎无法思想。她想象中的丛微应当是优雅的,过着不食人间烟火的生活,比如喜欢出游、独自看书品茶等等。她只是觉得天空很低,有那么沉重的东西在迫近。她不能想象拐角另一边是什么样的。会不会忽然冲出一个疯子……可是,可是这些与丛微有什么关系?丛微在这里吗?

沉和不说话,只是带着璟继续向前走。

但一切都在变得更加糟糕,倘是时间能回还,璟定然选择掉头不去见丛微。因着那个一直活在她精神最高层的美好偶像,根本不能和一个住在精神病医院的人画等号,这她是知道的,她定然见到也不能接受,为什么还要去见。

可她曾是璟少年时的偶像,她是陆逸寒爱的女子,她也是令沉和动容的女子。所以她一定要见她。

在二楼狭窄的走廊里,他们停了下来。就这样,璟看到了丛微,这是她梦到过很多次的场景,只是她从未想到会是在这样一个精神病医院二楼的天花板低矮的病房里。那天是元旦前夕,医院在清扫卫生,给病人剪头发,换新衣裳。丛微坐在那间漏风的小房间中央,乖顺地让她身后的护士给她剪头发。她是那么邋遢,穿一件灰兮兮的单色长裤,敞着大领子,里面露着很低的一截绒衫。那绒衫像是跟随她很久了,烟色,已经像是线绳编织得那般,没有柔感,不再蓬松。她也不知道冷。裤脚挽得高高的,赤裸着一双青凉色血管凸出的脚。就这样踩在冰冷的水泥地上。脚踝突出的骨头似乎有些错位,没有血肉,只有梗出的骨节,像是老妪的双脚。头发若柴草一般干涩。她的眼睛无神,青色眼袋十分明显,边缘处的皱纹像一根根参差显露的明线。丛微这一年不过只有四十出头,比曼还要年轻几岁,可是与曼相比,却是衰老太多。当护士撩起她前额的头发,璟看到了那么多隐藏在下面的像蚯蚓一样的血管,松懈的皮肤犹如松软泥土一样任它穿梭。而她的手,那就是她执笔写那些书的手吗,就像庙宇里几根占卜用的签子一般纤细而诡异。屋子里用一只破收音机放着邓丽君的歌《何日君再来》。由于接触不好或者收音机的故障,音乐伴着很大的噪音,还有不断插进来的蹩脚主持人的新年祝福语——璟蹙了一下眉,只觉得这冬天的寒意好像在一天里全部倾出,她这样地冷。

这便是这些年璟的偶像吗?这便是令陆逸寒和沉和都着迷的女子吗?璟打了个寒噤。

收音机停了一段时间,便开始响起了邓丽君的《人约黄昏后》。璟看到丛微笔直地坐在那里,吃吃地笑起来。她应当很喜欢这首歌吧。

邓丽君绵甜的嗓音唱道:

"去年元夜时,花市灯如昼。月上柳梢头,人约黄昏后……"

璟感到事实上丛微就是一个逃兵。她永远躲在自己记忆的角隅里,沉湎于"去年元夜时"。此刻,璟觉得丛微欺骗了她,欺骗了所有的人。她用她的小说在璟的心里建造了那么富丽堂皇的城堡,然而事实上,这是虚假的,是一个弥天大谎。原来丛微最出色的地方,在于她杜撰本领之高妙,她是最伟大的童话大师。

璟对沉和说:我觉得这一切都像一个骗局。

沉和问她:那么是谁设的局呢?是丛微吗?还是你自己的幻想?

璟痛苦地摇摇头:沉和,你不知道,没有见到她的时候,我的确妒忌她,因为她得到了陆叔叔的爱,也令你那么敬重、关爱。可现在我见到她这个样子,更加难受,你知道吗?我很难受……我情愿她真的好得天衣无缝。我情愿去妒忌她,也不要去可怜她。

沉和握住璟的手,说:我在带你来之前下了很大的决心。并不是单单因为保护丛微,也因为我知道会令你失望。你把她看作目标和对手。但我希望你能试着理解丛微,也不要像她,沉溺在过去不能走出来——她很害怕生人,你在这里等我,我进去看看她。璟点点头。站在窗外看着沉和走进去。沉和从护士手中要过梳子和剪刀,对护士点点头,示意他会为她剪头发。沉和轻轻地蹲下身,把丛微脑后的头发平平地梳下去,同时问丛微:你把鞋子弄到哪里去了?

他的声音就像是在哄一个六七岁的小孩。丛微显然对他十分熟悉,幅度非常大地摇头——或者应当说是拼命地晃,如此危险,沉和根本无法剪了。

丛微神经质地说:有蛇,有蛇,刚才这里有蛇!我在打蛇……

沉和抚着丛微的头发,让她安静下来:不要怕,没有蛇,你忘记了吗,上次我们两个人已经合力把蛇打死了!所以你不要再扔鞋子去打它,这样光着脚才会引来蛇呢!沉和假装很紧张的样子,吓唬丛微。丛微啊的叫了一声,把双脚抬得很高,身体向后一仰,然而却失去了重心,整个人压在了沉和身上。沉和坐在了地上,但全力护着丛微,让她免于跌在地上。护士连忙把丛微扶起来。沉和这才站起来,却一点也不生气抑或烦躁,他很耐心地继续给丛微梳头发。反复折腾了几次,沉和终于给丛微剪完头发。他四下找找,都没看到鞋子。于是他跟护士出门去领一双新鞋子。他刚出门,璟就注意到,鞋子被丛微塞在衣服里面了。她站起来的时候,腰间就凸出两个椭圆形的印记,璟刚要喊住沉和,就看到丛微倏地坐在了地上,非常兴奋地抓起碎头发屑塞进嘴里,一边塞还一边说:这里有蘑菇,采蘑菇……璟震惊了,她闯了进去,抓住丛微的手,阻止她吃。谁知丛微一看到璟是陌生人,就大叫起来。她一边叫,一边缩成一团,不停地抽搐。然后她跌在地上来不及站起来,就向一个墙角爬过去。那姿势生蛮若一个原始人,璟不知所措地愣在那里,好在沉和这时候赶来,跑过去抚慰她。

42

从疗养院出来,璟一路沉默。沉和知璟心中很多疑惑,并且因着心中那完美的影像破碎了而灰丧。他于是提议去一间咖啡店小坐。璟很犹豫,她自离开疗养院便开始胃痛,而对于陌生的咖啡店,她有些抗拒。于是又绕了半个城市,去了沉和给璟过生日的那家。这家其实十分颓败,就在离桃李街不远的位置,眼见随时都有关门易主的危险。招牌上写着店名:"断桥"。璟忽然回头对沉和说,我总是这样念旧的,便是咖啡店,也只愿意去从前的那一个。沉和回她说:明知道桥是断的,为什么还要去走呢?

沉和啜了一口咖啡,对璟说:你一定很多问题要问我,那就问吧。但是有一些事,我并不了解,丛微和陆逸寒都没有说的,我便不知道。

丛微几时变成现在这样?璟开始发问,手中握着热牛奶,想要赶快止住胃疼。

其实她一直是一段好,一段不好。前一阵子她并不住在疗养院。我把她安置在我父母那里,但后来她忽然变得严重了,我的家人没法再照顾,所以送到疗养院。

她几时回国的呢？

她是在陆逸寒去世不久回国的，也许就差几个月。我当时告诉她陆逸寒去世了，她病情立刻严重了。有一段时间就在疗养院休养。后来病情好转，但她忘记陆逸寒死去的事，又回到了之前的状态，盼着陆逸寒来看她。总是这样反复，却记不得他的死。

璟一阵酸楚，双手紧紧抱着热牛奶取暖。她问，那么当年陆叔叔和她究竟因为什么分开呢？她又怎么就变成了现在这样？

丛微与陆逸寒认识的时候只有十五六岁。陆逸寒当时寄住在杭州的姑母家，打算考美术学院。丛微的哥哥油画画得很好，陆逸寒便跟着他学，常常在丛微家一坐就是一天。他们就认识了。后来陆逸寒的父亲忽然病逝，急召他回来继承家业，照顾母亲。于是陆逸寒离开了杭州，但丛微一向固执任性，她因依恋陆逸寒，又来北方找他，不远万里来投奔他。那时陆逸寒已经考取了 S 大学，兼顾学业和病重的母亲，非常辛苦。丛微来投奔他，他自然高兴，然而另一方面，他又不知道如何照顾她。她是个娇纵的女孩，喜欢赖着他，他上课，她便常去找他，在外面等他。陆逸寒很忙，丛微在这座城市又举目无亲，她常常觉得孤单。而她的写作也是从这个时候开始的。她一直喜欢浪漫，又因为她的外祖父曾在美国留学，她的家庭教育一直有些西化，她对于自由生活的向往以及对于艺术的狂热追求使她不想这样寂寞地留在一处。因此丛微希望陆逸寒中止学业，与她一起去国外。那时候，正处于出国的热潮，国外是浪漫的，国外是自由的，国外是时髦的……然而陆逸寒却并不想出国，一方面他是家里的独子，要照顾母亲,另一方面,他也喜欢东方的文化,对于中国古代艺术十分着迷。他们因此产生了分歧。

丛微是很西化的女孩。她那时就一头披肩发、小尖跟的皮鞋,坐在那里,悠然地给自己点上一根烟的样子,吓坏了陆逸寒的母亲和陆家的其他亲戚。他们一致反对陆逸寒和丛微来往。那时丛微的第一本书刚刚出版,获得好评,她如此痴迷于创作,像是被一把火烧着,她也要把生活过得轰轰烈烈。丛微变得越来越偏激、冲动,甚至用刀子割自己,有时候会狂躁地摔东西。有时忽然创作灵感尽失,她就像世界末日一样绝望,大发脾气泄愤。甚至与陆逸寒的母亲发生激烈的口角,致使她滑倒,摔断了腿,心中怨气郁结,又不能下床走动,没过完那个夏天就离开了人间。这件事情令陆逸寒非常难过,即便母亲的死不能完全归咎于丛微,他也意识到自己和丛微并不合适。丛微是这样漫纵、摇曳,纵是令人着迷,也不是寻常人可以包容的。于是陆逸寒决定与丛微分手。丛微心灰意懒,离开了这座城市。此后的事情,沉和就不是很清楚了。丛微后来终于如愿以偿去了美国留学,而陆逸寒娶妻生子,妻子又很快辞世。

然而国外的生活令丛微大失所望,她语言不通,又需要打工赚学费,没有朋友和亲人,她再也无心创作,一心只想多赚些钱,拿到绿卡。在那样苦闷无依的生活中,丛微酗酒,吸食大麻。几年后她的父母过去看望她的时候,她已经堕落得不成样子。他们把她送去戒毒所,并留在美国照顾她。那年沉和联系上丛微时,正是她最低迷的时候。沉和鼓励她继续写书,重新树立了她的自信。丛微其实一直很想回国,她后来也有写信给陆逸寒,但没有回复,她猜他仍那么恨她罢。直到四年前,丛微的父母乘坐的飞机失事,他们双双遇难。至此,丛微在美国再无留恋,她回国,又回到这个像她的第二故乡的城市,但早已物是人非。丛微再次精神崩溃。

在丛微如今残碎的记忆里,似乎她还是当年那个刚刚迷上写作,意气风发的小女孩,她刚刚来到这座城市是投奔陆逸寒的,因此她不记得他的死,不记得他们的争执,她只是说,你们只是告诉陆逸寒我来了就好,不要对别人说起,他们可能会告诉我爸妈,我爸妈就会把我抓回去……她一脸赤诚天真,她害怕噩梦,害怕打雷,害怕陌生人。

沉和说完,熄灭了烟。杯中咖啡已经冷了,他喊来侍应,要他换一杯新的。璟良久才伤感地问:丛微没有其他亲人了吗?

没有。我曾联络过她的哥哥,但她的哥哥几年前已经因肺癌去世了,而她哥哥的家人与丛微素无感情,也不会照顾她。

她书中只写水仙的孤傲自恋,然而生活中却是这样凄清。璟叹了口气。

她一直很要面子,纵使在美国过得多么苦,都不肯回来。她回国后只是找了我,又恳求我不要对别人说起。

她几时能离开疗养院?她是否还能写作?

不知道,要看她的病情是否好转。能不能写作我也不知。因她这条路一直走得崎岖,多少次偏离了又走回来,像是冥冥中的安排。

我想她应该继续写作,因为到头来所有的都是一场空,只有写作还陪着她。璟说。

其实有时候我真的不知道鼓励她继续写作是帮了她,还是害了她。沉和迷惑地看向窗外。

为什么这样说?

写作令她不断挖掘回忆,她把它们当作宝贝,不舍得丢开。

你想要让我懂得的,也是这个道理,对吗?璟微笑着问。

嗯。写作是你们的救赎也是你们的浩劫。

那你明知道我是危险的。璟又笑着回他。

是,我明知道你是危险的。沉和表情哀伤,没有一丝笑意。

璟忽然涌出泪水,她不敢再去看沉和深邃的眼睛。她喊来侍应,要了一只生日蛋糕,故作开心地说:

那次你给我过生日,我却醉了,没有好好享用,今天我要再吃一次。

璟和沉和心中都感到世事无常,聚散终有定数,没有什么是握在手中不会失去的。因此能够这样安和地坐在一起,分吃食物、交谈、相爱是多么可贵。后来侍应送来蛋糕,他们误以为璟和沉和是来庆祝生日,所有的侍应竟然都围过来,给他们唱生日歌,样子十分好笑。璟说,不如每次来我们都要一份生日蛋糕,都像过生日一样吧。沉和笑着点头默许。

43

看过丛微之后,璟和沉和都更知珍惜彼此,度过了一段难得的平静时光。璟每天睡至中午,打开电脑写一段小说,有时心中挂念沉和,就去楼梯处抽烟。沉和下午来的时候总是发现,璟不是做好了饭,就是从外面买着食物回来,很有一副贤淑的小妻子模样。

小颜找到璟这里来的时候是一月末,就要到农历新年。她正在重新装扮沉和的房子。璟说,她喜欢布沙发,柔软,颜色艳丽,窗帘和墙壁也要换成暖色调,沉和都依她。只不过半年的光景,璟从一个绝望地走进桃李街3号的贫穷女孩,变成了一个被无数人羡慕、前途无量的年轻女作家。可是这幸福来得太迟,令她已经不能畅怀。她不喜欢出席各种热闹的场合,不喜欢见陌生的采访记者。她只是想在这套已经习惯了的房子里躲起来——她对这里开始产生依赖。也开始喜欢高耸入云的高楼,喜欢日光照满的阳台,只是窗户密封,不然她一定会把身子探出去,让自己像要飞出去一样。

璟的新居有很大的阳台。她在宽阔的阳台上晾衣服、眺望,喂她养的小白玉鸟。她也喜欢用音响放昆曲。《游园惊梦》,《白蛇传》⋯⋯听到怆然处下去走走,或者写上一段小说。

那么大的阳台,她却一直没有栽花。她在等他来给她栽。指甲花,像是着火的庭院一样,把这里弄得热闹起来——小卓,你好不好?璟在心里想。

小颜来找璟的那天,已经到处充满了新年的味道。这天中午璟出门买了几株桃花,又买了水仙、糖果、点心、年糕⋯⋯璟好像从未把过年当成这样郑重的一件事。璟和沉和打算把丛微接过来一起过年,给她多一些家的温暖。

下午的时候,有人敲门,是小颜。小颜略胖了一些,头发剪短了,脸藏在乱发中,非常苍白。她见到璟便说,小姐姐,你快去医院,小卓心脏病很严重,也许快要死了……璟拨开房间里嘈杂的音乐、楼下正在锁门的哐啷哐啷声响、关在门里的狗的叫喊,努力地抓住小颜的声音。小颜说的话像是一只光滑的碟子,璟觉得她抓也抓不住,只是听见落地的碎片声。她抗拒接受这个消息,情愿自己听不懂。

璟的手一直抓住铁门,却不停颤抖,那门锁被震得哗啦哗啦地响着。

小颜哭得很伤心,她不停地对璟说对不起。

璟问小颜:为什么会变成这样?

小颜不回答,只是哭着说对不起。

她们要去医院,在楼下拦了出租车。在出租车上,璟又问:到底发生了什么事?

小颜说,对不起,我一直骗了你们。我并不是被继父虐待逃出来的。我是个骗子,我们七八个姑娘都是两个男人从我们父母那里买来的。他们供我们吃喝,让我们出来骗钱……那天我跑出来喊救命,是要骗你的,原本我到了你们的家,趁你们不注意就敛走值钱的东西,一走了之。可是,可是,我看到你们过得也这么困难,你们又待我这么好,就舍不得走了……我对小卓是真心的,也真的很想和他一直在一起。可是前几天,我买菜的时候,被我的一个"姐妹"看到了,她告诉了我们的"大哥",他们就来抓走我。他们把我藏起来,又向小卓要钱。小卓肯定历尽千辛万苦,终于筹了一些钱去救我,但他们耍他,先是让他去城郊的仓库,去山顶四角亭,后来又让他去一个荒废的防空洞……那天下了很大的雨,小卓四处奔波,被雨淋,从山上跌下来,他受了风寒,又有伤,回到家就病倒了……我是从"大哥"那里逃出来的,我回家的时候,小卓一个人在家两天了,没喝水没吃饭……我叫他,他完全没有知觉了……

璟已经说不出话,她扬起手,两个耳光打在小颜的脸上,歇斯底里地大喊:你还是不是人呵?你还是不是人!小卓对你这样好,为了你,连我这个小姐姐都不要了。你怎么能这样对他!你于心何忍啊!

璟忽然觉得眼前黑了一下,一阵眩晕。她不再说话,靠在座椅后背上,一只手抓住扶柄。

交通阻塞,车子在红灯前排成了一排,很久不得前行几步。然而她却没有勇气下车奔跑。这一幕很熟悉。令她想起了多年前的一次交通堵塞。

那个结局,她仿佛已经看到了。小卓,小卓,她轻轻地念他的名字。她相信他已经走了,她开始感觉不到他,他们相依为命那么多年,之间有牵系的线,从前她不能知,哪怕和小卓分开的这半年,她也没察觉。而这一刻她忽然感到了,有一根一直都在的线断了。她的心被那遽然断了的线震得几乎粉碎。

璟缓缓摇开车窗,探出头去。她看到那满是愁容的天空中,厚实的乌云中分出了一条缝隙,是干净的浅蓝色,像一条离开这里的路径。她目不转睛地盯着那条缝隙。可是视线还是放丢了那只风筝——乌云渐渐合拢,再无间隙。而这个冬天一直没有下的雪,终于浩浩荡荡地向这座城市进攻。

璟没有得见小卓最后一面。她们推门进病房的时候,他刚断了呼吸。她看到人们正拔掉他所有的管子,把所有令他不自由的棉线拆走。她不知道是不是灯光的原因,他的脸色很暗,怎么会这样暗,一点都不像他,那个白瓷做的闪闪发光的男孩。她闯过去,蹲下身子,捧着小卓的脸,旁若无人地跟他说话:小卓,我的新家有好大的阳台。我一直都等着春天快些来,你来帮我栽指甲花。你说都种满了要花多久呢,你可不许偷懒啊。

璟的语气并不似是在悲伤,倒像是在炫耀,她要让所有的人看到——包括小颜,她和小卓是多么要好,没有人能够把他们分开。

那张昏暗的脸是一盏灭了的灯笼。他的躯体是蒙满了灰的旧石膏,正在干燥的空气里一点点失去水分。末了,热爱雕塑的美少年把自己变成了一尊雕塑。她用双手撑起他的头,把自己的脸颊靠过去,想要令他亲吻自己,可是他的头重重地靠在她的手臂上。他不肯给她亲吻,可是他曾给了小颜那么多的亲吻、拥抱。这吝啬的人!璟泪如雨下。

医院的人来抬走他,他们把她和他的尸体分开。她是那么倔,一次次跑上去,抱住他的头。她不停地叫他的名字,好像知道他一定会跟着她走。她的眼睛好像已经看不见,她看不见,他已经没有了鼻息;她看不见,他们给他蒙上了白布。直到他们把小卓推出去,她才跟随出去,她已经没有哀哭,因为她知道,他已经走了,她在路上想起多年前那场交通堵塞的时候就感到了。她在追赶的,不过是一尊男孩的石膏像。但只要与他有一点关联,她也不想放弃。

不要怕,小卓,很快的,很快就会摆脱这些,就会自由。

不要怕,小卓,小姐姐和你一起,到哪里都要在一起。

不要怕,小卓,长大了一切就都好了。

璟一直跟随担架车走出了急救室,他们要把他送去隔壁的楼。大雪宛若暴动的士兵,一起向他涌来。小卓身上只是盖着薄薄的单子,他们也不给他打伞。她看到她的指甲花少年就这样横陈着进入雪里,大片的雪花钻进他盖着的单子里,令他变得更冷,与世间隔绝便更彻底。她看到雪花打湿了他脸上的白单子,湿了,仿似绵绵不绝的呼吸。

璟终于再也跟不上那些人的步伐,抑或她开始懂得,从路途中线断开的那一刻开始,她就失去了他,再也不能感应到他。而她一直跟随,只是太难舍这曾和她相濡以沫的少年,这个打碎了储蓄罐给她买巧克力的少年,这和她在午夜时分大街上奔跑的少年,这和她并排坐在沙发上看恐怖片并轻轻亲吻的少年,这在无数个她工作归来的夜晚煮好饭等她的少年,这允诺了要和她拍一张合影要给她种一片指甲花田的少年。

很久,璟才回过神,忽然抓住正站在她身旁还在哭泣的小颜的肩膀,她在恨,她这样恨,然而却没有力气来惩罚她,只是哀怨地说:

你要小卓,好,我把他给你。可是你要好好照顾他。他是我们家的宝。我答应他爸爸,要好好疼他,永不和他分开。但是他说他爱你。我便离开,要我祝福,我便祝福。可是结果你不仅骗了他,还害死了他。你为什么要这样?你不会觉得良心不安吗?你是没有血性的吗?告诉我。他对你不够珍贵吗?你可知道,他对我,是多么珍贵。这半年,不能见他,只能空空幻想着,他是不是过得好。我搬了家,等春天的时候我想要他去给我种指甲花……

小颜嘴唇发紫,紧闭双眼,身体被璟晃得摇摇欲坠。她悲痛欲绝地摇头,对不起,对不起。但是我真的爱他,我一直舍不得离开他,我想方设法逃出来,回来找他……

你为什么不好好珍惜他。你为什么不好好珍惜他。你为什么不好好珍惜他。璟面无表情,对小颜的话也不理会,只是不断地重复着这句话。

小颜抓住璟的手臂,哀求她:你可不可以原谅我,你可不可以不要这样丢下我,你听我解释……

小颜跌倒在雪地上,仍旧不肯放弃,她抱住璟的腿,继续哀求她。璟狠狠地甩开她的双手,小颜贴在雪地上向后滑了一段,又不死心地向璟的方向爬过来。璟冷冷地对小颜说:永远永远永远不要再让我看到你。

璟说罢拂袖而去。

44

转眼是新年。

小卓死去之后这短短的一个多月中,璟已经把自己折磨得不成样子。暴食催吐又复发了,并且从未那么严重过。当她再次想起小卓,就觉得内心被掏空了。她的二十几年似乎什么也没有做,没有生活过。她开始用大量的食物把自己填充起来。然而她的胃已经很不好,那么多的食物根本无法消化,她吃下去便会很难受,于是只能用催吐的办法令自己舒服些。她开始不断地吃了吐,吐了再去暴食的循环。沉和一面要替璟去料理小卓的后事,一面又要来照顾璟。

璟已经具备一个暴食症患者的各种病状。脸虚肿自是不必说，身体也胖了很多。她的嘴角、下巴生满了粉刺——那是因她呕吐时的胃酸侵蚀到唇角所致。手背上有划伤，那是她抠喉太用力弄破的。沉和曾经查过资料，对暴食症的可怕和顽固也了解一些。暴食症其实已经是抑郁症的一种了，它是一个走进去便很难走出来的圈子。人会不断在这个轮回中耗损自己，胃酸还会腐蚀牙齿，牙齿也会慢慢掉去。而胃的功能会越来越差，食道也会出血。在小卓的事情发生之前，璟已经基本戒除了暴食催吐的恶习，沉和一直都在细心观察，不让她有机会复发。

　　除夕夜，天空下大雪。沉和给璟穿上厚实的衣服，领她出去看焰火。孩子们已经把公园的中心广场占领了，他们都很勇敢，也不知疲倦，整块天空被他们填得满满的——倘是天上的人想要拨开云雾，探出头看看人间也不可能，璟暗暗想。她便很反感那些烟花，痛苦地闭上了眼睛。

　　你不要绝望，我陪着你，你的病肯定会好。沉和拥着她，帮她捂住眼睛。

　　璟轻轻地说：我觉得我和丛微越来越像了。我开始幻听，耳朵里有小卓上楼梯的声音——唔，你不知道的，在我们从前的家，楼梯很窄，好像是空心的，踩上去会特别响，小卓的鞋子是我买的，运动鞋，很重的，小卓放学回来又背着大书包，他很累，走在楼梯上就是突突突的，特别地响……我能够分辨出来。

　　沉和拍拍璟的背，又箍紧了一下手臂，把璟更深地埋起来。璟却又挣脱出来，说：我不仅幻听，还会有一种破坏欲，感觉我想要去伤害小颜,我很想去抓住她的手臂,晃她的肩……你知道吗,沉和,那天我在医院外面看到她倒在雪地里向着我爬过来,我心中有一种快感,我感到一种满足……

沉和安慰她说:你和丛微不一样,你瞧,你都知道那是幻听,是不真实的,你也知道控制自己不去伤人。

是的我知道声音都是假的。可是这样也许更糟糕。因为我明知道是假的,也不愿意没有了那声音。我不伤害小颜,但我心中会迁怒,也会连累别人。沉和,你很危险。

沉和抱住她,哑声说:

我从前是打算只陪你走一段路的,那时我知道你是危险的。但是我不知不觉已经改变了主意。我决定就这样一路走下去,从那时候开始,我再也感觉不到危险了。

沉和搬来和璟一起住,形影不离地照顾璟。他们照旧一起打游戏,两个人坐在电视前面打通关,都出了一身的汗。但是只有沉和一个人摇摇摆摆,大喊大叫,璟像是固定在了座位上,一动不动,失了神。沉和轻轻地唤她,她才慢慢回过神来,问沉和:又该吃饭了吗?

沉和已经学会做饭,并且煮汤的技术很棒。但是每一次璟无论吃什么都很机械,吃什么对于她毫无分别,并且她不会控制,就一直吃。然后她就开始吐。如果沉和拦着她,她就拼命地捶打沉和,又像是看透了一切似的说:你把我送去丛微的疗养院吧,我发现自己疯了。沉和,你不要不承认,我的确疯了,我知道。

沉和痛心疾首地说:你伤心,我很能理解,可是为什么你要把所有的事情都放弃了呢?失去了他,这个世上就没有令你留恋的了吗?

璟摇摇头,微微一笑:你不知道,沉和,一个,两个,三个……都会走的。到头来都是一场白费。我看到了。

沉和说:你自己害怕,不想爬起来,却要怪别人。

你凭什么要管我,谁要你来可怜我。我不爱你,我爱的是小卓!璟忽然大吼,挣脱沉和就要跑出去。

沉和虽然做好了处理各种麻烦的准备,但他仍旧受不了璟说这样伤人的话。他恨恨地松开璟,气急败坏地说:好吧,再也不管你,你愿意去做什么就做什么!

璟腾地冲出门去。

身体里的饿鬼又控制了璟。她在楼下的超市里买乱七八糟的零食,很多,抱着就到了柜台前,然后丢下钱就走。她神色慌乱,经过一个小零食店的时候,忽然看到玻璃格子的柜子里有散装的黑巧克力。她像是被鱼叉刺穿的鱼,骤然间痛得不能自已,却仍旧目不转睛地看着那橱窗。她进去买那种巧克力,几乎买光了所有剩下的散装巧克力。她抱在怀里,穿过楼下的小路,一直走到社区的大门口。她想拦辆车去山上看陆逸寒和小卓。现在她的亲人都睡在那里,那里才是她的家。可是很久没有看到有出租车经过,她便颤抖着拿出巧克力来吃。严冬时节,天气那么寒冷,这一直放在外面的巧克力冻得像是小石头。她放进嘴里,只是觉得坚硬。可是她仍旧慢不下来,潦草地把它弄碎,便吞咽下去。她一感觉到巧克力的滋味,就又掉下眼泪来。一直以来,生活有那么多的禁忌,她已经很多年没有吃过巧克力了,对这种食物的认识,还停留在若干年前小卓给她买的那些上。所以她一吃巧克力,和小卓一起的日子就历历在目。是那么多年的爱啊,怎么能转眼不见了踪影呢,并且再也不会回来。她一想到这些,就感到心的撕裂。她不断把坚硬的巧克力送进嘴里。那些巧克力碎块像尖利的石子那样划破了她的上腭。她只是觉得血水混入了巧克力,苦味和腥味充斥着整个口腔。

沉和看见的璟,像一只误闯入猎区的小兽,那样哀伤地吃着坚硬冷冰的食物,使人感到像是冬天再也不会结束一般地难过。沉和追下楼,一直远远跟随她到大门口。他仍旧无法不管。他若是不管,那日在桃李街林妙仪的庆祝派对上,他便不该尾随璟出来;他若是不管,便不该把自己的房子让给她住,让她养伤;他若是不管,便不该鼓励她继续写作,树立起自信,令她尝到了成功的滋味;他若是不管,便不该明知道璟是个危险的女子,充满毁坏的能力,却陪她走了一段又一段,终于再也不能放下。时间不能回还,而做过的这些事,像是已经深深打下去的树桩,如何能视而不见。沉和走上前去,从她的手里夺过装巧克力的纸袋,然后一把揽住璟在怀里。

璟伏在他的肩膀上嘤嘤地哭,她看起来那么弱小。她深深地把头埋在沉和的怀里,放肆地哭,满嘴的巧克力碴蹭在他的呢子外套上。璟多么希望,时间倒退,眼前这个男子一直都是在的,没有那么多的伤痕和艰辛。那该多么好。

能好起来的,一定能的。沉和像是对璟说,又像是对自己说。他狠狠地丢开手中那袋巧克力。那些黑色的小石块在积雪的马路上散开,璟看到,少年时的自己和小卓拉着手跑去买巧克力,钱币从口袋里掉出来,像是一种记号。他们说,这样,就可以像童话中迷失在森林里的小姐弟一样，找到来时的路。

45

当《良辰好景》成为当下最受关注的一本书，当璟成为最有人气的女作家时，当报纸和杂志都在追访璟的近况和动向时，有谁会想到，璟正躲在她的公寓里，和挥之不去的记忆以及永远填不满的胃做着抗争。度日如年。

沉和已经意识到，这一次璟的病发可能是很多年忍耐的爆发。令她好起来可能不是短暂时日里的事。他要带她去看病，她却不肯出门。沉和便去医院咨询：作为抑郁症的一种，暴食催吐，医生说，可以用药物控制此病，可是一旦中止服药，病情可能就会反复。通过心理辅导，解开她的心结，令她不要再自闭消极，才是最重要的。

"百忧解"。沉和握着那薄薄一板白色药片上电梯，心中一片迷茫，而璟，她真的需要这种控制抑郁的药物吗，这将支起她的生命吗？他不禁也轻蔑自己的无能，他一直在她的左右却束手无策，竟然还不比这小小的药片奏效。

那个晚上璟再次催吐。她并没有吃什么东西，却仍旧不放过自己。她对沉和说她吃了很多巧克力——她已经开始妄想了。她说她必须吐，沉和阻拦她，她就哀求，说满嘴都是巧克力。这一次沉和没有再和她纠缠，任由她吐到翻胃。沉和坐在客厅的桌前等着她，她从洗手间摇摇欲坠地走出来，便看到沉和拿着水杯和白色药片。沉和平静地对她说：看来你必须吃药了。我不能再纵容你。

什么药？璟的脸还因为暴食肿着，声音虚弱。

治疗暴食症和抑郁症。

我不吃。求你,我不吃药。我如果吃药,就一直会依赖它,对不对?如果我吃药,就等于承认我的精神有问题,对不对?璟忽然变得激动起来。

但是璟,不吃药就永远在这个循环里,出不来。

求你,我不吃。我不吃。我不要依赖药物。

不行。你必须吃。这样周而复始,谁受得了呢。

璟瞪着他,大声说:你终于受不了了,是吗?

吃药吧。沉和不理会她,只是把杯子送到她的面前。

璟摇摇头,忽然变得异常镇定:你走吧,沉和。想来也是,我怎么能把自己的痛苦施加在你身上呢。

沉和很是生气:你又说这些了,有什么用呢,吃药吧。

璟说,我不是说着玩的,我不要吃药,也不要你在这里。我不要一个不情不愿的人,在这里跟着我受苦。璟说着,去打沉和手中的药片,把水杯打在了地上。

沉和大怒,闪手给了璟一个耳光:谁受不了了,谁不情愿!

他打了璟,才感到璟已经站不住了,想要去倚墙边,却来不及了,摔倒在地上。

沉和自己也愣住了。他不知所措地站在那里。他竟然打了她。沉和心疼地抱起璟,回到璟的卧室。他把她放在床上便要与她做爱。璟起先甚至没有明白是怎么回事,等到明白了,便要挣脱。但是他紧紧地抱着她,没有任何退让的余地。而他激烈的亲吻也开始变得轻柔,一切渐渐放慢到一个速度,轻轻地进行着。璟忽然感到了温暖、轻飘、空灵。她有了翅膀一般地找到天空作为出口,飞,是的,她很快觉得自己没了重量,沉和也没有,他们就像穿越云层的小水滴一样不知不觉间在空中凝结成一滴,那种融合圆润自然,没有边缝,没有隔膜。璟迷蒙中侧头去看窗外,仿佛看到冬日午后的阳台上,开满艳粉色的指甲花……

次日,沉和带着璟离开了这座城市。

46

飞机上,沉和紧紧地搂着璟,听见璟轻轻地探出头来,用虚弱的声音说:很多年前你答应带我去旅行,终于实现了。

那是一段令璟终生难忘的回忆,它在时光的激流里沉淀下来,宛若小小的碎钻。当璟穿行于夜色,它们就是天幕下陪她一段的灯。

她记得从昆明到大理马不停蹄的火车。

她记得洋人街角的唱片店和卖唱片的羞涩女孩。

她记得洱海边那片小小的房子以及卖烤鱼的小摊。

她记得西藏酒吧里的奶茶和卖栀子花的老妇人。

她记得在丽江的一个夜晚喝过一种叫作丽江小妾香的酒。

她记得令人沉醉的蒲达吧音乐和唱片封面上稳重的大佛。

她记得他们买下的木雕小人儿,是对穿纳西族礼服的夫妇,一人一个。

她记得他为她买下的纳西族老婆婆手工制作的草鞋,上面有个刻着"福"字的铜钱。

她记得小酒吧的篝火,他们饮酒之后依偎着睡着了。

她记得午后那个有乐队的小酒吧里,他们看见她的眼泪,就弹了一首《月亮代表我的心》,而她的男子便在她耳边清唱起来。

她记得在青年旅社的留言板上,他们寻找旅伴的启事。

她记得他们在海子书店买下的手绘地图以及再生纸本子。

她记得,她记得。

璟很难想象,倘若那时不是沉和带她离开,后来她会沦落成什么样。精神脆弱,目光呆滞,整日靠那白色的解忧药片度日……璟简直不敢想象。

他们坐飞机到昆明。又坐火车去大理。在从昆明去大理的火车上,沉和揽着璟,轻轻地告诉她:到了大理,生活会变得简单起来,我们每天可以只是听音乐,睡觉,散步。或者我们可以在那里开一间小酒吧或者小书店。沉和想着,就笑了,问璟:你说我们开哪个?

璟说,都开,白天待在书店,晚上待在酒吧。

沉和笑着说,不行,你是去晒太阳的,不可以一整天待在屋子里。

那时璟在发烧,可是她觉得自己已经完全冷静了。她很累,想睡觉,睡着前,她喃喃地说:我觉得我们像一对私奔的小夫妻。

那列火车要坐整整一夜,两地之间都是小得几乎叫不出名字的车站。车厢非常破旧。已经熄了灯,四周非常安静。他们挤在一张小小的下铺上,璟躺在沉和的身上。半夜她醒过来,撩开白网纱的窗帘,便漫进来更清晰的月光。那么大片,落在沉和的脸上。于是能看到每一颗痣,细小的皱纹,还有下巴上的小沟壑。甚至伤疤,能看到右脸上的两厘米长的没有颜色的凹陷。璟伸出手指轻轻地滑过它,月光也跟着她动,温柔得像是要抚平它。

沉和小声附在璟的耳朵上,告诉她,那是他小时候和男孩子们打架留下的纪念章。沉和又说,都会好,心口的伤也像这个一样,都是纪念的徽章。当颁发给你一枚纪念徽章的时候,你就比原来更了不起。你应该也为自己感到骄傲。

璟叹了一口气,指着心脏的位置说:我这里有好多枚徽章了呢。

沉和抚着她的头说:所以你是了不起的璟。

璟再次抚摸沉和脸上的伤疤,她想,是的,它们都会变成皮肤上没有颜色的凹陷或者凸起,就像地球不会因为海洋和山脉哭泣一样,我们也不会再为了那些凹陷和凸起哀伤。

沉和看着窗外,对璟说,火车是很厉害的,你不觉得吗?

什么厉害?璟疑惑地问。

沉和没有立刻解答,拉着璟坐到靠窗的两个简易座位上去。他让璟看铁轨,说:知道吗,小的时候有段时间我住在乡下奶奶家,那里靠铁轨很近,我们常常在铁轨旁边玩。钉子,嗯,你知道我们怎么把那种长长细细的钉子做成玩具的吗?

璟摇头。沉和继续说:我们把一枚钉子端好地放在一根铁轨上,然后走开,等火车呼啸而过,我们再走近铁轨去拣那枚钉子,它已经被压扁了,很平很光滑,成了小宝剑的形状。这是我们男孩子的最爱。你说,火车是不是很厉害?

璟想着那干瘪的微型宝剑就笑了,点点头:是很厉害的。

而沉和却又认真说,但还有一样东西比火车还厉害。就是时间。时间刷地一下过去,所有的东西都会变得很平,很光滑。

又是一枚纪念徽章。璟立刻接过他的话,心领神会地说。

嗯,纪念徽章。

他们在大理的家,是一个小旅店二层的一间。房间里很潮湿,下雨的时候会漏雨,可是前面就是一大片种满花的平台,采光也相当不错,甚至还有一个独立的小厨房,从炉子到吹风扇都很小,像是在玩过家家。璟和沉和每天都睡到近中午,然后洗头发,也不必吹干,甩着水珠便能走上那条著名的护国路。他们身上都穿着简单的粗布衣服,宽松肥大。璟把头发松松地挽起,拿着大勺子洗米煮粥。再喊外面经过的挑着扁担卖水果的小姑娘,她买一捧就会涌出汁水的大个头杨梅,用围裙兜回来。他们一边吃水果一边看音乐频道,那台二十一英寸的旧电视非常糟糕,一旦下雨,就没了信号。

璟和沉和很快就融入了那里年轻人的圈子,大家都很喜欢他们:他们见过世面,能说一些闻所未闻的故事;他们也十分慷慨,常常把钱和食物分给贫穷的农家孩子。那些人很快把他们当成这个大家庭中的成员,邀请他们参加大家的活动。璟尚未康复,很虚弱,但她很愿意在一边看着。璟喜欢看沉和和他们踢足球。那么广阔的天地,令人真想高声呼喊。天黑下来的时候他们悄悄去果园偷桃子,哪怕家中已经买了桃子也不吃,偏要来这里偷。只为了要那份刺激,其实也不过象征性地拿人家几个,却真如做贼般认认真真仓皇逃跑。

他们后来又去丽江,在小酒吧里听人弹唱,璟掏出眉笔在他们的留言簿上留言,不让沉和看到。璟写的是:良辰好景。那时她想,如果很多年后沉和再到这里,在本子上看到这行留言,一定感慨万千……

在丽江的河畔放生鲤鱼。天色已晚,穿着纳西族艳丽衣服的妙龄女子守在盛满鲤鱼的木桶旁边,手捧着花朵形状的蜡烛。沉和掏出钱给她,她便用木头小桶舀上两只鲤鱼。她举着蜡烛把璟和沉和送到水边。

他们俯下身子,相视一笑。闭目许愿。然后把那红艳艳的鲤鱼放进水中。它们顷刻间便游走了,借着微明的烛火,能够看到摇曳并行的两条鱼尾渐渐在水中消失。

夜晚的丽江歌舞升平,便像旧时江南一样,到处是颓靡的红色。他们坐在流水淙淙的河边饮酒,灯光温暖令人渐渐困倦,迷迷入睡。沉和说,但愿一生都如此过了,多么好。那时已是夏天,璟的病已经完全康复,不知道是不是云南的水土当真有着疗养的奇效,抑或幸福的大片覆盖令璟宛若冬天后再生的小麦苗,又是新的开始了。璟的皮肤晒黑了一些,身体变得很健康,已经能在偷桃子的时候领着那些女孩跑。

他们往返于大理丽江,又去四周的雪山、古城,每天的生活简单之极,甚至不阅读,不写字。就这样了无牵挂地坐在丽江的水边渐渐睡着的时候,他们也都觉得一生倘若都如此多好。可是当真能够"了无牵挂"吗。

沉和知道有时璟会在半夜起床。她伏在写字台前,拿出他们买的再生纸本子一张一张地写。沉和相信自己是最懂得璟的人,他知道写作是她与生俱来的一种本能。不管道路怎样崎岖,不管偏离这条路有多久,终究会回到这里。丛微如此,璟也是如此。他知道,倘若他们就这样如隐士般过最简单原始的生活,璟也是甘愿的。可是他知道她心中有遗憾。她也许会在午夜梦回的时候,想起曾经刚刚起步的写作道路,她会想起她刚刚得到的荣誉和认可,她会怀念那些喜欢她的读者……可她也许只能在半夜时分爬起来,这样伏在桌子上悄悄地写,生怕沉和看出她的心事。

那样的生活,对于璟,何尝不是一种压抑。这个穿过了压抑的童年,压抑的少女时代的女孩,她有什么理由再去承担一份期限可能是一生的压抑呢。璟注定是独立的女子,让她生活在这里做一个依赖他的小妻子,这就是他爱她的方式吗。沉和只觉得人世变化无常,聚散总是不可确知,可是他说过,他会一直陪她走,尽他所能地一直走。既然如此,在什么地方又有什么分别。并且他知道,现在的璟,比过去要坚强了许多。何况,还有丛微……他可以就此丢下她不管了吗——她来投奔他,他是这可怜女人的最后希望啊。

璟也知道,沉和为她做的牺牲有多大。他不管家人,不顾丛微,就这样带着她来到这里,无微不至地照顾她,形影不离地陪着她,督促她去晒太阳,是的,她总是有充足的阳光。可是,这样的爱未免太依赖。璟无法想象,如果有一天沉和从她生命中消失,她该如何活下去。而沉和终日都要背负她这样一个负担,从此与世界隔绝,他会甘愿吗,一直甘愿吗?丛微神志恍惚,无依无靠,还等着他去照顾,他与丛微十年的感情,就这样不理不顾了吗。而她自己——她不想骗自己,她是多么想继续写作。那是她梦里泊过来的一只船,她永远不知道它有多么奇妙,只有每每登上了它,去未可知的地方……

夏天结束的时候,这两个各怀心事的人同时走到了日光下。上午的古城下着太阳雨,很迟了,可两边的小店还没有开门。璟和沉和站在那条向东一直延伸到洱海,向西一直通达苍山的窄小的路中央,这样安和地看着彼此。整个小城是这样静,隐约能听到闭着门的唱片店里在放《印度之花》的音乐。梦总是像吃力的琥珀,凝结到这样的规模便戛然而止。

沉和微笑着对璟说:我们回去吧。

嗯。璟回应他。

我知道写作会带给你很大的快乐,并且那本就是属于你的财富。我不愿意你因为丢失了它们而终日闷闷不乐。沉和说。

我也是,我不想做逃兵。璟笃定地说。

嗯,璟有那么多颗徽章,是了不起的,怎么会是逃兵?沉和也十分坚定。

可是沉和,我有些害怕……璟忽然说。

害怕什么?

我害怕我们再次卷入各种是非,我会失掉你……如果我失去了你,可怎么办呢?

不会的。我会陪你一起走的。尽我所能地一直走。

如果你不能了呢?

……其实,什么都不必害怕,你记得我说过的,时间刷的一下压过去,一切又都是平的、滑的了。

47

他们一回来,日子就忙碌起来。此时,她的人生已经变得热闹起来。她的邮箱里永远是很多封热情洋溢的读者来信,她的个人网站里总有那么多新读者的加入和问候,她的小说被译作他国文字,向一些她甚至叫不出名字的地方飞过去。她要见国外出版公司的合作人,要见很多记者,做很多访谈。而她深知这一切来得不易,也格外珍惜,对待他们都友善真诚。并且在写作上从未松懈,得空便躲进她那能看得到很多花草的阳台上晒着太阳写作。璟开始写第二本书。沉和努力地帮助丛微康复,可是他开始担心丛微好一些之后,记得一些事情之后,会变得更加忧伤。璟和沉和偶尔会有小口角,璟生着闷气仍旧坐在楼梯处抽烟,等沉和回来。而沉和每次回来的时候,璟已经笑盈盈地迎接他了。之前的不愉快立刻烟消云散。沉和觉得璟有一种魔力,能与他心灵相通,因此她总是在那里迎接他,好像什么都没有发生。

九月,璟去接优弥出狱,才知优弥早已因为表现良好,在三个月前刑满释放了。璟站在监狱铁门门口,一时间觉得十分恐慌。她半年来的消失,一定令优弥很失望。优弥一个人,她走出这大铁门,面对外面太过宽阔的天地的时候,会是怎样的心情,她又去了什么地方呢。璟知道,以她今天的名气,优弥想要找到她,并不难。可是璟一直等,而优弥却一直没有来。

十月,璟在这座城市最大的书店签名售书。那天,璟的读者排起很长很长的队伍。他们夸她美丽,夸她随和,他们把丰盛的赞美,最真诚的礼物都送给她。他们都要求和璟合影,请璟帮他们写几句祝福的话。她未曾想过自己有朝一日会得到这样多的爱。

璟在人群的围簇下觉得有点呼吸困难,这些天,她感到很疲惫。璟在签名间隙恍恍惚惚地向后面排队的人群看,就看到了优弥。

瘦小的优弥的肚子已经隆起,整个人胖了许多。璟惊讶万分,曾经那么孱弱的一个女孩,此刻竟然洋溢着母性丰满的辉光。她穿着一条肥大的咖啡色灯心绒背带裤,一件圆领的杏色毛衣(她还是这样喜欢这些淡柔的颜色)。但是衣服看起来很旧很脏,像是很久没有洗了。她的头发这一次终于留长,但是质量很不好,她把它们全部拢起来,扎在脑后。但是头发却很稀少,并且枯黄。她的皮肤也变得很糟糕,脸上竟然有这样多的斑。她还这么年轻,却皮肤浮肿得厉害,眼袋凸起。

璟静在那里,手中的笔还悬着,看着优弥缓缓地跟着人群向前挪动,觉得她每一步都是艰难的。璟几乎不能控制自己的情绪。她搁下手中的笔,缓缓地站起来,看着优弥。优弥已经看到璟在看她,但她只是淡淡一笑,示意璟先坐下。她什么都变了,但那眼神却是旧模样,像是在抚慰璟,让璟不要激动,不要失态。她不会离去。

璟看到优弥的眼神便平静下来。一直以来,都是如此。然而这眼神却被忘记那么久。璟于是慢慢又坐下,一个个签字,直到优弥来到她的面前。优弥把书递给璟。璟埋头就在她的书上写:

"给最爱的优弥。"璟签上自己的名字,递给优弥。

优弥转头对旁边的工作人员说:"请问我可以对她说几句话吗,很快,马上就好……"优弥格外小心翼翼地征询许可,璟连忙对一旁维护秩序的工作人员说,她是我的好朋友。工作人员这才点点头。优弥于是又向前走了几步,她站在了璟的面前,只可惜,她们之间仍旧隔着一张桌子。优弥一直对着璟笑,璟却更加难过,她抓住优弥的手臂:"我去接你,你已经不在了。对不起……"璟的声音哽咽。

"傻瓜,别哭呀,那么多人看着你呢。说什么对不起啊,你看我现在不是挺好的。"优弥温柔地对她说。

"你为什么不来找我?你现在住在哪里?你搬过来与我一起住好吗?"璟叠声说,但她一低头,就看到了优弥隆起的肚子,她知道也许都不可能了。

"璟,听我说,我们必须长话短说。有那么多人在等着你签名,你瞧他们多么喜欢你呵,我可不想成为大家的敌人!"优弥仍旧笑着,和声细语地说,"我来这里看你,只是想让你知道,我多么高兴看到你这么好。我也要让你看到,我很好。这对我就足够了,真的。我想以后的日子,我们还是会归于自己的世界,我们不需要再见面,只是想着对方在另外一个地方生活着,并为她祝福,这就足够了。"

"不见面?为什么?"璟惊愕地看着优弥,但优弥一脸坚定:"璟,我在你人生里的任务已经完成。那件大事情已经做过。从此我们的人生便没有交合,而我的人生会变得如寻常人一样平淡。我现在非常满足于这平淡,我不想走进你的世界,尽管我知道它也许很丰富。可是那不是我需要的。你也是,不必来迁就我,不必背负照顾我的责任。如果你是为了报恩,那么你就错了。我们之间的情谊,倘是可以来来回回欠了再还这样计算的话,那它又与世间用金钱、权利来衡量的交情有什么分别呢?当我遇见你,我把我自己分成了两个,一个是激进、跃跃欲试的我,她像个顽皮的小女孩儿;另一个是甘于平淡和奉献的母亲,就是现在的我。我早就把我的'小女孩'交给你管了,她跟着你,给你鼓劲儿,可能也令你更加冲动。总之,我把她交到了你的手上,与你合成一股力量。你的任务是好好驯养她,带着她去见识更大的场面,体会更大的成功。我的责任是照顾好我肚子里的这个小家伙——璟,你那么聪明,你肯定懂得我说的这些,对吗?"优弥的话令璟无可反驳,璟面对这个有一千一万个对不起、有满心的心事要说的人,却一句话也说不上来。

优弥转身离开,再见也没有说。璟看到有个男人站在不远的地方迎她。那应当是她的丈夫。那个男子看起来很老,并且很邋遢,穿着青蓝色的夹克衫,里面露出没有完全塞进裤子里的白色衬衣。男人看起来并不面善,他在那里等得已经有些不耐烦。而优弥身体不方便,走得已经非常慢。优弥走到他的面前,他也不去扶她。优弥又回身看了璟一眼,似乎在告诉璟,她很满足。对于这不够完满的生活,这和少女时幻想相去甚远的事实,她的确很满足。她微微一笑,宛然是少女时俏皮娇憨的模样。

48

优弥最后一次出现并道别之后,璟觉得日子过得很快。好像越来越快,并且她感到很多散落在天涯的人,又都浮现出来。十一月的一天,璟忽然接到医院电话,小颜割腕自杀,正在抢救。在她随身的物品中发现一只本子,上面记着璟的地址和电话。

璟怀着复杂的心情来到小颜的病房。小颜已经变得非常瘦,比从前还瘦。她已经脱离生命危险,可是非常虚弱,两个眼窝陷得可怕,颧骨凸出,疾病和贫穷夺去了她的美貌。医生说,小颜精神受到很大创伤,身体也损耗,她才小产过不久,怎么经得起这样的折腾呢? 璟愕然。她感到她在逼近一个事实。璟来到小颜的床边,俯下身子,问小颜:小颜?告诉我,发生了什么事?

小颜缓缓地睁开眼睛,看到是璟,表情变得十分冷酷。她没有办法用力,可是她在恨。她一字一句地对璟说:我恨你。你说我是骗子,我害死了小卓,那么你又是什么呢?你害死了我和小卓的孩子!你见死不救。我曾那样地哀求你,希望你听我说完,可是你无论如何也不肯听。你为什么那么绝情?我们一起相处了那么多日子,难道你真的对我一点都不了解吗?如果我是有心要害小卓,我会一直留下来吗?我会坦白告诉你我骗了你们吗?我会情愿留着小卓的孩子在大街上流浪、乞讨,也不回去向"大哥"道歉,请求他们再收留我吗?为什么人不能多一点点怜悯和理解呢……小颜说得太用力,忽然发不出声音,她不得不中止。

璟别过头去,不敢再看小颜那充满仇恨的眼神。她很想说对不起,可是她觉得这几个字实在太轻了,她不想用这样几个字作为一种归还,她宁愿欠着小颜的,用以后的时间来弥补,她希望以后能一直照顾小颜。但她也知道,让小颜接受这份道歉又是多么难。

小颜又冷森森地说:倘若你真的是因为气我骗人而这样做,也就罢了。可是你不是。你是因为妒忌。你是因为你没有得到小卓的爱……

璟心如刀绞,可是她知道,小颜说的是对的。她那么恨小颜,为什么?因为她心中还在怨着小卓,怨他为了一个骗子,就背叛他们十年的感情。她是因为妒忌,因此不能宽容。璟背过身去,捂住脸无声地流泪。而她身后小颜如女鬼一般絮絮不止地说：

但是你是失败的。小卓至死都很爱我。他去救我的时候,已经知道我骗了他。可是他仍旧那么拼命地去找我,要让我回到他身边……而你呢,你有没有想过,小卓在那么危急的时刻,为什么不去问你借钱？因为他知道你会恨我,你会诋毁我,你会把我赶走……他不允许你这样做,他害怕你伤害我,所以他宁肯到处筹钱,也不肯去找你……

这些话字字都像钉子一样凿进璟的心中。可是它们都是事实。她的小卓在最后时刻,生命危在旦夕的时候,却放弃了来向她求救的选择。因为他那么爱小颜,他要保护她,不会让任何人伤害到她。至死方休。

小颜说完这些字字充满仇恨的话,好像轻松了许多,她慢慢地睡着了。医生说,小颜被送进医院的时候,身边有一个两三个月大的婴孩,已经断气好几天了。可是小颜还是紧紧地抱着那个孩子。小颜一直在街上流浪,睡在天桥底下,随身的行李只有一只书包——璟认出是小卓生前最常用的书包。她慢慢地打开。

里面全都是小卓生前常用的东西。因为下雨而渗进了泥浆和烂树叶,那些东西变得污秽而恐怖:那只记着璟的电话的笔记簿、小卓最喜欢的一张摇滚CD、小卓做过的一只小型雕塑人像（应该是小颜）,此外璟还发现了那只他们一起养的猫。那只猫已经死去很久了,身体浸在那只书包中的泥浆里,已经开始腐烂,而她不舍得扔掉……还有他们家养的金鱼,死去了的,也被她这样当作宝贝收藏……璟一阵眩晕,只觉得这一幕太惨烈,几乎令人窒息。

璟重新站在小颜的床前,看着这个充满了仇恨的女孩。璟不知道还要过多久,才可以平复她心中的仇恨,她深知,这样身负仇恨的女孩何其危险。可是她不能不管。她要好好照顾小颜,尽她所能地长久。

49

与此同时,曼在桃李街3号过着窘迫拮据的生活。那郑姓男子已经生病很久,瘫痪在床,曼根本无法守在家里面对这样一个残废,伺候他。她只是给他请来女佣,然后便自顾出去会朋友,打牌逛街。她向来懂得给自己留条后路,然而这一次却只是顾了自己贪欢,疏忽了。姓郑的男人没有熬到秋天便死了。这倒并不能令曼伤悲,做孀妇也不是第一次,何况婚姻对她早已名存实亡。然而问题是,郑姓男人早有准备,悄悄把自己所有的财产都转给了在美国的女儿。又把房屋抵押卖掉,没有给曼留下半分钱。以此作为对曼的报复,可谓狠毒之极。曼从律师打来的电话中得知这消息的时候,尚穿着黑衣佯装悲哀地给丈夫置办丧事。她简直不敢相信自己的耳朵,她的确疏忽了,她以为人人都像陆逸寒那样良善。她在葬礼上忽然发作,用钥匙打碎了丈夫的遗像的相框。她掉身离开。

曼刚回到桃李街3号,便有房地产公司的人上门,要她尽快搬走。曼怎么也没有想到,她也有离开这里的一天。

曼站在她和陆逸寒曾经的卧室的阳台上,环视这房子,忽然觉得这里甚是危寒。陆逸寒死在这里,郑姓男子死在这里。这里现在又要逼走她。可是现在的曼,却不是二十几年前的曼,甚至也不是几年前的她。她终于老了,她没有能力和力气再去征服一个崭新的男人的心,而现在她又没有房子没有钱了,她要怎么活下去呢。曼伏在阳台的栏杆上恸哭,心里想,难道这一切真的是报应吗。

　　这一天,曼又收到了丛微寄来的信。事实上,自丛微回国,便每隔几个月给陆逸寒寄一封信。她只是说,希望能得到原谅,也希望陆逸寒能够来与她见一面。她没有贸然去寻他,因她不知小卓乍然看到她会怎样。她虽神志有时恍惚,然而却知道曾给小卓带来的伤害,所以她必须退到那条线后,再也不能莽撞地打搅他们的生活。而每次的信自然都落到曼的手里,曼拆开看一眼,便撕毁它,从未在意过。然而就在这一天,她看了信,仍是寻常内容,丛微说,如果你原谅我,希望你能够来见我一面。这一次曼又想丢掉信的时候,忽然瞥见信上的地址。她愣了一下——地址在城郊一个不为人知的镇子,倒也没有什么奇怪。只是那一刻她忽然想到,也许她可以去找丛微,从丛微那里想办法要些钱来。

　　曼立刻对自己有了这样的闪念给予了鼓励——是啊,她一直都看到这信封上的地址,却没有想过要去找丛微。直到这一天,她什么都没有了,急需钱,才想起要去找她。但这也许是上天给她辟开的一条新路——曼向来相信天无绝人之路,每一次,她必能寻到出路。

　　曼按照信封上的地址去找丛微。当她发现,按照信上的地址找到的是一幢医院的时候,非常惊奇。因着惊奇,她一定要进去看一看。她便进去,又依照门牌号,找到房间。然后她看到的,是一个憔悴邋遢的中年女子,坐在背光处把玩一支圆珠笔。曼很吃惊,她猜想自己一定是找错了,便要转身离开。然而再去看那女子,曼忍不住试探着轻轻地唤了那女子一声：丛微？

那女子非常惊恐，倏地转过头来，惶惶地看着她，问道：是你叫我吗？我不认识你，我不认识你……

曼本是无心地叫她一声，却真的没有想到她会回过头来。曼至为吃惊——眼前这个女子竟然是丛微！天，她是不是在做梦，这个住在疯人院黑暗房间里的消瘦干瘪的女子，就是著名的大作家丛微！待她仔细看那女子的眉眼，又觉得那女子的眉眼的确与多年前她从报上看到的有几分相似。一时间曼百感交集。但她令自己尽量保持安静，缓缓地对丛微说：你是听错了吧，我刚刚经过，没有叫你。

丛微已经仓皇地缩到最里面的墙角，不停地颤抖，一双恐惧的眼睛警惕地盯着曼。

曼走出精神病院的大门，心中有说不出的激动与兴奋。她想，当真是天无绝人之路啊。这便是上天给她开的道路了：竟然让她知道了如此大的一个秘密，丛微原来就躲在这里。曼对于丛微，有着说不尽的恨意：从离开陆逸寒，再到陆逸寒死去，又到郑姓男子死，一分钱不留给她，这一切她想起，觉得罪魁祸首是丛微。倘不是丛微的阴影仍然在桃李街3号，仍然在陆逸寒的心里，曼便不会如此没有安全感，不会如此匆忙急迫地想要找寻一条出路。是丛微，她显得那么强大完美，成为曼心中的阴云，于是她才渐渐选择了这样的路。倘不是有丛微，曼想，她自己现在大概还是陆太太，坦然自在地在桃李街3号住着。

曼多年来对丛微又妒又恨，今日看到丛微竟落入这般田地，不禁欣喜，觉得心头轻松了许多。她转而又想到，这样的大秘密，倘若卖给报社,一定能得一笔钱吧。而此刻她最需要的,不正是一笔钱吗?曼慢慢地笑出声来,上天永远都不会怠慢她太久。

没过几日,丛微便出事了。

丛微的事是先从一家著名报纸的一篇独家全版重头新闻开始的。新闻披露了著名女作家丛微不为人知的故事。璟虽已经知道丛微在精神病医院,可是看到那新闻的时候仍旧惊得说不出话来。

报道上说,经过多处寻访丛微和陆逸寒当年的同学、朋友、邻居,甚至还有丛微那素无往来的嫂嫂,也在重金的诱惑下,愿意与广大群众"分享"这个秘密。记者们甚至去国外探访,至此,他们集齐了一份丛微不为人知的生平。

二十一年前,只有十九岁的丛微孤身一人来到北京,投奔陆逸寒。那个时候丛微的写作道路刚刚开始。她不顾家人的反对,从家里逃出来。陆逸寒当时恐怕也没有想到这个与他产生过情愫的少女竟然是这般义无反顾。丛微自此与陆逸寒生活在一起,并开始写作。可她身处异乡,孤身一人,又在写作中遇到很多挫折,因此变得精神脆弱,情绪不稳,常常暴怒,又常常摧残自己。后来她与陆逸寒母亲产生口角,陆母不久便郁郁辞世,陆逸寒非常伤心,决定与丛微分手。丛微伤心欲绝,离开了陆逸寒的居所,然而却没有离开这座城市。因为那时候,她已经怀了陆逸寒的孩子。据说,丛微之所以决定生下这个孩子,是出于对陆逸寒的报复。为了这种报复,她在那一年吃尽苦头,可是由于她一直情绪起伏不定,常常悲伤痛哭,又酗酒抽烟,这些都对腹中胎儿十分不好。七个月后,丛微早产,生下一个孱弱的男孩。丛微抱着男孩回到陆逸寒住处,她把孩子交给他,并对他说,他是我在你生命里留下的痕迹,怎么抹也抹不去。你看到他,便会想起我。丛微就这样转身离去,随后出国。但此时丛微已经精神异常,此后漫长的在海外的生活,她的病一直时好时坏。而陆逸寒面对这刚刚降临的生命非常难受,这无辜的生命就这样因为仇恨而来,他决定永远不告诉这个孩子他是怎样来到人间的。于是他从小便告诉这个孩子,他的妈妈早已不在人间。陆逸寒为此远离所有朋友隐没了一段时间,声称自己去长途旅行。因此大家以为这是他与旅途中结识的女子生下的孩子。几乎没有人知道小卓是丛微的孩子,只有丛微的哥哥一家,因为丛微曾亲口对他们说出这个事实,并且明确了她的动机就是报复。

……

又一个真相。璟看完整个报道的时候,握着报纸的手一直在发抖。她立刻抓起电话,打给沉和,她听到沉和的声音的时候,就哭了出来:

沉和,我想,我想……小卓应该是丛微的儿子……

那边一片安静,只是听到沉和的呼吸声,良久,沉和才说:我也刚刚看到报纸。

可是都已经来不及了。沉和,如果我能够不因为妒忌,对小卓这样决绝,我能够多关心一些丛微,跟她静下心来好好地说说话,也许一切都会不一样。也许他们有机会相认的。可是现在,他们再也不可能相认了,永远不可能了……小颜恨我,因为我没有照顾小卓的孩子,现在丛微也会怪我,因为我没有让她和她的儿子相认……璟失声痛哭。

　　算了,璟,你不要这样自责。你应该知道,丛微对于小卓,并没有多少感情。他只是她报复陆逸寒的手段。她也许并不想与小卓相认。沉和声音十分低沉,轻轻地安慰着璟。

　　可是小卓想啊。沉和你知道吗,小卓多么希望能见到他的妈妈。他一直有一种很奇怪的直觉,他一直相信他的妈妈活着,并且总有一天会回来。他说给我,我并不相信。可是我敷衍他说,我会陪他一起等,等到妈妈回来……璟泣不成声。

　　璟,如果你是小卓,你在刚刚与丛微相认之后猝然离开。这算是一种恩赐吗？这有什么分别呢,这样的相认没有爱存在,它不过是一个真相。真相总是用来令活着的人生生受折磨的事情,比如你因为小卓孩子的事情受着自己良心的谴责。然而一个真相对于必定离开人间的人来说,还重要吗？死亡是一件很轻很凝重很空灵的事,我们应该让死去的人少背负一些东西上路。

　　怎样能让死者少背负一些东西？璟渐渐安静下来,茫然地问。

　　就像盖棺下葬一样,把那些和他息息有关的东西沉下去,埋起来,不再搅乱它们,不要再把死者搅入任何纷扰。然后等时间来把这块土地重新压平。听我说,璟,你有没有想过你的痛苦来自于什么？来自对死者的念念不忘。你的潜意识总是提醒自己,他对你曾重要,你不可以忘记他。因此你不肯把所有这些有关死者的,归入泥土。当再有什么事情触及他时,你就会把自己搅进去,甚至选择折磨自己,因为这样,你认为自己至少没有忘记他。可是这并非死者想要的——至少,如果是我要长长睡过去,我会希望一切静下来,盖着的泥土被压平,再没有人动,令我觉得安全。"

璟觉得沉和说得非常正确。一直以来,她都在刺激自己即将麻痹的神经,因为她害怕就此忘记了曾经那么深楚的感情。可是这于她,是一场折磨,于死者,是一次打搅。

50

璟还未来得及去好好地探望丛微,丛微的事便一石掀起千层浪。大小报纸都是丛微的追踪报道,不断有人去精神病医院采访丛微,偷拍她的照片。照片上的丛微,正在目光呆滞地端着碗吃一碗米饭,她仍旧穿着那件灰色长褂子,头发凌乱枯黄。也有她缩在墙角的,用她那惯常的惊恐目光,充满怨恨地看着镜头。他们也从丛微房间的字纸篓里找到丛微写的凌乱片断,研究丛微残缺的记忆里是否有小卓等等。他们不断地论证,探讨着丛微的故事。比如丛微什么时候精神开始崩溃,而她的小说,是她在理性状态下完成的,还是或多或少的疯癫中……他们频频去疗养院"造访"丛微,问长问短。丛微把门窗关好,缩在房间的角落里惊恐地大叫。他们中比较有耐心的,便会一直守在门口,而没有耐心的,甚至会粗暴地把门窗砸开,要求丛微回答他们的问题。他们似乎确定丛微身边再无什么亲人,便这样残酷地欺负她。

每一天都有新的证据,都有新的发现。整个疗养院终日鸡犬不宁,成为好多小报记者的驻扎地。不仅丛微,其他精神病患者的生活也受到极大影响,已经发生几起精神病患者与记者打架斗殴事件……甚至有影视公司打算拍一部根据丛微的经历改编的电视剧,美其名曰:"反映一位女作家坎坷的情感与文学道路,重现其丰富、绚烂的精神世界。"他们为了得到逼真的效果,专门到丛微居住的疗养院取景。肤浅的女演员倦怠地依照导演的意思,"学习"着丛微的举止神情,不时抱怨导演要她"装疯卖傻"。小报记者之间的纠纷、剧组内部的矛盾、摄影记者间的竞争……此起彼伏,这疗养院一时之间变成了一个制造新闻的不停运转的机器。刚要平息,唯恐天下不乱的记者们把小卓和陆逸寒的照片通过门缝和窗户塞进丛微的房间,问她是否认识这两个人,又告诉她,他们已经死去……这场别致的"认亲"活动令丛微登时崩溃。她大喊着冲出房间,抓伤了记者的脸。而这则新闻,又顺理成章地上了次日文娱新闻的头条。事情越闹越大,丛微成了这一年当真无愧的"风云人物"。她的书被出版商一印再印,畅销程度远远超过从前任何一个时期。丛微的小说,丛微的传记,"揭露丛微事件中的X个疑点X个谜","探讨当代女作家感情生活","深入透析女作家孤独的海外生活","重现桃李街3号过去的二十年"……各种与丛微相关的书籍都在热销,后来甚至扩展到心理学领域,诸如"女性精神分析与著名案例"的书,如果在封面上再印上一张丛微惊惶失措状的照片,也能卖个不错的数量,而后来一些围绕"女性心理"开展的讲座也配合着心理学图书的销售,将这一股"心理学图书热"推向了高潮。对于年末惨淡的图书市场来说,与丛微有关的各种图书的热销不啻于一剂强心针。街头卖书的小商贩的推车上,也充斥着许多个版本的丛微的劣质盗版书。他们会在你偶然瞥一眼他们的书时,适时地用热情洋溢的声音招呼你:

"买书吗,来看看吧,有丛微的……"

事情闹得如此之大,就连曼,当时也是没有料到。

璟在这些日子看到一系列事件,令她开始懂得世间的炎凉,也真切地看清了世人幸灾乐祸、损人利己的劣根。对于初涉社会的璟来说,这些也许来得太迅疾又太激烈。此前她似乎一直还沉湎于自己的小世界中,周围不过几个人,牵牵绊绊,不过是在计较爱多爱少,抑或为了别离伤悲不已。甚至与她的妈妈,璟也觉得,那是一场有理有据的对峙,她们都会用直接的方式与对方交锋,没有那么多陷阱,没有那样险恶的用心……

璟和沉和又怎么能这样袖手旁观。他们几次去疗养院想要接走丛微,都遭到记者的堵截,尤其是璟的出现,令快要冷静下来的记者们又振奋起来,大家都开始猜测其中的"隐情",更有活跃的小报做出"璟是丛微的私生女"的大胆推断。而医院方面,虽然对于这种无休无止的骚扰极度反感(当然,从另外一个角度来说,这又是为该医院做了免费广告),可是由丛微的病情来看,医生认为她应该留在疗养院里。丛微的心灵到底受到多么大的创伤,恐怕谁也不知道。她从惊恐、挣扎、奋起反抗最终抵至一种格外安静的状态。但这表象的安静下面到底是怎样的呢,谁也无法知道。医生说,他必须等所有的记者都散去、丛微完全放下心来之后,才能为丛微做全面的检查,得出准确的论断。然而要记者全部散去又要等到什么时候呢?现在丛微唯一可以依靠的就是沉和。唯有沉和,拨开围在门口的记者,独自进来看望她,和她说话,喂她吃饭;唯有沉和,忍无可忍地冲到疗养院的广播站,对着话筒与记者谈判;唯有沉和,不畏惧四处滋生的谣言和损毁,言辞激烈地痛斥记者的卑劣行径;唯有沉和,做着收效甚微的发动工作,希望更多的人可以理解丛微、关爱丛微……

璟并没有置身事外。可是现实决定了她不能在疗养院露面,如此只会招来更多的新闻和是非,为这场滑稽可笑的浪潮推波助澜。其实璟一直都在思索,她能够给丛微什么,抑或丛微最需要什么。家。是的,她想要给丛微一个温暖的家,这也许是对她受创的心灵最好的抚慰。桃李街3号。她在下一秒就想到了这个词。这里和家一直是连在一起的,对于她是这样,对于丛微也是如此。璟相信她们的灵魂是种在一处的,她们一直都离不开这幢与她们命运相关的房子。她想,她倘若收回桃李街3号,便有了一个可以让丛微好好疗伤的好地方。丛微还可以与小颜一起住,多么好。她们都是小卓的亲人,应当住在一起,而受伤的人又最能懂得他人的悲伤,因此她们可以彼此治疗。璟想要买下这幢房子,她从房产经纪那里得知,曼的丈夫郑鹏生前已经将这房子抵押。然而桃李街3号早已因为这场声势浩大的"丛微事件"而变成了名宅,价格成倍上涨,令人咋舌。即便璟将自己出书存下的所有的钱都拿出,再加借款,离那房主开出的高价相比,仍旧相去甚远。可是璟一定要得到它。它就是家。璟决定先出高价租下它来,日后再慢慢想办法。

十二月,璟以非常高的价格租下了桃李街3号。璟去看房子。璟走在陌生的桃李街,环顾四周,这里的高楼大厦里尽是资金雄厚的金融机构、海外公司,这里每天都在变化,一个低矮简易围墙圈起的工地可能明天就变成一座由A座B座C座等等组成的新楼群。在这里,时间好像比别处快了许多倍。这条街从前的低矮建筑已经被拆得差不多了，私人住家多数也已经搬迁。只有桃李街3号，还孤单地伫立在这条街的东端，"像一头忧郁的小白象"，璟记得这是十二岁第一次来时，这幢房子给她的印象。说来有趣，不知这场丛微闹剧对于桃李街3号来说，是不是因祸得福？这幢正随着它接近四十年的历史黯淡下去的小楼忽然变得著名，不仅身价飞升，并且逃过了被拆毁的命运。相反的，人们正用期待的目光看着它，盼望着多少年后丛微成为流传世代、声震海外的著名女作家，那么这幢房子便可以作为她的故居供世人参观。

可是桃李街3号却再无宁日。璟看到这已经很旧的二层小楼似乎就在这几年间变得黯淡了许多。花园里是空的——除了几架大个头的摄像机器，那是影视公司在为了电视剧在这里取景。璟总是记得这里有很多花的样子。夜晚她和小卓从这里穿过的时候，觉得这儿简直是个深邃的大森林。

璟跟随房主穿过院子，来到小楼的门口。积雪是很多场大雪后积存下来的，混杂着黑色泥浆，踩上去深深浅浅，裤脚上必然会被溅满泥点。房主为她打开门，她觉得非常暗，不知道是不是阴天的关系——她注意到没有挂窗帘，大玻璃把这房子的五脏六腑暴露无遗。这样好像更符合一座具有观光价值的房子的模样。房中的家具几乎都被搬空了——楼主连忙解释说，并非他所为，是那搬走的女主人，把所有的家具都拿去卖了。璟略略知道曼的境况，因此也不奇怪。房主打开灯，灯是不亮的，吊灯灯罩被人拆走了，裸露的灯泡不知道坏了多久了。楼梯拐角在漏雨，房主连忙抱歉地说，这个他会派人来维修。

璟先去了厨房。冰箱竟然没有被变卖,璟猜想它一定是坏掉了。她走过去,看到白色冰箱上还贴着她和小卓粘上去的卡通贴画:带着魔术帽子的米老鼠挽着头上缠着粉红蝴蝶结的唐老鸭的手,笑呵呵地做出鞠躬谢幕的姿势。是该谢幕了。璟鼻子一酸,掉身走开。她想那房东一定很是稀奇,这姑娘竟然对着一只破烂不堪的冰箱红了眼眶。

是的,没有人知道,她把少女时代的多少个夜晚在这里用掉。多少个夜晚她和小卓在这里,在月光小船上假想一场势在必行的长大过程。

璟上楼。一切虽然破旧、残损,可是仍旧那么熟悉。她的房间家具还在,裸着的床垫上有一层厚厚的尘埃。算起来,她自十六岁去寄宿学校,就再也没有在这张床上睡过。那唯一一个回到这里并且以为一切都将重建的夜晚,她是与陆叔叔一起度过的。她轻轻走到曼和陆逸寒的睡房。这里曾是她懵懂的少女时代偶然开启的一扇窗。里面那缠绵而激烈的影像给了她最初的性幻想,也成为很长一段时间里拘囿她的囹圄。她注意到这间屋子中的家具都在,除却曼的那只梳妆台。这很符合曼的作风——她的妈妈到哪里都会带着自己的梳妆台,璟想到这里,不禁笑了出来。她惊讶于自己的发笑,她发现过往的事,即便那曾经不喜欢的,似乎也变得如此值得怀念。

房东把钥匙交给璟,并保证,很快会让人来修理。他便走了。璟一个人站在空旷的客厅中央。这里像是一幢古堡,过去发生过的事像是一桶油漆,已经重新粉刷了这里的每个角落。阴鸷的记忆宛如墙壁上渗出的水,它们彼此作用,成为这里弥散着的特殊的空气。璟忽然蹲下来，抱住自己的头，掩面痛哭。她仍旧抱有幻想，有一个人温存地抱住她。她不知道自己希望那个模糊的男人形象是谁。她不敢去想。可当她再次来到这里，她发现，放弃所有有关这里的回忆于她是一件多么残酷的事情。

她也不知道，在一个氤氲着特殊空气的古堡里，重建这个词，是不是太难了一些。

此后的两周，璟开始对桃李街3号重新装修。时间太短，花是没法栽种了，她去花市买了水仙、夹竹桃，她讨厌观赏性夹竹桃的小号花盆——她想着来年春天自己要亲手栽。墙壁重新粉刷，新的白色白得有些令人心慌。落地窗帘一定是要的，而且要做得体面，像是女人随身的配饰，她选了藕荷色印花的，花纹非常浅，只有白天阳光好才能看见。她又买来家具，分配房间。她把小卓的那间给小颜，让丛微住从前陆逸寒的那间，而她和沉和则去住她的那间。至于书房，璟觉得是个日后慢慢打理的地方。她要把陆叔叔的古董买回来摆在这里。书柜里要摆满她和丛微两代女作家写的书——天，那要写多少本书呢，璟想着，笑出来。

她买来电视和音响，她想他们可以在这里开派对，那时便可以在这里大声唱歌，日子怎么能够这么奢靡啊，璟暗暗想。啊，还有游戏机，璟又想到，和沉和一起握着手柄并肩作战的日子真让人怀念啊。

璟又去采购年货，买了各种包装得喜气洋洋的食物，还特意买了很多焰火，这一次她要自己放。她坐在新买的深枣色的布沙发上想着，忽然觉得一阵头晕。呕吐。这一段太累了吗。她决定下午去医院看小颜的时候,顺便去看医生。

小颜仍旧对她满心仇恨,璟若是带食物或者衣服给她,她一定会看也不看地从窗户里扔出去。倘若璟对她说话、问她问题,她就啐口水在璟的脸上。那一次她还狠狠地掐住璟的脖子,因为得知璟埋葬了她书包里腐烂的小猫和金鱼。可是这些璟都不在意。她想,这些与她一个人在外面乞讨度日,孤苦无依地生下孩子相比,又算得了什么?与她痛失小卓之后又痛失自己的孩子相比,又算得了什么?璟相信这需要时间。她百折不回地去看望小颜,这样,终有一天她会得到原谅。璟相信。

这个下午璟顺便看了医生,于是得知自己已经怀孕。无声无息的生命竟然已经在她的身体里住了两个多月。璟走出医院,非常迷茫。如今她对于母亲这个词,有着千头万绪的思虑,这是一个多么迂回凝重的词。它绝对不是清脆地喊一声"妈妈"这样简单。一个女人要付出多少心力,可以做一个称职的母亲。她的确不知道。曼不是。丛微不是。小颜不是。那诸多担当需要多少包容和耐心才能够甘愿呢。璟想也许不该要它,那可能会是一场新的记怨、新的放逐和新的背离。

51

璟和沉和终于得空见面。他们已经三周没有见,沉和忙于丛微的事,璟在无声无息地重建着家园。她这时才告诉了沉和。沉和非常吃惊。

为什么非要回到那幢房子呢,璟?沉和问。

因为那里对于我,对于丛微来说,都有着浓郁的家的气氛。小颜也会喜欢,因为那里是小卓的家。你也会喜欢的,沉和,那里很棒,像个宫殿。璟说。

家可以在任何地方,不一定是那里。这只是你一厢情愿的看法,你并不知道丛微怎么想,小颜怎么想。沉和很多天来没有好好睡过觉,他因为疲惫而有些急躁。

可我觉得,真正不喜欢那儿的,只有你一个人。璟低声说,她有些委屈,这么多天来如此辛苦,又因为腹中婴孩的事情十分焦虑。可是沉和却要责备她。

我想还是转租那个房子比较好……沉和耐心地提出自己的建议。

你还没有去住,就这样说!这分明是你自己的问题,你心中有个解不开的结。璟生气地说。

沉和不再与璟争执。他叹了口气:或许吧。

璟看到沉和妥协了,就笑了,又佯装做肚子痛:啊,我肚子痛得厉害……

沉和连忙扶住璟,一只手按在她的腹部,帮她去揉。璟露出一丝不易察觉的狡黠笑容。

这一年的十二月二十六日据农历来算,应当是个好日子。因为那天璟去医院接走小颜,与护士道别的时候,护士说,今天是个搬家的吉日,她的姐姐也今天搬家。璟很高兴地谢了她。有关那一天的记忆,璟真的依照沉和教给过她的办法,沉下去,将泥土盖上,压紧,就不要再去打搅。在那件事上,她对自己和他人都无比宽容。因为宽容,她发现自己真的抛弃了记忆,因为宽容,她感到时间的列车好像飞驰而过,抑或是疼她的人冥冥中的安排,她一眨眼的工夫,就觉得一切都闪过去,只有轨道旁边落下的一颗灼灼闪亮的纪念徽章。

十二月二十七日、十二月二十八日两天,这座城市的几乎所有的报纸刊载了一条更具轰动性的新闻:

十二月二十六日,本地著名家宅桃李街3号发生严重火灾。据了解,大火是在当晚九点左右发生的,由于这幢房子没有安装防火设备,并且周围没有居民建筑,因此火势没有得到及时控制。当消防人员赶赴现场的时候,大火已经包围了整个二层,四周一片浓烟滚滚。消防人员经过三十分钟的救援工作,终于扑灭了大火。在这场大火中,共有三人丧生,一位是著名女作家丛微,一位是××出版社著名编辑沉和,还有一位年约二十岁的少女。在这次大火中只有一人幸免于难,这名获救者系著名女作家陆一璟,目前她尚在昏迷中。此次火灾的原因尚在调查中,不排除有人为纵火的可能,并且,根据现场发现,极有可能是四名在场者之一所为。有关部门还指出,房中存放的大量烟花爆竹是致使火势迅速蔓延,导致悲剧的重要原因。

对于那天的事,璟始终缄默,记者们对于死者总是无可奈何又有几分忌讳的,于是只能让它成为一个永远的谜。不过璟的小说有时会泄露出她的秘密。她把那天感动她的,美好的,喜悦的小细节留存下来,隐藏在她的小说里。用这样的方式纪念死者和深楚的爱,璟相

信是最轻柔,最恒久的。现在将璟隐含在小说中记忆的碎片写在下面:

A. 那一天他们搬进来的时候已经是黄昏。沉和去厨房做饭。小颜在小卓的房间里,仔仔细细地看着小卓生前的每一件东西。璟和丛微在一起。璟问丛微:你认得这里吗?丛微摇摇头。璟说,这里是你从前的家,不记得了吗?丛微在陆逸寒的房间里,环视四周,像是想起了一点什么。可是她蹙着眉,好像挣扎于回忆中,很痛苦。丛微变得安静沉默之后,就没有发过疯,她只是像个青春期忧郁的孩子,用犯了错的愧疚眼神,躲着你的眼睛,却又忍不住再看你。璟说:我带你回来,只是希望你感觉亲切。并非让你记起什么。你瞧,过去的东西都不在了。现在这里是新的了。丛微站起来,抚摸墙壁,新的柜子,写字台,床,一点一点抚摸,像是一种有默契的交谈。璟看到她微微驼着的背,纤细而骨节突兀的手指,这样的丛微与璟第一次从镜框里看到的,有着多么大的不同。唯一未改变的,是她如此专注纯稚的眼神。璟仿佛看到了小卓,她有些透不过气,她背过身,面向窗户,给自己点燃一根烟。后来丛微也走过来,站在璟的旁边。璟又开始干呕,这几天,她的妊娠反应愈加严重。等到璟略略得到缓息,就笑着对丛微说:你知道吗,我怀孕了。我的肚子里有个宝宝了。璟非常清楚地记得那一刻丛微的喜悦。那种喜悦超乎璟的想象。甚至可能比任何一个听到这个消息的人还要开心。她手舞足蹈地笑着说:是吗?你有了小宝宝吗?小宝宝……太好了太好了……有小宝宝喽!

璟看到的是一个宛若自己有了孩子一样开心的年轻妈妈。她那

种激动和喜悦,会令每一个看到的人感动。璟轻轻地问丛微:

你会好好对小宝宝吗?

我会好好对小宝宝,我会好好对小宝宝……丛微认真地连声说道,仿佛她的孩子失而复得。她似亡羊补牢,尚有机会。丛微轻轻地把手放在璟的肚子上,很小心地抚摸着,忽然她看见璟手中的烟,非常慌张地对璟说:不要抽烟,不要抽烟,不要抽烟,会弄坏了小宝宝……

璟怔了一下,熄灭了烟。那时候,璟明白了丛微是在意的。她一定也曾这样为这个新生命的到来而喜悦,也曾那么在乎她的宝宝。这份爱只有此刻也怀着宝宝的璟才可以感知。

B. 璟把小颜领进小卓的房间。小颜原本是不肯随璟回家的,可是璟问她,你难道不想看一看,小卓从前的家是什么样的吗?他从前的房间,又是什么样?小颜心动了。她于是来了。

她环视小卓的房间,说:他从前就住在这里吗?璟点点头。小颜就认真地看着那些旧家具。摸着上面黏着的半块半块的卡通贴画。然后她问璟:你们从前都玩些什么?我要来学学。

璟努力找到比较简单的几种来说:我们帮陆叔叔种花呀,我们半夜跑出去买巧克力呀,我们也玩积木……啊,过年的时候,我们也会放鞭炮。种花现在可能还不行,不过你看我买了鞭炮,等下你可以在院子里先放一放鞭炮。小卓最喜欢那种绿色大菊花形状的。你在这里放,他在天上也许可以看到。

小颜点点头,说好。

璟非常欣慰。小颜也许正在考虑原谅她，她想。

C. 着火的时候，沉和正在厨房做饭，璟在客厅里折一些小纸条。丛微和小颜都在楼上适应她们的新房间。沉和看见璟在折一些小纸条，还拿着一支笔，写写画画的，就问：你在做什么？

璟笑嘻嘻地说：我要跟你玩个游戏，这些小纸条上，每个上面都写着一个秘密，是你不知道的我的秘密。你可以随便抽一个，我就告诉你这个秘密是什么。这算是今天你做饭的奖励。

沉和数了一下，四个，就假装生气地说：好啊，这么多事情瞒着我！快说，都是什么？

璟不回答，但是把纸条塞在沉和穿着的一件开身夹克的口袋里，让他去抓一个。沉和却非要一抓好几个。他们正嬉闹着，火就从上面冲下来。璟和沉和都向二楼跑去。楼梯上已经窜下了火，沉和对璟说，你不要上去了，我去。璟不同意。他们都向上冲，可是火已经打着滚倾泻下来。沉和说，不行，衣服上要浇些水，才能上去。他拉着璟绕开楼梯，先去厨房。这时一楼布满了浓浓的烟。沉和脱下夹克衫，把水浇在衣服上，然后给璟披上，对她说：你先出去。快点，听话！

璟看不到沉和，眼前无尽的浓烟。她只是感到一只有力的手，推着她走了一段，来到大门口，拥了她一下，那手就收了回去。璟跌在门框上。她回身去看，沉和已经不知向着什么方向去了。

璟冲到院子里，看到整个楼陷在大火中，它不再是白色小象，而是一只咆哮的怪兽。璟只是觉得天地一片晕眩，她跌倒在地上，昏了过去。那一刻,她只感到眼前被火照得格外地亮,闭着眼睛也能射进无数光芒。璟的手紧紧地抓着身上那件沉和的夹克,她最后一个念头是,这口袋里的小纸条,他还没有看到。

第一个小纸条,这样写着:

"昨天我说肚子疼,让你过来帮我揉,你还记得吗?其实,我是想让你和一个未曾谋面的小朋友打个招呼,嘿嘿。"

第二个小纸条,这样写着:

"我十四岁的时候,你来我家做客,陆叔叔说,等我长大了就让你带我旅行,你同意了。我显得很开心。其实,我心里是很不高兴的,因为我是想和陆叔叔去旅行,一点也不想和你去……"

第三个小纸条,这样写着:

"我在丽江河边放生鲤鱼的时候,许的愿望是,希望你以后永远跟在我身后,帮我解决各种麻烦,并且毫无怨言(这一点很重要)。"

第四个小纸条,这样写着:

"你记得从前住在那套十一层的房子里吗,每次和你吵架,你都好几天不来看我。但你每次来的时候,我都好像与你心有灵犀,笑着出去迎接你。其实是因为我每天那个时候都坐在楼梯处,看着电梯上上下下,研究上面变化的数字,判断是不是你来了。而你,永远也不知道。"

璟在那次火灾中,什么伤也没有受,可是却昏迷了很久。很久很久,没有梦魇,没有欲求,平稳的,安静的,璟想,也许这就是沉和所说的,时间穿梭而过,压平一切的感觉。她醒过来的时候,觉得非常的轻。她的回忆以这样一种暴烈的方式,付之一炬。因此,她不再去探究,点燃这幢古堡只求大家同归于尽的是丛微,还是小颜。着火的时候,透过火焰,璟在两扇窗户里面看到小颜和丛微。她们在那里等着亲人来把她们接走,脸上露出女人母性的光彩以及少女的神韵。在那一刻,她们如此完美。

璟也没有用愧疚、忏悔、依恋等诸如此类的表现去打搅沉和。沉和是十四岁时来过她家的那个风尘仆仆的骑士。他走累了定然要停下来,睡一会儿的。他比她快,他在前面睡着,等着她。

52

璟走在医院冰冷的走廊上,上楼梯,转弯,再上楼梯。这个脸色苍白的穿着一身黑衣,戴着大得夸张的墨镜的女子,已经是最年轻的知名女作家,她受邀马上去意大利的一所大学讲课,因为不久前她的书刚在意大利出版,引起很大轰动。然而在这个冬日的下午,没有人知道,她悄悄来到医院,一直走去三层。楼道里非常黑暗,她走着走着忽然涌出眼泪来。她想,为什么她竟如此胆怯,如此鬼祟。她的小宝贝又有什么不能见人呢。她上楼梯,一遍遍在心里和这个孩子说再见。她既心念已绝,也不求它的原谅。

因为快过年了,医院只有很少的病人。有一些房间的门很早就关上了,外面下了雪,反倒是这里,好像更黑更冷。

璟在三楼的妇产科门前的连排椅上,看到一个熟悉的人。她站住了,静静地看着那个人。那是曼。她的妈妈曼。曼像一个非常落魄的小市民,穿一件没有任何花纹的豆绿色羽绒服,一双已经开胶的黑色平跟鞋——印象中,这是她第一次看到曼穿平跟的鞋子。她变得很臃肿,尖尖的下巴已经消失不见,松弛的皮肤上浮出一层褐斑。璟这时才想起,自己在世上还有这一个亲人。

璟不知道怎么会在这里碰到曼,她的经验是,她总是出现在自己倒霉、窘迫的时候。现在也是如此。她很想掉头走掉,再找时间来。然而璟一直盯着曼,忽然觉得,这一刻,曼的眼睛里有很多温柔安和的东西,再也不是从前凶狠尖刻的样子。这种柔和的母性的光令璟走近了她,甚至不顾可能招致的难堪。

曼没有认出她来,直到璟摘下眼镜。她们两个,在这个医院黯淡的走廊里相遇了。她们对视着彼此。璟穿着灰色长风衣和桃红色深蓝色相间的高筒靴。她的头发终于长长了,那么长,比曼原来的长发还要长。她的嘴上有艳丽的口红,身上也有好品质的香水的味道。曼看着璟,这女孩这样美,真像当年的自己。

你病了吗?璟问。她本不打算再理睬她,却觉得她的样子实在令人感到心酸,于是询问。

不,我怀孕了。曼说,语气非常平淡,看不出任何感情的好恶。

啊……那么今天来做手术吗?璟惊异地问——她竟和妈妈在同一时间来动手术。

不是的。来检查,这孩子我要的。曼又淡淡地说。璟几乎不敢相信自己的耳朵。眼前这个四十四岁的女人,这个自生下她便憎恨她,并且痛恨所有孩子的母亲,说她要生下这个孩子。

为什么?璟问。

曼抬起头看着璟,慢慢地说:到了我这个年纪,你便知道,孩子有多重要。你对于我而言是失败的,我们之间没有爱,这是无法弥补的。我也没有指望你再回头来好好对我。没有爱,只是尽孝道,那便是我亏欠了你。我也不要那样。所以,我要从头再来,好好生养一个孩子。今天的你的确很成功,但我没有帮你,你也没有实现我的梦,因此,你的成功于我毫不相干。以后我会好好教导她,她会实现我的梦。那时候,我会很欣慰。

曼说罢,抬起头,微笑看着璟。这骄傲的女人,即便境遇不佳,仍旧不肯向她的女儿求救。她不要施舍,并相信自己仍有时间和爱用来交换。

曼卖掉有关丛微的新闻,所得的钱并不多,而且又被一个与她相好的无能男子骗去了很多。她正心灰意冷,她想,难道真的是到了绝路了吗。然而此时她忽然发现自己怀孕了。令她自己都不能相信的是,她居然感到一阵温暖,绵绵无绝。她觉得腹中好像有了一个充满能量的核,拿体温和抚慰与她交换。上天终于还是会挽救她,给她以希望。

曼的话令璟动容,但同时也感到刺骨的寒冷。她下意识地把手放在自己的腹部。这一刻,她是真的迷惘了,她曾拒绝这个小生命,因着觉得责任太过沉重,倘若没有足够的爱去包围那孩子,令他对人间失望,还不若索性不要他来。然而此刻,当她看到已经衰老的母亲如此勇敢地担负起重新照顾一个孩子的责任,能够说出"重新开始"这样的话,她忽然觉得,自己那些看似充分的理由是多么不堪一击的借口。

璟站在这个幽暗的走廊里和自己曾经最痛恨的妈妈面对,百感交集,却不知究竟该做出怎样的选择。

女人仰脸看着女孩。她当然看到了女孩眼底的为难哀伤之色,早已猜出璟为了什么而来。她忽然觉得,时间流转,眼前的女儿就是她。她和二十几年前的自己站到了一起。她现在又回到了从前的那个时间,她将重新选择一次。

女孩也看着她的母亲。她觉得母亲一脸憧憬,并且仍旧那么骄傲,那么自信,一切都像很多年前,女孩前方走着的那个孔雀般光艳的少妇一样。女孩忽然觉得,这大概与沉和所说的时间的厉害是一回事。时间刷的一下过去,这个女人的怨与愁都被压平了。此刻,她又光滑而平整地上路了。